屍蘭

SHINJUKU ZAME

SHIKABANE RAN

大澤在昌

ARIMASA OSAWA

ARIMASA OSAWA 大澤在昌作品集 3

推薦序——

新宿鮫的榮光與使命

推理評論家 冬陽

「比起出人頭地，當上警視、警視正的自己，他對於被稱為「新宿鮫」的自己，更感到光榮。」

——摘自《屍蘭》

「新宿鮫」是日本冷硬暨冒險小說作家大澤在昌最膾炙人口、最具代表性的系列，截至目前為止，共發表了十部作品（第十作《絆回廊》自二〇一〇年二月起於《ほぼ日刊イトイ新聞》連載，尚未完結），本書《屍蘭》為第三作，一九九三年由光文社出版。

關於作家其人其事，首作《新宿鮫》一書導讀已做相當完整介紹，在此就不另贅述，僅以一熱愛冷硬派推理小說讀者的立場，來分享我為何喜歡這個系列的原因。

冷硬派（Hard-Boiled）是偵探推理小說發展一百七十年下來的一個類型分支，自一九三〇年代開始，在美國作家達許・漢密特（Dashiell Hammett）、雷蒙・錢德勒（Raymond Chandler）及詹姆斯・凱因（James M. Cain）等人的帶領下成形，早期知名的代表作有《馬爾他之鷹》、《漫長的告別》、《郵差總按兩次鈴》等。

台灣讀者對於冷硬派小說的認知，就我個人觀察，長久以來似乎持續存在幾個不甚準確的刻板印象，例如「主角的性格冷硬、內心黑暗孤寂」「故事充斥暴力與性」「男性浪漫主義高張」等等。若冷硬派小說書寫範圍真如此狹隘，又怎能受文學名家錢鍾書、村上春樹、史蒂芬．金等人青睞？甚至間接影響他們的寫作？

不過前述幾點的確是冷硬派發展早期的主要特徵，但這與時代背景及寫作者的意圖有很大的關連。三〇年代初期的美國正經歷經濟大恐慌（一九二九—一九三三）及廢除禁酒令（一九三三）兩大社會事件，時局動盪、人心不安的現實狀況為小說家所關切。漢密特、錢德勒等人的作品多以男性私家偵探為主角，為對抗古典推理小說中的偵探過於浪漫不符現實的形象（錢德勒評漢密特的名言：「把謀殺交回到有理由犯罪的人手中，不僅僅提供一具屍體而已；作案工具是手邊的工具，而非特別準備的手槍、毒箭和熱帶魚。」），轉而採取寫實的筆法深究社會的黑暗，著眼於暴力犯罪並揭示社會底層生活的艱辛，行走在冷酷大街上的硬漢形象躍然紙上。

然而，當漢密特、錢德勒活躍的年代過去，時空環境也變得大不相同之餘，承接冷硬派棒子的新一批作家們紛紛開始思索：「以寫實主義為創作基礎的冷硬派小說，其核心命題究竟是什麼？」於是促使了日後的冷硬派推理作家試圖在作品中反覆又漸進地處理欲探討的議題，諸如人性、公理、道德云云。

依此來看，在新宿鮫系列中，我認為作家大澤在昌戮力探究的核心命題，應是「守護」與「正義」這兩個主題。

故事的主人公鮫島任職於新宿署防犯課，守護的對象自然是整個新宿地區，打擊犯罪、維護治安是他應盡的職責。此外，鮫島的行事作風與整個日本警察組織文化相背離，加上初入警界時引發的風波而使其倍受同仁孤立，乍看之下兩者處在緊張不安定的對立關係上，反而因此顯露出鮫島默默守護的另一個對象——那就是應堅守正義、不該受到搖撼瓦解的警察魂。

鮫島對正義的堅持近乎潔癖，極端厭惡為方便行事而與黑道攀上關係的同僚，相反地，對同樣堅守原則、不向惡勢力靠攏的人抱有認同好感，即使對方是經營特種行業的皮條客，或偷渡前來日本復仇的台灣殺手，都視為值得努力幫助與守護的對象。這種嫉惡如仇的性格、對兇徒緊咬不放的執著，為鮫島贏得帶有一絲驚悚、嚇阻感的「新宿鮫」這個稱號。

這是鮫島無上的榮光，也是沉重的使命。

在本書《屍蘭》中，鮫島的「守護」能力將面臨嚴峻考驗，是作者為此一主題設下的難題與思辨——即便打著正義的旗號，狡詐的犯罪者仍可能迫使公權力受縛，藉此逃離制裁。

故事維持前兩作雙線敘事手法，讀者可以全知觀點同時獲悉警方與犯罪者的行動。兇手怎麼陷害鮫島落入陷阱？鮫島又該如何反制這精心設下的圈套？

鮫島警部的新冒險，從下一頁開始。

1

西新宿二丁目一棟高樓飯店中，現身在一樓咖啡廳的男人，是專營藍紙的贓物商。

咖啡廳的格局往後方延伸，呈細長形，入口處吊著一座巨大的水晶吊燈，除此之外，只有擺在桌上的小檯燈作為照明光源。

鮫島維持著背向姿勢，觀察在水晶吊燈下暫停了片刻的那個男人。從鮫島的位置可以透過裝在電梯間牆上的大鏡子，望見咖啡廳入口。

男人身穿淺灰色帶條紋的襯衫，繫深藍色領帶，搭配上等毛呢西裝外套。左手抱著疊起的大衣，右手拿著手拿包，裡面應該放著手機吧。

這個男人名叫三森。

法律用語中稱為贓物的失竊物品，其通緝書稱為贓物清單。贓物清單是為了能快速發現贓物的被害物品通知書，會發派到古董商或當舖，以利查贓。

贓物清單又分為「特別重要贓物清單」、「重要贓物清單」、「普通贓物清單」三種，分別使用紅、藍、白色的紙張。

屬於「重要贓物清單」的被害品項如下：

殺人、強盜等兇惡事件的被害品、重要文化財，被害金額達百萬日圓以上，或者五十萬日圓以上的慣犯，對社會有重大影響事件的被害品。

贓物商分成只買賣特定商品的專賣店和非專賣店。專賣多半指的是寶石或手錶等貴金屬，三森是沒有專賣的贓物商。但相對的，他買賣商品的金額和數量都很龐大。

三森筆直走向咖啡廳後方，在一個男人對面坐下，但對方被店內的盆栽擋住，從鮫島的位置看不見。

「就是他。」鮫島向坐在自己對面的瀧澤說，瀧澤有點驚訝。

「這麼年輕？」

「確實很年輕。贓品界的新人，年齡跟我們倆差不多吧。」

「我本來以為是個更精明的老頭子，就是會來暗的，還一臉頑固不講情面那種類型。」

「這個人做的買賣不小，但是決不輕易露出破綻。他沒有固定的辦公室，總是像這樣在市區裡的各家飯店往來談生意。」

「那貨都在哪裡？」

「卡車貨台、貨櫃、倉庫、渡船，他不會集中放在一個地方，經常移動。這樣即使強制搜索，也很難搜出東西。」

瀧澤縮了縮下巴，顯得有點不以為然。看到他這小動作，鮫島心想，這男人跟大學時代一模一樣，完全沒變。

瀧澤這傢伙從學生時開始就讓人覺得異樣老氣，有點故作老成。很可能是他乍看之下霸道的態度帶來這種印象。對人表達意見時總是很強勢，也不太聽對方說的話。

瀧澤是跟鮫島一起考國家公務員上級考試的同學。但是他沒有通過考試，隔年再次落榜，後來到國稅廳就職。

聽說這件事時，鮫島有點意外。因為國稅廳這個職場中，官僚組和非官僚組的落差比警察還要嚴重。國稅廳的官僚又分為省官僚和廳官僚兩種。所謂省官僚是指進入大藏省，被分配到國稅廳的人，廳官僚則是直接進入國稅廳的人。這兩者當然是省官僚較占優勢，比方說在東京國稅局中，局長、部長、課長都是省官僚。到了次長等級才終於有廳官僚的位子。另外，日本全國總共有十一個國稅局，其中由非官僚擔任局長的只有一處。就連廳官僚也只有兩、三處，除此之外擔任局長的全部都是省官僚。

準備一個局長位子給非官僚坐，無非是種為了避免大家喪失士氣的措施，是相當有內務官僚風格的想法。

在警察組織中，從非官僚晉升到警視正、警視長等級的例子，雖少見卻並非不可能。但是在國稅組織中，省官僚下還有廳官僚這道牆，阻斷了非官僚者出頭的機會。所以全國獨一無二的非官僚局長，只能算是個象徵。

但瀧澤進入國稅廳後，主動希望擔任查稅的工作。在國稅廳裡查稅部門並非菁英路線，因為進入查稅部門的人多半不會再調動到其他部門，而且查稅出身的人退休後即使想自己開業當稅務會計師，也有不習慣實務的劣勢。

幾天前瀧澤找鮫島出來，交給他一張名片，上面寫著「東京國稅局、查稅部、查稅第五部門、查稅官、瀧澤賢一」。

「第五？」鮫島問道，瀧澤一臉不耐地開始說明，

「查稅的三十四個部門裡，第一到十五負責蒐集情報，二十一到三十四負責實施。也就是我們拚命收集資料，交給後面去搜索。」

「找我有什麼事？」

瀧澤聽了，先是伸展了下身體。兩人見面的地點在鮫島自家附近，中野車站前的咖啡廳。

「你也知道，我們一向不相信警察。要是讓貴單位知道內部偵查的消息，情報一定會流

到調查對象耳中。」

沒有錯。國稅廳查稅部內部偵查，不可能向警察透露偵查內容。進行內部偵查後，如果覺得應該可以成案，查稅部就會通知地方檢察廳特搜部。當搜索令發下，開始進行所謂強制搜查時，如果預測可能受到抵抗，才會在這時知會警察，要求保護，警察往往到這時候才知道這件事。

地檢跟警察當然也有接觸的可能，不過檢察官也不會把查稅部內部偵查對象的情報透露給警察。

「到查稅部之後，我們學的第一件事就是不要相信警察。」

瀧澤的話讓鮫島無言以對。

查稅部會介入調查的不動產、金融等相關大規模逃稅，幾乎一定會跟幫派扯上關係。刑警對逃稅的嫌犯沒興趣，他們認為那是地檢的獵物。刑警感興趣的對象是恐嚇、傷害、妨礙自由、殺人等嫌犯。

查稅部的獵物，除了團體組織也包含了個人，相對之下，警察的獵物終究還是鎖定在個人身上。因此，為了獲得個人的情報，刑警必須要給情報提供者一點「好處」。查稅部的內部偵查情報，就是這種交易時絕佳的材料。

——告訴你一個重要消息。你手下的ＸＸ不動產啊，現在已經被查稅部盯上了，跟你們老闆說，最好照子放亮點。對了，上次那個案子是○○幹的吧，他現在人在哪裡？

「不管內部偵查做得再怎麼完整，要是給你們知道，強制搜索時對方早就已經把證據湮滅得一乾二淨了。」

「即使如此還是要把能挖的東西都挖出來、能拿的都拿走。這才是查稅部不是嗎？」

鮫島說。
「是沒錯。不過，三森這個贓物商是你們管區的吧。」
瀧澤單手放在椅背，將上半身往前探。
一般的刑警在這時候多半會裝傻，但鮫島不同。
「對。」他簡短地回答。
「告訴我他在哪裡。」
「他沒有辦公室，通常都在市區內的飯店咖啡廳裡到處跑。」
「到哪裡可以找到他？」
「我可以告訴你飯店的名稱。每天去等，總有一天會等到。」
「但我不知道他長什麼樣子。」
「所以……你打算跟著我，要我指認他讓你知道，對嗎？」
「那照片呢？總該有照片吧？」
「抱歉，這種事是本廳管的，你找本廳談吧。」
鮫島說著，打算起身。瀧澤按住他的手。
「不能讓本廳知道，消息會走漏的。我想拜託你。」
「我的身分不方便出入本廳。」
「這我知道，你得罪了上面的人，被下放到管區是吧。」
「你也管太多了吧。」
「你要怎麼說都可以，總之，我知道你口風緊，所以才敢找你幫忙。」
鮫島苦笑著，「你想知道三森是誰？」

「你只要告訴我哪個人是他就可以了。」
「說個理由吧，你又沒在追查三森這個人。」
瀧澤露出不悅的表情，「非說不可？」
「對我們來說這都不是鬧著玩的啊。」
鮫島嘆了一口氣這麼說。目前為止的來往當中，瀧澤給人的感覺固然不算好，但還是可以看出這個稅官累積了相當豐富的經驗，是個天性敏銳的資深老手。
「好，我說就是了。我的目標是秋葉原一間辦公機器的批發商。他不賣給一般客人，只銷貨給公司行號、辦公室、個人診所。雖然是中古品，跟其他地方比起來算是價廉物美的新機器，聽說生意還不錯。他們的貨源從哪來呢？這就沒人清楚了。在我們的內部偵查當中出現了太平洋通商這間公司名字，順著這條線找下去，出現了三森的名字。那這個叫三森的又是何方神聖呢？調查了之後才知道，原來是個小有名氣的贓物商。」
非常合理。三森專門處理非貴金屬的高價贓物，他可能是從大規模的大樓拆毀計畫中買下辦公機器，再把東西賣到秋葉原的中古店。
「可是就算三森真的把贓品流入秋葉原，現在我們也不希望警察出手。在確定秋葉原的逃稅事實，進行強制搜索之前，希望警方能暫且按兵不動。」
瀧澤的口氣很認真。鮫島想了想，贓物搜查屬於防犯課的工作，所以鮫島才會知道三森這個人，三森也認得鮫島。他應該不會想接近鮫島身邊。
「我知道了。」
鮫島說，「我先調查三森的行蹤，給我點時間。等我觀察出那傢伙可能現身的地方，再跟你聯絡。不過你們要到秋葉原強制搜索時，也一定要通知我。」

「他在跟誰說話？」瀧澤顯得有點不耐煩。
「不知道，從我的位置看不到。」說著，鮫島看看手錶，時間是下午兩點四十分。
「你是怎麼注意到秋葉原的？」
瀧澤別過頭，將側臉轉向鮫島，
「管區內各署來的情報，說有好幾間公司都從那裡進貨，當作新備品來計算經費。不過以新品來看，總覺得東西有點怪。繼續往上追查辦公機器的批發商，才找到這裡的。」
「只有你一個人在查這件案子嗎？」
「另外還有一個人，是跟我搭檔的主查，他現在正以他案名義在調查。」
「以他案名義？」鮫島問，瀧澤拉回視線。
鮫島發現瀧澤雖然正在監視三森，也不忘注意其他客人的打扮和貴重飾品等等。這一點倒是跟刑警很類似的習性。
「就是請銀行提出資料，連除此之外的可疑存款一併全部複製的方法，因為現在還不希望銀行知道我們盯上哪裡。」
「所以才要以他案名義啊。」
瀧澤的用字可以看出國稅廳對相關機構握有的權力之大。國稅廳上有大藏省，大藏省是銀行等金融機關的管轄機關，所以銀行也有不得不交出資料的壓力。
「我認為他一定有涉案。而且從貨品性質看來，金額應該不小。」
「是金額多少的問題嗎？」
聽到鮫島的話，瀧澤露出「你在說什麼傻話」的表情。
「豈止是問題，金額多少就是一切。我們的功夫就看能加徵到多少補稅。」

這時，鮫島看到三森站起來，坐在對面的男人也同時起身。這個男人是個身穿三件式西裝的高個子，眼光很銳利。鮫島推測對方年齡大約四十一、二歲，牢牢記住了這張臉。

「要追上去嗎？」看著兩人走出咖啡廳，瀧澤才站起來。

「嗯，有勞了。」瀧澤說著，快步追上走向飯店出入口的三森。三森在出入口跟同伴分手，正穿過玻璃門。同行的男人停在大廳裡沒走出去。

鮫島發現瀧澤沒付咖啡錢就走了，苦笑了一下。在三森周圍輕舉妄動並不是個明智之舉，瀧澤的正職是查稅，他應該不會冒不必要的危險。

鮫島站起來走向收銀台，三森和瀧澤都離開了飯店大廳。

鮫島一邊到收銀台前付咖啡錢，同時把眼光轉到電梯間的方向。

跟三森在一起的男人等著電梯。綠色的燈亮起，一台電梯門打開，人從裡面湧出。他正打算等這些人出來後進電梯。

男人停下腳步，走出來的乘客裡好像有個熟人，他們聊了兩三句，臉上並沒有笑意。

這個男人的下巴尖細，鮫島感覺這人散發著危險的氣息。他看起來不像道上中人，但眼神裡卻有闖過嚴酷風浪者獨特的尖銳。

男人向對方輕輕點了點頭，坐進電梯裡。

跟他對話的人繼續往大廳中央走。這人身穿高級駝色羊毛長大衣，白襯衫的領口用飾針固定著領帶。燙成波浪的髮型輕輕往後梳，和善的大眼睛在無框眼鏡後眨著。

鮫島離開咖啡廳出口，走近那個男人。

男人個子很高，雖是冬天卻曬得很黑。手腕上掛著粗金鍊，左手背比右手背白，表示他很常打高爾夫。

男人也注意到走近的鮫島，眼鏡後方的大眼睛睜得越來越大。
「鮫大爺啊。」
「你好啊，濱倉先生。」
「快別這樣，不要叫我先生。」濱倉急忙這麼說，並且環顧著周圍。
「真稀奇，大白天的，生意就這麼好啊。」
「饒了我吧，才沒有呢，其中一個還生病了。」濱倉搖搖頭。
「坐下來慢慢說吧。」
鮫島指著大廳一角的沙發。濱倉似乎也覺得總比在大廳中央站著說話好，一起走過去。
濱倉是個高級應召女郎小白臉兼皮條客，主要的活動地盤就在這附近的幾間高樓飯店。他跟幫派沒有關係，也不碰興奮劑和大麻、古柯鹼等毒品。
手上的小姐總有三到四人，而且他把這些小姐當作商品，很肯花錢培養，也相當照顧。他讓小姐們定期上醫院接受檢查，還從收入裡以小姐們的名義存了一筆定存。
簡單地說，他算是個通情達理的皮條客，在小姐之間的風評也不錯。雖然說經營的是賣春行業，卻不會在飯店大廳或路上隨便拉客，通常是以車上電話作為接客窗口，開著在這一帶來回繞。
「年底以來生意慘澹得很，正在想是不是要轉行了。」
濱倉嘆了一口氣，這番話裡不知道有幾分真實度。他外表和給人的印象都很軟弱，不過鮫島聽說，他曾經一個人親身救出被流氓抓住的自家小姐。
濱倉闖進對方的事務所，跪在地上哀求對方，要把自己的身體怎麼處置都行，只求不要碰小姐一根寒毛。姑且不管立場的差異，聽了這些故事，鮫島對這個乍看之下有點輕浮的男人產生了好感。

「你說小姐生病，是很難治的病嗎？」鮫島問。

「也不是啦。這孩子本來預計要洗手不幹了，因為肚子裡有了。不過不是客人的孩子，是男朋友的。她想生下來，去看了婦產科，沒想到前一陣子，她本人沒有要拿掉的意思，孩子竟然被拿掉了。她哭得可慘了啊，我看了不忍心，想替她出口氣。」

「她自己並不想拿掉？」

「可能是跟其他患者搞錯了吧，畢竟這附近要拿孩子的人很多。她本來有固定去的醫院，那時候突然肚子痛，去給其他醫生看，然後就搞出這樁事來。我在電話裡跟對方稍微談了一下，對方竟然說，反正孩子有病，活不下來的，說得實在太過分，我就火大了。而且，我們想替拿掉的孩子做法事，要對方把孩子還給我們，他們也不肯。連不太發脾氣的我都發火了。」

「小心不要生氣過頭，變成恐嚇了啊。」

「總之，一定要讓對方好好道歉，付出該付的代價。」

「那你現在要去找對方嗎？」

「是啊。對了，鮫島先生，你可以一起來嗎？有您在，我想對方也不敢亂來。」

「這可不行。要是我出面，那這件事就無法和解了。」

「也對，您說得是。」

濱倉噘起嘴。鮫島換了個話題。濱倉的頭腦好，一定可以在不構成恐嚇的範圍內大敲醫院一筆吧。

「對了，剛剛跟你在電梯前說話的男人，我好像見過，那是誰？」

濱倉稍把臉往後退，盯著鮫島。「您當然見過。」他點點頭。

「那是光塚先生啊。鮫島先生到新宿來幾年了？」

「四年多吧，快五年了。」

「啊，那你可能不知道吧，那個人本來是這個。」

濱倉圈起右手的食指和拇指，放在額前。

「哪裡的？」

「新宿吧，還是四谷？總之他以前是刑警。」

「現在看起來挺闊氣的嘛。」

「是啊。他現在跟個美容沙龍的女老闆在一起，還是個真不錯的女人，手頭應該有不少來路不明的錢吧。」

「美容沙龍？」

「是啊。這間飯店裡也有，超高級的會員制沙龍。我本來想讓我們這裡的小姐也加入，結果聽說光入會金就要三百萬日圓，只好打消念頭。電視上也常看到廣告啊，叫須藤茜美容診所。」

「沒聽過。」

「我想也是，這種消息跟男人沒什麼關係。」濱倉也爽快地附和。

「不過，他也算是高攀了。他們好像沒有結婚，不過光塚負責祕書之類的工作，看起來挺風光的。」

「是嗎。」鮫島點點頭，拍拍濱倉的膝蓋。「不好意思啊，耽擱你時間。」

「哪裡，別客氣，那我先告辭了。」濱倉站起來，離開了飯店。

2

回到署裡的鮫島，被防犯課長桃井叫住。

「上次那個案子辦完了嗎？」

「是。」

桃井是個五十出頭的警部，在署裡有「饅頭（死人）」的綽號。之所以被取這個綽號，是因為十五年前左右一場交通事故讓他失去了獨生子，從此之後，他看起來就好像喪失了所有生活的熱情。梳平那乾澀沒有油脂、黑白夾雜的頭髮，總是身穿黯淡的咖啡色西裝。待在署裡大部分的時間，他都戴著老花眼鏡坐在課長位子上度過。

考上國家公務員上級考試❶後進入警視廳的鮫島，現在的階級為警部。以他的年紀來說，當上警視也不奇怪，快一點的話甚至有可能升上警視正。

但是他在二十七歲時，以主任警部的身分被分配到縣警公安三課，跟強烈傾向右翼的部下發生衝突，在爭執中鮫島被模造刀砍傷脖子。事件之後部下遭到免職，回到警視廳的鮫島，被捲入警視廳公安部內的暗鬥。

當時跟鮫島同期一個名叫宮本的警視自殺，死前在日記裡提到，自己曾寫了一封信託付給鮫島。

警視廳公安部可以接到日本全國警察本部送來與公安相關的情報。這裡的情報收集能力和分析能力，遠遠超過從前的特別高等警察，相當優秀。但是也正因如此，很難釐清情報來源，有時候甚至不知道自己手中這條線的源頭，究竟會上溯到什麼地方。

簡單地說，宮本就是拉到了一條不該拉的線。

不過這既不是宮本的錯，也不是巧合。鮫島透過信的內容，知道了真相。

公安的兩大對立派系正在進行暗鬥，宮本則被當成標靶。

兩個派系的人都要求鮫島把信交出來。懇求、收買、脅迫，但鮫島對這一切都視若無睹。

結果，高層摸不清鮫島意圖，因此不管哪個派系都視鮫島為危險分子，開始研擬策略企圖排除他。

當時即將退休的外事二課課長是唯一的中立者，他很擔心鮫島的生命安危。

外事二課長認為，不當警察對鮫島來說反而危險性更高，建議他轉任到轄區警署。

隸屬本廳公安部的官僚警部轉任轄區警署，可說是史無前例的人事異動。

鮫島的階級止於警部，也並不尋常。

轉任新宿署是種降職、左遷，但是鮫島卻很樂於接受。

鮫島考上公務員上級考試，選擇去警視廳赴任時，腦中對警官這個職業還沒有太強烈的情感。

他只是隱約感覺，說不定自己滿適合當警察。而他的想法在這八年當中，有了很大的變化。

鮫島開始希望，自己能成為一個優秀的警官。他所謂的優秀警官，並不是對國家或警察機構而言的優秀警官，而是自己所相信，對法律和正義忠實的警官。

❶一九八五年廢止上級、中級、初級的分類，改稱一種、二種、三種。

既然警察是一種組織，有這種想法的人，也就是重視自己的原則甚於組織規則的人，勢必要面臨嚴酷的考驗。

再加上鮫島還是個被金字塔構造上的遙遠高層視為眼中釘，恨不得除之而後快的存在。從雲端跌落到新宿署這塊平地上的鮫島，想當然，沒有人會想跟他交好。

新宿署各個部署的負責人都拒絕接收鮫島，只有一個人沒有拒絕，那就是桃井。桃井呈現的態度是，他對上面要指派誰來，一點興趣都沒有。

鮫島對於沒有人願意接受自己這件事，完全沒有顯露出不平或不滿。他只是默默地不斷奮戰。他身邊沒有支援，隻身追捕重要罪犯的危險，對他來說是家常便飯。

鮫島的重要罪犯逮捕率，一直是署內第一。

這又加深了從非官僚幹起的刑警們的強烈反感。

鮫島一直很孤獨。不過，鮫島最近才知道，其實他的奮戰桃井始終都看在眼裡。桃井為了救鮫島一命，不惜賭上自己的生命和工作，射殺了一個重罪犯。

但是這次事件並沒有讓兩人的關係急速接近。桃井依然顯得對一切都提不起勁、毫不關心，但他的內心深處並沒有喪失保護市民安全的熱情。

當鮫島發現到這一點，他開始尊敬自己的上司桃井課長，對於自己進行的搜查，也只會告訴桃井一個人所有實情。

新宿署裡能讓鮫島如此信賴的，除了桃井就只有鑑識科的藪。

瀧澤拜託他找三森這件事，鮫島跟桃井提過。當然，桃井不可能把內部偵查的情報透露給其他人知道。

鮫島坐在自己的位子上，回到做了一半的文書工作上，這時他突然想起了什麼，詢問桃

井，

「您知道光塚這個人嗎？以前好像是新宿署還是四谷署的刑警。」

瞬間，坐在防犯課座位上的資深刑警們全停下了動作。官拜課長輔佐的警部補新城，乾咳了幾聲後離開座位，走出了房間。

留在房裡的其他兩個刑警也追了上去。

目送他們離開後，鮫島望向課長座位。桃井彷彿什麼也沒看見，正透過快要滑落鼻梁的老花眼鏡看著文件。

他終於抬起了眼睛。

「你是說光塚正嗎？」

「我只知道姓，不清楚他的名字。年紀大約四十一、二，下巴很尖，高個子。」

桃井輕輕點點頭。

「他以前是刑警課的巡查部長。頭腦好，體力也不錯，在你來之前就辭了。在他辭職之前嘛……跟你一樣，區裡的黑道都很怕他。」

「他為什麼要辭職？」

桃井嘆了一口氣，拿下老花眼鏡。他往後倒在椅背裡，看著鮫島。

「你見到光塚了嗎？」

「偶然看到的，他跟三森在一起。」

房間裡只剩下桃井跟鮫島兩個人。

「跟三森？」

桃井輕聲說，

「對了，我們署裡最早抓到三森的，好像就是光塚。」

「看來他很能幹。」

「他是很能幹，應該說太過能幹了。這就是他離職的原因。」

鮫島沉默地看著桃井。桃井好像在猶豫該不該說，如果桃井決定不說，那很可能再也沒有任何人會透露跟光塚有關的情報。

桃井終於開了口。

「當時，管區內有個叫小磯會的黑道，現在已經解散，被其他組織吸收了。光塚接到情報，知道小磯會的少頭目靠毒品賺錢，他為了求證，去接近少頭目在酒店上班的情婦，跟那個酒店小姐接觸幾次之後，兩個人發展成男女關係。光塚可能覺得這是為了獲取情報必須的手段吧，他這個人做事很大膽。但是對方那個酒店小姐卻認真了，她向光塚出賣了自己的男人。」

「那毒品呢？」

「扣押了。他聲請了逮捕令，那個少頭目在準備逮捕自己到案的警察面前，挾持那個酒店小姐當人質不肯出來，要求叫光塚來。」

「他知道女人出賣自己……」

桃井點點頭。

「沒錯。光塚來了之後，對方把菜刀抵在女人喉嚨，問光塚作何打算。光塚在前一年已經離婚，當時單身。光塚那時候很明白地告訴對方，自己的目的只是為了獲取情報……」

「然後呢？」

「大家都以為男人會殺了那個女人，沒想到他刺向自己，送到醫院時因為大量出血來不及搶救。女人三天後跳下山手線軌道，當場死亡。」

鮫島嘆了一口氣。

「因為這個原因，小磯會最後也毀了，不過本廳的監察開始查案，質疑光塚的搜查方法有問題。光塚在署裡也是個孤立的角色，雖然是個優秀的刑警，可是自尊心很高。或許這就是原因吧。

「刑警課裡沒有一個人替光塚說話，結果以自願退職的形式，離開了本署。」

鮫島叼著菸，稍微了解為什麼當時看到光塚時會感受到一股危險的氣息。

光塚或許可算是某種警官的典型。經常面對人和人在彼此的界線之間摩擦碰撞，因而產生的犯罪，勢必會有跟一般社會相隔甚遠的倫理觀。

掃黑的刑警對幫派成員比一般上班族更感親切，也是基於這個理由。

一般人對於一個生活在自己無法想像世界的人，即使想交談，也總覺得不合拍。

從某些角度來看，醫師和病人的關係也未嘗不相似。健康人聽到長期住院的病人和主治醫師的對話，會覺得異樣。在他們的關係當中，醫院就是全部的世界，外部的問題不代表任何意義。

醫師和病人有著生病這個絕對無法逃避的共通問題，這讓兩者之間產生了特殊的信賴，存在著在醫院以外的人無法了解的關係。

雖然不能把犯罪和生病一概而論，但慣犯和刑警之間的關係，或許跟這有點類似。奇妙的自尊心因此萌生，一種身為專家的自尊心。

犯罪者和刑警認同彼此是專家，因此會有輕看一般人為外行人的傾向。

拘留所等地方就很忠實地呈現出這種傾向。在收容的嫌犯和執勤官之間，可以聽到這樣的對話，「你們幾個已經很熟了，要好好照顧新人，仔細教他啊。」

這就是一個例子。

然而，光塚他扭曲的倫理觀，卻意外被同是警官的同事彈劾。

當然，如果桃井說得沒錯，光塚在搜查過程中所採用的方法確實不能原諒。但在還沒致人於死的階段以類似搜查方法檢舉犯人的刑警，應該不勝枚舉。查稅部最忌諱的情報外洩，根本上也都出於相似的原因。

光塚是怎麼看待拿著石頭驅逐自己的警察機構呢？

正因為桃井說過光塚是個優秀的刑警，鮫島對此更加好奇。

3

這天傍晚的風很強。今天工作特別早結束，四點時文枝已經朝新宿車站西口方向走著。她的身體逆風前傾，兩手交叉在大衣前，看著地面往前進。

這附近本來風就強，如果是夏天，吹起來其實還滿宜人的。

但是嚴冬時節吹來的凜烈北風，卻有著沁入骨髓的寒冷。

抬起頭，新都廳這棟建築看起來就像是巨大的墓碑。都蓋起了這麼龐大的建築物，附近的人煙還是依舊稀少。

文枝很討厭這棟新都廳大樓，感覺它虛有其表，又不可一世，散發著讓人難以親近的氣氛。而且，自從那棟大樓蓋好了之後，這附近的高樓風好像變強了。

從正面撲到臉上的北風逼出了眼淚。「再撐一下！」文枝這麼告訴自己。

再一百公尺左右，就是從新宿車站連接到都議會議事堂地下的地下道入口。

下了樓，進入地下道後，文枝放鬆地吐了一口氣。剪短燙鬈的頭髮，一定變得毛燥亂翹吧。

本來兩星期前就應該到美容院重染的頭髮，現在髮根的地方已經全長出白髮。

白髮在她即將告別二字頭的時期開始增加，到了三十五歲左右，文枝的頭髮如果不染就幾乎是全白。

她知道自己沒生病，這是體質使然。從那時候開始，她就定期會上美容院染髮，但是從去年四十九歲的生日起，染髮的間隔稍微拉長了一些。

因為她發現年近五十的歐巴桑頭髮要是太烏黑，感覺反而奇怪。

地下道蜿蜒曲折，她覺得自己彷彿在蟻穴當中前進。殺風景又不知從哪裡流出來的音樂，帶來異樣的感覺。

商店街還要再往前走。到達商店街之前，地下道裡並不溫暖，但是，至少不需要在外吹著那幾乎要割裂耳朵的冷風。

從明天開始，記得戴去年新年買的那頂毛線帽出門，文枝在心裡這麼決定。去年天氣很暖，所以只有二月初到三月初的一個月期間拿出來戴。那頂帽子可要三千八百日圓，她直覺得可惜，今年從現在就可以開始用。要是小心愛惜，應該可以用好幾年。

自己從小就很愛惜東西，也一向以此為傲。

走到地下商店街，文枝有點猶豫，不知道該不該買晚餐的材料。這裡沒有賣現成料理的店，卻有幾家可以外帶燒賣或豬排的店。

飯已經煮下，只要買幾樣小菜回去，晚餐馬上就可以吃了。但是今天還得繞到其他地方去，那附近應該可以買東西吧。

從新宿車站搭山手線到目黑。該走哪一條路，她前一天已經在地圖上調查過了。從目黑車站搭都營公車最方便。

可能因為時間還早，電車和公車都不怎麼擠。

目黑車站也有許多商店，文枝在這裡又感到一股想購物的衝動。不過待會要去的地方，一定也有地方可以買東西吧。

文枝在白金三丁目下了公車，她第一次到這個地方。時間還早，所以她決定用走的。公車上幾乎都是女學生和老人家，聽著那看似國中生的女學生們聊天，頭就莫名地開始痛了。

放肆又囂張，但是卻老是注意裙子長度和髮型，強調自己的女人味。上這附近學校的，一定都是些千金少爺小姐吧。他們的母親應該跟自己差不多年紀，或者再年輕一點。

文枝沒結過婚。她這輩子只懷孕過一次，已經是二十五年前的事了。那時候的孩子要是出生，現在自己有孫子也不奇怪了。但是上天奪走自己肚子裡的孩子，卻把那孩子給了自己。

那孩子？

已經不是叫孩子的年紀了啊。

文枝一邊走一邊微笑。

可是，那孩子對自己來說，就像自己的親生孩子一樣。

自己的孩子？

好像有點不一樣。畢竟她們年紀沒差那麼多。而且，那孩子要是沒有我，也能夠過得很好。但是，我還是得陪在她身邊才行。

跟那孩子之間的關係很難用言語來形容，但是我和那孩子之間，有著重要的牽絆。這牽絆一輩子都不會消失，斷也斷不了。

當然，我一定會比那孩子先死。死後一定會下地獄吧。可是到那時候，那孩子會為我流淚。我會在某個地方看著這個景象，放下心來。然後，再向對方道再見。

文枝在種著美麗路樹的街道往右轉。路邊排列著豪華的獨棟房屋和美輪美奐的公寓。這些公寓並不特別大，不過每個房間一定都很寬敞吧。

不知道住在這裡面的人是買的還是借的，總之價錢一定不低。

走著走著，她看到了一座停車場。高級公寓的停車場太小，車子停不進去的人都來租這種停車場。

裡面停了很多輛賓士車。進口車的名字她只知道賓士，賓士是一個圓圈裡有三條線的符號，一看就知道。

記得曾經聽別人說過，方向盤在左邊就是進口車。仔細看看，停在這停車場裡的車一半以上都是進口車。

今天的男人開的是什麼？保時捷，對，記得對方開的是保時捷這種車。

可是文枝並不知道保時捷是什麼形狀的車。

停車場隔壁就是那座公寓，貼著發藍白亮光瓷磚的六層樓公寓。地下停車場的入口拉下了鐵門，亮著綠燈。旁邊還有個紅燈，可能有車子進出時燈色會變換吧。

看著戴在手上的手錶，時間還不到五點，再過不久天色就要暗下來了吧。

文枝走回來時路。住滿有錢人的這個地方，應該也有賣炸肉餅和蔬菜沙拉的店才是。

種著路樹的道路再往前走，有間看似超級市場的店。

玻璃窗很大，入口堆著金屬製的推車，有種外國超級市場的氣氛。

對了，買些蜜柑回去吧。文枝想起暖爐桌上盤子裡堆的蜜柑只剩下一點點。

超級市場前的人行道上停了好幾台車，前後排列得很緊。有紅色賓士，也有白色大車，很多大型車。

走下車的都是跟文枝差不多年紀的女人。

或許是特種行業的女人。看著身穿黑色毛皮大衣，單手拿著鑰匙小跑步往店裡跑的女人，文枝心想。

可是仔細看看，不管是走在附近，或者開車來的，都是頭髮梳整得極漂亮，打扮講究的女人。

雖然身上穿的是簡單的便服，不過每一件的價格看來都很貴。

文枝在超市入口，盯著一個牽著四歲左右女孩的手走出來的母親。年紀大概三十一、二吧。沒化妝的蒼白臉上戴著眼鏡，身穿襯衫和寬管褲、毛皮大衣。她身上一件襯衫的價錢，大概可以買齊文枝身上穿的大衣、開襟毛衣和裙子吧。

文枝主動讓路，而這位母親只擺出冷淡的臉色，裝作沒看到。

感覺真糟，自以為了不起，一副有錢人的嘴臉——

文枝心想。同時，她也突然在意起自己現在身上穿的衣服。

她確認了大衣前的鈕釦全都確實扣上，不想讓人看到手肘處磨到變形的開襟毛衣。畢竟是自己親手編的，形狀難免會跑掉。

超市裡暖和得幾乎有點悶，燈光明亮。店裡放著古典音樂，前方堆著成山的外國罐頭。

文枝拿起一個到處可見的黃色塑膠購物籃，往店裡後方走去。

罐頭的旁邊是水果區。西瓜、桃子、草莓、木瓜、奇異果、芒果……有個水果文枝第一次看到，要價四千日圓，她不敢置信。又不是高級哈密瓜。當然，哈密瓜在這裡也是隨意地堆放著。

蜜柑在哪呢——

找了找，發現了成袋的小顆蜜柑。看了價錢，手縮了回來。這要五百圓。

文枝家附近的蔬果店裡，數量稍微少幾顆，放在盤子裡每盤只賣三百。

算了，會買這種蜜柑的一定只有做不正經工作、也沒好好繳稅的暴發戶。

超市最後方是鮮肉和鮮魚區。鮮魚區放著水槽，裡面放養著龍蝦、鮑魚、鯛魚等等。

布滿白色霜紋的牛肉，漂亮的切口朝上擺放在鮮肉區裡。每種肉前面都立著寫上品名的牌子，寫著「最高級松阪肉」等。

文枝東張西望地看著周圍，終於在鮮肉區角落發現放在塑膠盒裡的炸肉餅。兩片要四百圓，她嘆了一口氣。

一個跟文枝年紀相當的主婦，站在鮮肉區前。左手的戒指，和右手上掛的白色塑膠袋，以及長度較長、看來像家居服的裙子，透露了她主婦的身分。

「啊，給我每公克四千圓的肉，我要三百公克，壽喜燒用的。」

那個女人說著。那口氣聽來不像刻意奢侈，似乎平常總是這樣買東西的。文枝出神地盯著那女人。她從裙子口袋拿出一個很有厚度的錢包，是個常見的購物用皮夾。皮夾的蓋子彈開，可以看到裡面放了好幾十張一萬日圓鈔票。漂亮的手指抽出兩張鈔票。

「謝謝您經常惠顧啊。」

穿著白色上裝的中年男子包裹切好的肉片遞出，接過鈔票。

文枝看著，稍微呆了一會兒。在這間店裡，鮮肉和鮮魚可以直接在各賣場結帳。

她只把炸肉餅放進購物籃裡，因為她不想在收銀台前排隊。

文枝快手快腳地把炸肉餅盒和放在旁邊的盒裝通心粉沙拉放到鮮肉區的櫃檯上。

中年男子斜眼瞥了這些東西一下，走到後面去。

怎麼了嗎？文枝開始覺得不安，於是，一個十八、九歲的實習店員走出來，向她打了招呼。

「歡迎光臨。」

文枝無言地從掛在左手上的布袋抽出錢包。裡面放著一張一萬日圓鈔票和一千日圓鈔，所有鈔票都摺成四等分。

她把摺起來的一千日圓鈔放在櫃檯上，拿了找回的零錢，只有一百幾十塊錢。要是在住處附近的商店街買同樣的東西，至少可以找回五百圓硬幣。

她跳過覺得不可思議的階段，開始覺得生氣。這些人都不正常，正常人是不可能這麼做的。

這種花錢的方法，等於把錢丟到水溝裡。

「您需要袋子嗎？」

年輕的店員好像終於察覺到。

「好，請給我袋子。」

印上店家名字的白色塑膠袋裡，裝進了炸肉餅和沙拉。

她拿著袋子，快速走過人潮擁擠的收銀行列旁。收銀機有三台，每個台前的小盤裡，都放著一萬日圓的鈔票。

每天花一萬日圓買東西，而且只能買到一點點下飯的小菜。

文枝終於走回人行道上，她深呼吸了一口氣。外面的空氣既冷又乾，感覺自己腦袋中心也清醒了。

得振作起來才行。在這之後，還有該做的事呢。

她這麼對自己說，回到路樹林立的道路，走往剛剛那公寓的方向。

4

晶打電話來的時候，鮫島正躺在床上看著電視上的新聞。

鮫島住在中野區的野方。離開新宿署後一個人吃完飯，回到公寓已經是下午九點多了。

跟晶已經十天左右沒見面了。十天前剛好是晶的樂團「Who's Honey」首張專輯問世超過一個月的日子。

鮫島聽說，「Who's Honey」即將要開始巡迴演唱。從下星期開始半個月左右，要巡迴西日本。專輯剛推出，或許沒有太多客人來，但是包括晶在內的樂團成員，都很期待現場演唱。

以往「Who's Honey」的現場演唱除了東京之外，只在北關東幾個都市裡辦過。這次預計以京都為起點，在關西地方數個都市舉行。晶把這稱呼為「武者修行」。

電話響起時，鮫島看著牆上的時鐘，十點過十二分。晶打電話來多半是十一點到十二點中間，所以他猜想，這應該是晶打來的。

「現在可以過去嗎？」

拿起話筒，晶飽含怒氣的聲音衝進耳中。

「你現在在哪裡？」

「原宿。」

「來吧。」

鮫島說完，隨意地放下話筒，目光再次回到電視上。

晶住在下北澤，公寓一樓是錄影帶出租店和冰淇淋店，房間是一房一廳的格局。

原宿不是晶的地盤，她私底下應該也很少到附近。新宿才是晶的世界。她在新宿工作，在新宿唱歌，在新宿被發掘。

成為職業樂團出道後，現在事務所很不希望晶涉足新宿。可能是擔心因為晶從前的交友關係衍生麻煩，被捲入糾紛。

但是晶一點都不在意這些事。跟鮫島見面當然在新宿，吃飯、喝酒，或者上賓館做愛，都選擇新宿的店。

晶跟鮫島差了十幾歲。但是鮫島知道，自己是真心地愛著晶。晶現在應該也是吧，他們兩人交往已經快兩年了。

晶並不打算隱瞞跟鮫島之間的關係，樂團成員當然所有人都知道。

刑警和搖滾歌手交往，確實不尋常，但鮫島畢竟不是一般的刑警，晶也不是個一般的搖滾歌手。

而且——

想到這裡，鮫島不禁露出苦笑。想用「一般」來形容刑警和搖滾歌手這個職業，本來就是錯誤的。

兩人的關係今後可以持續到什麼時候，誰也不知道。晶不是會胡思亂想這些事情的人，鮫島即使想了，也不會說出口。

只不過，如果分手的時刻終究要到來，也希望那一天愈遠愈好，最好到了那時候，自己已經夠成熟，足以克服分手帶來的心痛。

但是所謂的心痛，就算可以裝作沒感覺到，也不可能真的沒有感覺。只能接受這樣的疼痛，摸索出與心痛共存的方式。

鮫島發現只要一想到跟晶分手的事，自己就會變得極端膽怯。一定是因為一年前左右，那個讓他差點永遠失去了晶的事件。

這件事他絕對不想讓晶發現。並不是因為他想保持對晶的強勢立場，鮫島是擔心當晶發現這件事時，會對自己產生不必要的體貼。

晶的個性活潑大膽，又異常剛烈，除此之外還有體貼，充滿正義感、意志堅強，鮫島對她除了愛，還有一份尊敬。

一點也不誇張，鮫島覺得，自己教給晶的事，遠不及自己從晶的生活方式當中學到的多。

晚上快十一點，房間的門鈴響起。鮫島站起來，卸下門鎖。身為刑警，不管人在不在家，都養成上鎖的習慣。

晶應該是喝了點酒，眼睛周圍泛紅。

「好冷！」

晶只說了這一句，脫了鞋，逕自大步走進房間，把手伸到石油暖爐上。

晶身穿黑大衣、黑圍巾、黑毛衣、黑裙子的全身黑打扮，裙子是超迷你裙，褲襪也是黑的，鮫島看了之後說，

「這褲襪跟女學生穿的一樣嘛。」

脫下大衣，彎身在暖爐前伸手取暖，明顯地露出渾圓的臀部線條。

晶回頭望著鮫島。

「色鬼。」

鮫島從鼻孔深深地吸了一口氣。聞到一股不知道是香水還是洗髮精，具有清潔感的乾燥香氣。

晶的頭髮跟之前相比留長了不少，但她男孩子氣的感覺依然沒變。可能是因為眼鼻眉宇之際挺拔的輪廓吧。

但是沒有人會把晶誤認為男人。鮫島戲稱為「火箭波」的胸前，總是以壓倒來者的氣勢聳立著。

「什麼女學生啊，真老套的說法。」

「我本來就是個大叔啊。」

「開什麼玩笑！我可不是為了見一個大叔才大老遠跑過來的啊。」

晶說著，用肩膀撞向鮫島。

「幹嘛啊。」

鮫島撞回去，晶躲開他。

「喂，很危險耶。」

嘴邊露出了笑容。

「你在原宿吃了什麼？」

鮫島問，晶張大嘴吐出一口氣，有薄荷和些微的大蒜味。

「烤肉是嗎？」

「猜對了，代理店大叔想用食物來釣小咖搖滾歌手。」

「代理店？」

「廣告代理店。『COP』賣得不好，所以唱片公司好像在想，說不定可以拿來當廣告歌。」

「賣不好嗎？」

「賣不好。」

晶很乾脆地說。首張專輯的名稱是「COP」，也就是「警察」的意思。名字不是晶取的，而是成員鬧著玩取的。

「我們本來就不覺得馬上就會大賣，可是唱片公司好像不這麼想，一臉期待落空的樣子。」

晶「嘿喲」一聲坐在床鋪上。或許是身子變暖了，她脫下毛衣，剩下T恤。T恤上印有「COP」的標誌。同樣的T恤，晶拿了十件到鮫島住處來。

「所以要拿來當廣告歌嗎？」

「對，這樣可以讓歌最快傳出去。」

「你覺得呢？」

「都無所謂。可是，總覺得很扯，聽說我們的歌好像要用在什麼美體沙龍之類的廣告上。」

「美體沙龍？」

「就是類似美容診所的地方，現在到處都是啊。」

「哪一家？」

「不知道。」

說著，晶開始脫掉了褲襪。翻開床上的棉被，鑽了進去。

「喔喔，好溫暖！」

露出開心的表情。晶的笑臉有著剛好可以用「天真無邪」來形容的味道。在她笑之前，眼睛裡反而有種受傷的野生動物般猙獰的眼睛。

鮫島跨坐在放在床邊的單人椅上。

他拿過菸來，晶看了對他說。

「給我一根，大叔。」

他把點了火的菸遞給晶。晶叼著菸，仰望著天花板。表情有一瞬間變得很認真。

「賣不出去的東西終究是賣不出去啊。」

她這麼喃喃自語著，眼角有著不甘心的表情。

鮫島無言地凝視著她。

「盡了全力還是不行，那就真的不行吧。」

晶又說。

「你希望能大賣嗎？」

鮫島問她。

「一點點，只要能賣一點點就好。反正我們一開始就知道，不太可能賣得太好。」

鮫島這幾週來感覺到，晶他們「Who´s Honey」這個樂團，正面臨著一個關卡。

「Who´s Honey」是從Live House慢慢打下基礎的樂團。在Live House裡有一批固定的歌迷，定期公演的票也一定全賣光，其中也有很狂熱的粉絲。

鮫島自己並不討厭「Who´s Honey」的音樂。他們技巧不錯，鮫島尤其喜歡用全身力量吶喊歌唱時晶的聲音。首張專輯「ＣＯＰ」裡，還有兩首歌是鮫島替晶補詞的作品。這件事讓鮫島有點不好意思，可是也暗自覺得驕傲。

自己有時還會突然哼起這些曲子，不過他絕對不想被晶發現這件事。如果讓晶知道他在哼歌，一定會笑到在地上打滾。

可是在Live House的實力能不能通用於大眾傳媒的巨大市場，又是另一個問題了。「Who´s Honey」並沒有變成所謂的「山大王」。只是，因為喜歡搖滾而組樂團，以職業樂團為目標的年輕人，終於實現了出專輯的夢想，這時怎麼可能要求他們別期待專輯暢銷呢。

這就是他們所面臨的關卡。

鮫島無法替他們做任何事。只有能克服障礙的人才能登上巔峰云云，這些話並沒有任何意義，誰都知道這個道理。唱片公司的人一定也不斷重複著相同的話，讓他們聽到耳朵都長繭了吧。

即使知道，面臨關卡還是會覺得痛苦。鮫島認為，其實真正重要的並不是克服這個障礙，而是面對這個障礙，體會其中的痛苦。可是這些說教似地自以為是的台詞，以鮫島的個性說不出來。

「去現場演唱盡情跳一跳。我看妳應該是有點慾求不滿吧。」

晶斜眼瞪著他。

「我才沒有慾求不滿呢。」

「我又沒在說那個意思。」鮫島笑著說。

晶把菸灰抖到旁邊的菸灰缸裡，「大叔，我想喝酒。」

晶說著。鮫島故意嘆了一口氣才站起來，從冰箱裡拿出喝了一半的白酒酒瓶，再拿著玻璃杯回來。

「我不要杯子。」

說著，晶撐起上半身，拔開酒栓直接對著嘴灌。接著她躺下，用力拍著床鋪的另一邊。

「大叔，旁邊。」

「你以為在喊名叫『大叔』的貓還是狗啊。」

聽到鮫島這麼說，晶粲然一笑。

「要是養了貓或狗，就替牠們取名叫『鯊魚』。」

「妳這傢伙。」

鮫島撲向她。晶大笑著逃過鮫島的手。但是一被鮫島抓到，她馬上一個轉身將自己的臉埋在鮫島的睡衣胸前。兩手繞在鮫島腰部，用力地環抱著。

「很香吧，我剛洗完澡呢。」

鮫島說著，晶動著鼻子猛嗅。

「有警察臭。」

「去死吧妳。」

說著，鮫島把晶的頭用力地壓在自己胸口。

不久之後，電話聲響起。兩人身上的衣服已經都在床鋪下。鮫島抬起頭看看時鐘，時間剛過十二點。

「這個時間，通常是妳會打來的。」

「如果是找你的，就說你不在。」

晶帶著睡意說。鮫島拿起話筒。

「吵醒你了嗎？」

話筒那端傳來平靜的聲音，是桃井。

「沒有。」

桃井聲音的背景，一點聲息都沒有。鮫島馬上知道，這不是從署裡打來的。

「剛剛我認識的機搜來問我一件事。」

「什麼事？」

「問我認不認識一個叫濱倉的男人，是個皮條客。」

「是。」

昨天才剛在飯店裡見過面。

「他被發現死在自家公寓附近。沒有外傷，但是死狀不尋常，所以監察醫去相驗，然後發現了一個小傷口，在後頸髮際附近。因為有他殺的可能，所以才來問我。」

「解剖的結果呢？」

「還沒出來。如果致命的是那個傷口，很有可能是毒物。關於濱倉這個人，你心裡有底嗎？」

「您是指他殺的原因嗎？」

鮫島想起婦產科醫院那件事，簡短地向桃井說明。

「可是，濱倉不是個會讓對方害怕到起殺意的男人。」

「也是，你有聽說是哪間醫院嗎？」

「沒有，查一下應該可以知道。」

「我會把這些事跟機搜的負責人交代一下。如果那邊查不出來，會透過搜一再跟我們聯絡。」

「我知道了。」

「這麼晚打擾你，不好意思啊。」

「哪裡。」

桃井靜靜地掛了電話。鮫島看著晶，不知道她是醒的還是睡了，她閉著眼睛，平緩地呼吸著。

他把雙手交叉墊在頭後方，盯著牆壁看。濱倉不太可能是因為威脅婦產科醫生而被殺的。

看不順眼濱倉做生意方法的流氓，也是有的。解剖結果還沒出來當然還很難說，不過以流氓來說，這種殺人方法未免不太尋常。

流氓殺人要不然就是殺雞儆猴式的殺法，不然就是連屍體都處理得一乾二淨，多半是這兩種之一。

如果是為了殺雞儆猴，通常會用射殺或刺殺等高調的手法，犯人——多半是代罪羔羊——也馬上會被逮捕。若是要徹底滅屍，則會埋在深山或垃圾處理場裡，讓屍體很難被找到。這通常會牽涉到鉅款。

濱倉的例子兩種狀況都不算。濱倉手下的小姐只有三、四個人，而且如果他最後見面時說的話是真的，表示最近生意並不怎麼理想，那就不太可能有人在這時想殺了濱倉搶走他的地盤。唯一有可能的，是他無法忍受這麼糟的景氣，涉足了奇怪的工作，因而招惹來殺身之禍。

這可能牽涉到賭博，或者毒品。

如果真是如此，鮫島除了他的死，還會感到另一個層面的失望。鮫島雖然算不上對濱倉有什麼好感，但是對於在法律前對峙的兩人來說，很難得會萌生這樣的感情。鮫島期待搜一能有進一步的聯絡。濱倉的死因，似乎可能變成鯁在鮫島胸口的一根刺。

鮫島回想起濱倉的臉和小動作。他生活在那樣的世界裡，是否也有所覺悟，總會面臨這一天的到來呢？即便如此，濱倉的死還是讓鮫島的胸口隱隱作痛。

5

從泳池裡出來的藤崎綾香，直接穿著運動衣使用館內電梯回到自己三十四樓的房間。附泳池的健身房也有設備完善的淋浴間。不過，今天是要去見茜的日子。

每個月一次跟茜相會的日子，綾香都會特意地精心打扮。

綾香在三十四樓的套房裡沖澡、梳整頭髮，開始化妝。

茜和綾香從小就常被大家說，簡直像雙胞胎一樣。茜大綾香一歲，不過第一次見面時，兩個人確實也都嚇了一跳。

兩個人最像的就是眼睛，眼睛也是綾香化妝的重點。

綾香的眼睛平常是細長的雙眼皮，不過刻意睜大眼睛時，表情就像個需要保護的小孩子一樣。綾香知道，不分男女，這表情可以深深吸引自認為是強者的人。

女人的臉會因為髮型和服裝而改變，但是其中帶來最深刻印象的就是眼睛。不僅是形狀，眼睛所有的「力量」，決定了一個女人的魅力。

她討厭自己在浴室鏡子裡映出的臉。可能是因為日光燈的關係，讓眼睛的「力量」顯得很薄弱。

所以綾香總是在俯瞰新宿街景的窗邊，就著太陽光化妝。為此，她還運來一個北歐製的梳妝台。

住在這間飯店已經快四年了。每個月支付三百多萬的住宿費，大部分的任性要求，飯店都願意照單全收。

茜如果醒了——

一想到這裡，綾香正在化妝的手就比平常更加仔細。畫眼線的手指格外慎重，可是，太過慎重也可能畫不好。

當茜醒來時，綾香希望她眼前最先出現的是自己的臉。所以她才這麼用心化妝，挑選要穿什麼衣服。

綾香知道，如果光是要找外表美麗的女人，有太多人勝過自己了。但是自己所擁有的不只這些。她還擁有知性，以及讓人不由得產生保護慾的痛楚。綾香很巧妙地運用這兩種特質。知性，用在想要表現冷靜的時候，痛楚，用在想要表現無辜，勾起對方保護慾的時候。衣服也要隨著情境搭配變化。

這五年來綾香到醫院從沒有穿過同一件衣服。

今天要穿的衣服，她已經決定好了。有時她也會猶豫，不過，她一定得從最新的衣服裡，挑選最昂貴、最美麗的衣服才行。

這在茜睜開眼睛時，也會發揮重要的功能。

茜的房間是白色的世界，所以綾香盡量挑選明亮的顏色。今天穿的是橘色的套裝，領口鬆鬆地繞上昨天送來的香奈兒絲巾。

挑好鞋，搭配上皮包，她站在全身鏡前。

她很有把握，三十五歲的自己看起來絕對不到三十。

綾香經營的沙龍裡，總是建議客人要有「與年齡呼應的美」。尤其是這間沙龍跟其他不同，客人多半是三十、四十，甚至還有五十多歲的高齡者，這一點就更加重要。

「與年齡呼應的美」這句話，讓許多荷包和時間都相當寬鬆的顧客趨之若鶩，牢牢地抓住了她們的心。這是因為大多數的客人，都以為自己實際的年齡已經屬於衰老的世代了。

——這是不對的。

綾香總是這麼告訴她們。

——妳現在四十五歲。可是看起來卻比實際年齡四十五歲還要老十多歲。四十五歲的肌膚應該更美，化妝也可以更漂亮。妳一定要找回符合自己年齡的美才行。

——真的有可能嗎？

大部分的客人都會覺得驚奇、訝異。每個人雖然都希望變得更美，可是內心也幾乎放棄了變美的可能。剩下些微的部分，渴望有「奇蹟」出現。正因為如此，她們才會來到綾香的沙龍。

——當然有可能！

綾香露出微笑，靠眼睛的「力量」說服對方。

——畢竟您現在已經四十五歲了，要追求二十歲時的美麗雖然很困難，但是要找回四十五歲該有的美，一點也不難啊，對不對？如果現在實際看起來有五十五歲，我們只是要讓您回到四十五歲該有的樣子而已。光是這樣就可以讓您整個人改頭換面。您一定會很驚訝，原來四十五歲也可以變得這麼美。

這些話就像變魔術一樣。就算不可能找回青春，現在的自己看起來比實際年齡老，如果只要能回到真實年齡……

說不定並不遙遠。

這個念頭開始在她們心裡滋長。綾香教育沙龍裡的美容師們，絕對不可以稱呼客戶為

「夫人」。

要叫她們的名字。

比方說「綾香小姐」、「茜小姐」。

這麼一來，她們就會不知不覺地回想起別人以名字稱呼自己的年輕時日。很不可思議地，年過五十的「夫人」在沙龍裡會宛如少女般雀躍地輕笑。

剛開始聽到自己名字時的疑惑，或者露出不悅表情的客人們，也漸漸會高聲應答。

「來了！」

就像個妙齡女學生一樣。

這兩點就是讓綾香的沙龍成功的祕訣。

不過……

綾香自己可不相信什麼「與年齡呼應的美」。「與年齡呼應的美」，終究只是個商品。

從事化妝品的工作幾年來，綾香深刻地體認到，女人的美確實會隨著年齡逐漸流失。

肌膚會老化，嬰兒時期的皮膚才是最美的。

眼睛會混濁，天真孩子的眼睛才最充滿光彩。

化妝也只是企圖填補失去的青春罷了。

就算有所謂「與年齡呼應的美」，那也不會是外表，而是發自內在顯露出來的氣質。要用金錢和時間來贖回美麗，代價實在太昂貴。

當然，很多女人早已發現到這一點，但這種女人決不會到綾香的沙龍來。

美體沙龍確實可以讓女人們變美，因為它可以給女人一份「自己確實很美」的自信。

但這並不意味著美麗，也就是說，並不會帶來外表上的變化。

外表上的美，指的是年輕。只有年輕，才能擁有美麗。

綾香如此深信。所以她總是極度小心讓自己看起來年輕，不惜任何努力。

電話鈴響了。

綾香拿起這支請飯店破例裝上的無線電話話筒。

「我到樓下了。」

對方這麼說。相當準時，這個男人從不遲到。

「知道了，我馬上下去。」

說完，綾香按掉電話的開關。

光塚沒有停在地下停車場，他將車停在大廳正面形成環狀車道的飯店入口邊。

恰好停在旋轉門前的純白賓利，引得人人回眸多看兩眼。從前男人們競相開著高級車邀約綾香時，她曾經想過，該坐在哪種車的前座，才能突顯自己的存在。

但是不消片刻，綾香就發現這種想法的可笑。就算突顯了自己的存在，也跟這台車子一樣，都只不過是為了滿足握著方向盤這男人的自尊心。

受人羨慕的既不是綾香也不是車子，而是那個男人。真正耀眼的，是擁有車子和女人的主人。

不過現在不一樣了。

身穿深藍色兩件式西裝的光塚，發現穿過旋轉門的綾香，馬上走下駕駛座，打開後座的車門。

綾香上半身先滑進紅色真皮座椅上，然後再收回緊緊併攏的雙腿。

光塚十分恭謹地慢慢關上車門，他知道這麼做會讓綾香心情好。這時候醒目的既不是光塚也不是車，而是綾香本身。

放開手煞車，慢慢發動賓利引擎的光塚，從後照鏡裡看著綾香。

「妳今天非常漂亮。」

「你有感覺了？」

「是啊，超有感覺的，現在就想上了。」

「不行，先到醫院去。」

綾香笑著打了回票。光塚並不是個不給臉色看就鬧脾氣的人，不過約定還是要遵守。

「直接過去嗎？」

「嗯。」

綾香回答後，往後靠在椅背上。跟茜見面之前，還有一個半小時左右的車程。

賓利從新宿交流道開上首都高速公路，匯流至中央自動車道後，加快了速度。

「放音樂。」

通過收費站拿回通行券後，綾香這麼說。光塚的右手開始操作著汽車音響。美麗和聲的合唱低沉地充滿車內，唱的是古典名曲。

「三森那邊結束了，這星期內會再送新貨來。」

「是嗎，對方反應怎麼樣？」

「我不清楚，你直接問釜石吧。」

綾香察覺到光塚的語氣裡混著些許厭惡。光塚不喜歡醫院。

跟茜見面時，光塚絕對不會同行。他總是把車停在停車場裡，自己不下來在車裡等著。

「花呢？」

「買好了，在行李廂裡。」

「好看嗎？」

「當然好看。」

光塚的眼睛在後照鏡裡動著。

「剛好跟你今天衣服的顏色一樣。」

她總是帶蘭花來給茜。清雅脫俗的東洋蘭，或者是雍容華貴的西洋蘭，今天光塚挑的是西洋蘭。

如果好好照料，其實蘭花可以存活滿久的。茜的房間裡總是開著好幾種蘭花。其中也有盆栽。有人說探病時送花最好不要送盆栽，不過這跟茜沒有關係，茜從不對探病的花挑三揀四。

賓利開進了山梨縣。光塚開車的技術很好，儘管車速飆得很快也不讓人害怕。而且光塚說過，這台車除非跟傾卸車或貨櫃車相撞，否則一般小事故裡車身連條擦痕都不會有。

「回程想到哪裡走走嗎？」

「你看著辦吧，我只要七點之前能回到東京就好。」

綾香說。七點以後有跟歐洲化妝品公司日本分公司社長們的聚餐，分公司社長是法國人，對綾香有意思。綾香沒打算讓他得逞，但是看了這套衣服對方應該會很高興吧，這可是特別從巴黎訂購的。

「在柳橋對吧。」

「對，你送我過去後就可以回去了，回程我自己會叫車。」
光塚的眼神又轉了一下。
「要去別的地方嗎？」
「怎麼可能，料亭裡已經請了藝妓，我會直接回家。」
光塚沒說話。
難不成他在吃醋？綾香有一瞬間覺得很怪。光塚不適合吃醋，況且，如果光塚認為兩人之間是可以吃醋的關係，那就更奇怪了。
賓利終於從交流道開下一般道路。
茜住的醫院，在一座可以遠眺中央阿爾卑斯山脈的美麗山丘上，中央阿爾卑斯山現在一定連山麓地帶都一片雪白吧。
在護士引導之下，綾香進了病房。茜躺在設置於寬敞單人房中央的病床上。
單人房窗戶的窗簾拉開來，可以望見山頂積雪的南阿爾卑斯山脈。遍布醫院前院的綠色草坪，也化身為土黃色的絨地毯。
「才剛剛洗完腎。」
護士的話將綾香的視線從窗口拉回，茜持續著有規則的呼吸。
枕邊顯示的心電圖波形，可以讀出她心臟的律動。
「小茜，我來看妳了。」
綾香說著，坐在床邊護士準備的椅子上。
「現在還有一點水腫，但再過一陣子應該就消腫了。」
護士說著。綾香點點頭，將抱著的蘭花放在茜的胸前。

「妳看，花很漂亮吧。」

茜閉著眼睛，一動也不動。綾香伸出手，撩起茜的頭髮。額頭白皙透明的肌膚露出來。護士說得沒錯，她眼睛周圍和臉頰都還有血色不佳的浮腫。

護士走出病房。茜的口鼻蓋著氧氣罩，另外還有幾根管子連接著茜的身體，延伸至床邊的機器或者瓶子。

「茜，妳張開眼睛看看。」

綾香試著叫她，輕撫著她的額頭。

茜搬到這間醫院，已經快六年了。跟綾香的沙龍開始上軌道，差不多是相同時期。在那之前，茜住在東京都郊外的醫院。十六年來，都一直在那裡。發生那件事後，她馬上被送到那間醫院，往後二十二年，就這樣一直安靜沉睡著。

綾香拿起茜的手。出現浮腫現象的表皮內側，是纖細的骨骼。每週不忘上兩次健身房鍛鍊身體的綾香，稍微一使力，就幾乎可以折斷的纖細手臂。

「妳就這樣，一直睡、一直睡著啊，茜。」

說著，綾香臉上浮現了微笑，她把玩著茜的手。

「綾香等了好久，等到都快變成老太婆了呢。」

她嘟著嘴。輕輕掐了茜手臂的內側。

茜沒有反應。

「真好，小茜都不會變老。」

她掐過的痕跡留在茜的前臂上。慢性腎功能不全導致的體液異常，讓茜的身體出現這種浮腫現象。不過，茜沉睡的原因並不是因為腎功能不全。
「小茜，今天來聊什麼好呢？上次來的時候，聊過文枝的事了吧。那麼，嗯，對了，今天來聊聊綾香的工作好嗎？」
綾香用細心修整後塗上了指甲油的指尖，摩擦著剛剛的掐痕。
「指甲顏色很漂亮吧，我決定穿這件套裝跟茜見面的時候去塗的。怎麼樣，很搭吧？」
她把手掌放在套裝胸前。
「算了，還是別聊工作吧？一點都不好玩。」
綾香把手放回床上。
「對了，茜，給我看妳的胸部。」
手掌放在胸前時，觸碰到自己的胸部。這讓她突然好奇，茜的胸部不知道是什麼樣子。
綾香將手滑進棉被裡，碰觸到茜在開襟式睡衣包裹下的身體。
「以前妳還笑過我，說綾香胸部很小對吧，國中一年級的時候。」
解開茜的睡衣上面數來的第二顆鈕釦，滑入指尖。
「不過，我現在已經不小了喔。茜妳呢？」
整個手掌感覺到的體溫比想像中要高，綾香再次看著茜。她總覺得，茜的身體應該要更冰冷的。
茜的胸部很瘦弱，可以摸到凸出的肋骨。
綾香正在觸碰著除了醫師之外還沒有男人手指碰觸過的乳房。
她慢慢搖搖頭。
「跟男孩子一樣。」

綾香的嘴角浮現微笑。她輕抽出手，扣回睡衣鈕釦，再把棉被蓋回去。茜的身體一動也不動。

「男人碰到胸部時是什麼感覺，茜一定不知道吧。」

接著她看看手錶，低聲說。

「再過一下子，就會有男人摸綾香的胸部。那個男人現在在這間醫院外面等著。他一定很心急地在等我出去，一邊心想怎麼還沒好？怎麼還不出來？我跟妳見面的時候，總是會打扮得特別漂亮，所以那個傢伙總是很興奮。但是我說興奮，妳也不懂是什麼意思吧……」

她沉默地看著茜的臉。

茜的睡臉，現在已經跟綾香一點也不像。

光是讓茜這樣睡著，也要花一筆龐大的費用。這些全部都由綾香來負擔。

「只要不睜開眼，妳就一點都不像我。不，現在就算妳睜開眼，也不可能像我了。」

她的指尖溫柔地碰觸茜的眼皮，這麼說著。茜的眼皮上浮現出藍色細微的血管，這眼皮上從來沒有塗過一次眼影。不，茜應該連口紅都沒有用過吧。

如果茜睜開眼睛，她的心還停留在十四歲的時候。

睜開眼睛，發現俯瞰著自己的綾香，她會有什麼感想？

有個陌生女人，一個沒看過的大嬸。

大嬸？

沒錯，對十四歲的茜來說，我已經是個大嬸了。

綾香的心裡頓時蒙上一層烏雲，同時也讓她對沉睡不醒表姐的憎恨，因此再度膨脹。

6

隔天下午，機搜的刑警來找鮫島。

簡稱為機搜的機動搜查隊，隸屬於警視廳刑警部，是專門執行初步搜查的刑警隊。

當一一〇受理了可能是刑事案件的通報時，最先行動的就是機搜。所以機搜除了本廳也會常駐在都內幾個分駐所，方便距離事件發生現場最近的分駐所小隊趕往現場。同時本廳鑑識課員和轄區警署署員也會出動。

根據鑑識調查結果，如果確認是刑案，機搜馬上就會展開搜查。殺人、傷害，或者強盜等重刑犯，最關鍵的就是出動搜查的速度。

尤其是殺人或傷害等事件，經常可從被害人與人結怨的關係簡單找出犯人。這時機搜就必須展開搜查，在犯人逃亡或者自殺之前，早一步逮捕。

但這也使得機搜的搜查方法受到時間限制，他們的搜查並不算是所謂「地毯式」很有系統的搜查。

機搜直搗犯罪核心的搜查方法，針對單純事件或許可以有可觀的效果，但若動機或犯案手段不明時，就很容易觸礁。

如果是殺人等案件，機搜的搜查幾天內就會結束，在這期間內無法解決時，只好放棄，由本廳搜查一課接手。當然，如果在這之前就已經確認為殺人案件，將會以轄區署長之名，請求一課出動。但是以命案處理專家自居的一課刑警們，很討厭跟機搜同時搜查，直到機搜把案子「丟過來」為止，他們一向都保持袖手旁觀的姿態，靜觀其變。

一課的資深刑警把機搜的手法戲稱為「雞搜」，很不以為然。因為這種搜查方法確實如同字面上的意思，總是這邊啄兩口、那邊戳兩下。

機搜的成績愈好，一課出動的次數就愈少。相反地，機搜沒有做出好成績，一課課員的出動率就愈高。

跟鮫島見面的是村上和野本兩位刑警。村上是警部補，野本是巡查部長。野本想在機搜爭取表現機會，希望將來能調到搜一，所以他才焦急地催促村上來找鮫島。

一開始談話沒多久，鮫島就察覺到這一點。

村上已經想到將事件轉由搜一接手的方向。但是野本卻不一樣，他野心勃勃地想親手解決濱倉的事件。

或許跟年齡也有關係，村上今年四十四、五，野本還是三十出頭。

對他們這些非官僚來說，如果希望在警察機構裡往上爬，除了在升等考試中高分通過，另外就是逮捕率了。

如果能以好成績通過警部補、警部的升等考試，馬上就被提拔到本廳。特別是本廳警務部的人事一課，更是警視廳中的菁英集團。當然，這裡所謂的菁英是指非官僚中的菁英。

全國二十萬警察中，官僚僅有五百人。從這個比例來看，就連菁英這個字眼可能都無法形容官僚之稀有。

鮫島是官僚出身這件事不曉得村上知不知情，但野本似乎不知道。鮫島的階級是警部，但卻只是新宿署的一介防犯課員，他好像對此感到相當疑惑。

「鮫島先生很快嘛，您是大學畢業嗎？」

很快，是指他升到這個階級的年齡。

非官僚要升到警部的最短年齡，高中畢業是三十歲，大學畢業是二十八歲之後才有可能。因為巡查部長、警部補、警部等各個階級都有升等考試，在這當中還要求有幾年的實務經驗。

身為官僚的鮫島，二十五歲就官拜警部。當時鮫島只有九個月的實習經驗。

如果鮫島是非官僚，除非他是優秀的非官僚，否則不可能成為警部。而野本認為，優秀的非官僚，當然隸屬於本廳。

他一定很難相信，日本全國約四百人中才有一位的官僚警官就在眼前吧。

「說來話長。」

鮫島試圖轉移話題。

「解剖結果出來了嗎？」

「嗯。總之先做了行政，不過監察醫的醫生說，如果被害人沒有特殊疾病，那他殺的可能性就很高。詳細情形還要等化學檢查結果出來才知道，我想還要花一段時間。」

解剖分成司法解剖、行政解剖、病理解剖三種。其中病理解剖必須獲得遺屬同意，但行政、司法解剖則不需要。換句話說，這適用於必須釐清死因的「怪異死狀」。

司法解剖會對死者全身鉅細靡遺進行調查，行政解剖則以傷口為中心來解剖。在行政解剖的過程中出現他殺嫌疑時，監察醫就會聯絡警方的驗屍官，切換為司法解剖。

「特殊疾病是指什麼？」

「呃……比方說——」

說著，野本攤開手冊。

「調查被害人的血液後發現，他患有『散布性血管內凝血症』。『散布性血管內凝血症』就是血液會在體內血管各處凝固的症狀，如果這種症狀在腦部血管出現，就會形成腦血栓。不過在被害人身體的許多地方，都可以看到血栓，也就是血液凝固的狀態。那『散布性血管內凝血症』是由什麼樣的病引起的呢？可能是癌症、白血病、嚴重感染等等，但現在還沒發現被害人有罹患這些病的跡象。」

「所以說，濱倉的血有凝固現象？」

「對，而且還是在體內各處都有，血塊塞住了血管。醫生說，照理來講這種狀況應該根本無法走路或者跟人對話。」

鮫島深呼吸了一口氣。在飯店大廳見到的濱倉，一點都看不出有這種病狀。

「當然，病情也不可能在一天之內就那麼嚴重的惡化，所以監察醫的醫生也覺得很奇怪。」

「如果罹患這種『散布性血管內凝血症』，人體會有什麼反應？」

「首先，內臟到處都會產生血栓，這麼一來，因為血液無法流動，所以內臟會壞死，產生急性腎衰竭或肺衰竭等機能障礙。這個被害人的直接死因，好像是腦部形成的腦血栓，不管怎麼說，都撐不了幾天……」

鮫島實在不覺得濱倉看起來像個罹患瀕死重症的人。

「所以監察醫才認為是他殺的是嗎？」

「不，他也不能斷定。總之，被害人身上並沒有我剛剛提到會引起『散布性血管內凝血症』的癌症或白血病等跡象。比方說腦血栓，也有可能是以往都沒有注意到，某一天突然發作。可是被害人身體裡的血液在各個地方的血管裡凝固，也就是說，除非有什麼外因引起這種『散布性血管內凝血症』，否則想不到其他可能性。例如，注射讓血液凝固的藥劑之類。不過，醫生說他也沒聽過有這種藥。」
「聽說他後頸有傷？」
「對。」
野本點點頭，指向後頸部下凹處。
「大概在這附近。深度三公分左右，被稍粗的針頭刺到的痕跡。」
「傷口呢？」
「醫生說，如果是針頭刺入，傷口也太過粗糙。可能是用前端尖銳、但中段開始變得粗糙的棒狀物刺的。」
「出血呢？」
「幾乎沒有，內側的血管破損好像馬上就凝固了。」
「這個傷口跟死因有沒有關係，現在還不清楚嗎？」
「嗯，聽說可能要花好幾個禮拜。」
這也難怪。監察醫是解剖的老手，熟練的人只要花四十分鐘左右就能解剖完一個屍體，簡單地找出死因。目前有監察醫制度的只有東京、橫濱、名古屋、大阪、神戶等五大都市，其中設有監察醫務院的只有東京。其他都市多半是由大學的法醫學教室醫師，接受各縣警的委託來兼任。
監察醫務院位於大塚，裡面有化學檢查室、病理檢查室等。另外，如果連這裡也檢查不出來，有時會送到警視廳的科學搜查研究所。
屆時事件當然就離開野本之手。找到他殺的明顯證據之後，事件馬上就會移送到一課。

村上預料這一點，早已放棄。野本則相反，這也是他如此心急的原因。因為他認為在正式確定為他殺之前，如果自己搶先一步認定為他殺，那勢必可以爭取到不低的分數。

「濱倉手下養了幾個小姐，總共有多少人？」

「三到四人。」

鮫島把自己關於濱倉所知的情報告訴這兩人，包含最後一次見面的狀況。

「要怎麼樣才能見到這些小姐？」

「不知道。如果濱倉還活著，打電話到他的車上電話，就能聯絡得到，不過……」

濱倉的死訊，當然傳入了小姐們的耳裡。發現濱倉屍體的地點，是在他自家附近的停車場回公寓的路上。一開始叫了救護車，不過到達時人已經死亡，所以急救隊員馬上報警。叫救護車的是濱倉住處公寓的管理員。

始終沉默的村上開了口。

「濱倉一個人住在白金三丁目的高級公寓。室內沒有打鬥的痕跡，另外，也沒有找到跟濱倉的買賣有關的東西。濱倉身上並沒有顧客名單或者手下小姐的通訊錄等資料。」

「他都記在腦子裡。」

鮫島說明。

「濱倉的買賣完全不跟幫派或同業扯上關係。他選擇住在跟新宿無關的港區高級公寓，也是基於這個原因。對了，你們是怎麼查到濱倉來歷的？」

「我們班裡有個曾經待過四谷防犯課的人，所以才知道被害人的長相。」

村上回答。

「濱倉沒有把跟買賣有關的東西放在自己家裡，也是為了以防萬一。他手下的小姐有一次曾經被西新宿的幫派抓走，從那之後他就格外謹慎。」

野本顯得束手無策。他本來想從濱倉周邊追查他殺這條線索，如果不知道他手下小姐或顧客的名字，也無從查起。鮫島猜想，小姐們現在一定都潛下去了。

「濱倉的車上沒找到什麼線索嗎？」

野本聽了鮫島的問題搖搖頭。

「沒有，他開的是一台裝有電話的保時捷——」

「保時捷？」

鮫島又確認了一次。

「你說他開保時捷？」

「是啊，停在停車場裡的是保時捷，公寓的管理員說的。」

「濱倉做生意時開的是Celsior，白色的Celsior。」

野本和村上露出驚訝的神色。

「您確定嗎？」

「嗯，保時捷一次載不了兩個以上的女孩。據我所知，在新宿附近做生意時濱倉都開Celsior，之前開的是帝瑪。」

「也就是說，他在某個地方換了車。」

野本說。這個男人腦筋動得滿快。

「應該是吧。他可能在這附近租了停車場，開保時捷出門在那裡換乘Celsior。」

「那說不定，名單之類的資料可能在那台車上。」

「如果是這樣，他應該會挑選旋轉式之類的停車場，避免被專偷車內財物的賊看上。從二十四小時營業的這類停車場開始找，應該找得到。」

鮫島心想，到交通課去應該可以查到管區內所有的停車場。

野本似乎看穿了他的想法，對他說，「您願意協助我們嗎？」

村上驚訝地看著同事。「鮫島先生也有自己的工作，不能這樣麻煩人家啊。」

他可以感覺到野本的焦急。

鮫島點點頭，「沒問題，我也來幫忙。」

7

在新宿署交通課的協助下，馬上就找出濱倉租借的停車場，位於北新宿二丁目的塔式停車場。

鮫島陪同野本和村上，來到這座停車場。向管理員出示身分證明後說明了狀況，請對方開出Celsior。

塔式停車場將車子一輛一輛收納在高吊籠子般的箱體裡保管，需要有負責操作的常駐管理員，但是同時也具有能在狹小面積提高收容輛數的優勢。

不過，因為設備投資費用高，所以很少人包月租借，多半是依時間出租。這座停車場也不例外，包月租借的客人包括濱倉在內，只有寥寥數輛。

一邊搖晃一邊被降下的白色Celsior，停在鮫島等三人面前。警鈴響著，燈號由紅轉綠。

隸屬機搜的村上和野本繫著領帶身穿大衣，鮫島則是皮夾克搭配牛仔褲的打扮。

「車門鎖著呢。」

管理員告知。

「能打開嗎？」

野本看著他說。

「唉，好吧。」

管理員搔著後頸說道。這個年輕人大概二十一、二歲，身穿藍色外套，看來像個打工的學生。

他回到做為守衛室的組合屋，手裡拿著L字形的鐵絲回來。

「說不定會響起嗶嗶的警報聲喔，這種高級車通常都裝有防盜警鈴，要是響了你們可饒了我啊，是警察先生要我開的喔。」

他將鐵絲插進車門玻璃和車體之間的細縫。

他說得沒錯，車子開始響起獨特的警報聲。不過年輕人依然兀自埋頭操作鐵絲，解除了車門鎖。

「好吵喔，把前面打開，拆掉保險絲怎麼樣？這樣就不會有聲音了。」

他對車子很熟。

「好啊。」

鮫島說著。年輕人打開引擎蓋，探頭進去拉掉一條保險絲，警報戛然而止。

「喔，你挺行的嘛。」

聽到村上這麼說，年輕人露出滿臉笑容。

「我有修車的證照。以前混過暴走族，洗手不幹之後想學點東西找工作，可是我老爸總是要我幫忙家裡的生意，囉唆死了……」

「那你可以順便幫忙發動引擎嗎？要是在這裡調查車內，會影響到其他客人的。」

「可以請你們放一張領車證明嗎？名片就可以了。要是出了什麼事，被我老爸罵的可是我啊。」

「當然可以。」

說著，鮫島在自己名片背面草草寫了幾筆，交給年輕人。

「防犯課？不是搜查一課嗎？殺人是一課辦的吧。」

「還沒有確定，這兩位是機動搜查隊，身上還帶著手槍。」

「真的嗎⁈」

年輕人睜大了眼睛。野本沒好氣地掀開上衣前襟讓他看。

腰間插著一把白朗寧的自動手槍，機搜的手槍不一定是新南部。

「酷斃了！我馬上、馬上發動引擎！」

年輕人接上啟動器，啟動Celsior的引擎。

「停車時把這邊拆掉就可以了。」

他對鮫島說明著。鮫島苦笑著點點頭，打開其他車門的門鎖，請兩人上車。

「那就開車一路兜回署裡吧。」

鮫島等人將Celsior開進新宿署停車場，開始進行車內的調查。前座置物箱沒有上鎖，裡面只放著車檢證明。

行李廂是空的，備胎裡也沒有藏任何東西。

開始調查後過了三十分鐘，村上終於從前座座椅下方發現一本手冊。封面是紅色真皮，看來像是女用的手冊，裡面密密麻麻地寫著應該是顧客的人名清單，連喜歡的女孩類型跟性癖好都記載得很清楚。

但是，並沒有找到小姐名單。

電話號碼也就罷了，鮫島並不認為濱倉連小姐們的住址都能背得起來，小姐的通訊錄一定藏在某個地方。

可是，對村上和野本來說，已經沒有多餘時間了，接下來有搜查會議要開。

「總之，也算是有收穫，這東西我們就先帶回去了。」
野本用戴著手套的手指向手冊說。
「那我自己繼續查一下，要是有什麼發現再跟你們聯絡怎麼樣？」
「很感謝鮫島先生。」
「您願意幫忙嗎?!」
野本顯得喜出望外，但是村上臉上卻露出了複雜的表情。
「這個……鮫島警部您這邊沒問題嗎？防犯的工作——」
「反正我總是一個人行動。」
鮫島笑著。
「是嗎……」
「而且，我私底下也認識濱倉這個人。雖然搜查不能挾帶私人情感，可是能幫得上忙的地方，我也盡量想出份力。」
「非常感謝您。」
兩位機搜刑警離開，鮫島坐上Celsior的駕駛座。傍晚的巡邏時段即將到來，新宿署的停車場一片空蕩。
濱倉手上一定有小姐們的通訊錄。對管理賣春的人來說，手下小姐的名單，跟顧客名單份量相當，有時候可能是更加重要的財產。更別說像濱倉這樣專營年輕漂亮的高級應召女郎，小姐們可說是下金蛋的母雞，這份名單他不可能隨隨便便處理。
鮫島把手放在方向盤上，環視著車內。Celsior內部整理得很乾淨，透露著「營業用」的味道。說到私人物品，只有看似濱倉抽的Lark mild開封菸盒，以及百圓打火機，另外就是插在車門口袋的東京都道路地圖了。這本地圖也確認過了，裡面沒有夾頁紙張或手寫紀錄。菸灰缸很乾淨，裡面沒有菸蒂。

鮫島再次看著那本道路地圖，濱倉是不是到小姐們的家裡接送呢？

這不太可能。除非有特殊狀況，否則應該都讓她們搭計程車吧。

那為什麼要看地圖呢？濱倉的客人多半先在西新宿的超高級飯店辦理入住手續，再叫小姐來，他們不可能叫小姐到自家或辦公室。如果只在這附近的飯店和飯店之間接送，根本不需要地圖。

既然是業務用車，也不太可能用來兜風。

鮫島拿起道路地圖。

裡面還有分區地圖，連單行道也標示出來，內容非常詳細。

他翻開頁面到自己所住的中野區野方附近。

又翻了一頁。吭噹一聲，有車開進了停車場。外面天色已經很暗了吧，開進來的是亮著頭燈的警車，車燈的光線照進Celsior敞開門的駕駛座。

鮫島停下了翻頁的手，正翻起的頁面有一個地方浮現出小小光點。

鮫島拿起放在膝上的地圖本。隔著前車窗，透過停車場的日光燈看著那一頁。

那是個宛如針刺般的小洞。他拉起下一頁透著光看，同樣的位置並沒有洞。不過在這一頁的左上方，發現了另一個洞。

剛開始那一頁的洞在東高圓寺和田三丁目，下一頁的洞在澀谷幡谷二丁目，再下一頁沒有洞。

這是什麼？

鮫島放下地圖本。如果是圖釘在打開的地圖本上刺著洞玩，那麼下一頁的同樣位置上理應也會有洞的痕跡。

但是刺在這兩頁上的洞，雖然是相鄰的兩頁，卻落在完全不同的地方。

要是正常地翻頁，絕對無法發現這些洞。都是因為剛好回署裡的警車車燈照射，才會醒目地出現在頁面上。

如果這就是小姐們的住處……

但是每一頁都有正反兩面。和田三丁目的反面剛好是中野本鄉小學校的校舍，可以除外，但是幡谷二丁目的背後是杉並區的和泉四丁目，兩者皆有可能。換句話說，這兩個洞代表的是四個位置，就結果來說可能是三個住址。

濱倉可能沒有記清楚詳細的住址，可是至少他曾經去過這些小姐們的住處。就算不曾進門，她們住的公寓外觀或房號等等，沒有實際進去過也很有可能在記憶中留下印象。

當然，濱倉不可能搭電車，只要車開到這些小洞所示位置附近，或許就能喚回記憶了吧。

雖說是為了保護小姐們住處的祕密，但鮫島覺得這種方法未免有些病態。其實大可記錄在電子筆記等裝置中，利用輸入密碼才能叫出檔案的方法來保守祕密。

但如果他真的這麼做，濱倉死了之後，就再也不可能知道內容。

村上和野本並沒有提到濱倉的遺物裡有這類東西。至少Celsior的鑰匙應該是有的，可是拿著可能是謀殺案被害人的遺物到處走動，實在太過隨便。所以野本根本不想花時間回去拿，直接請停車場的年輕人用強硬的手段打開了車門。

關於這地圖上的洞，鮫島認為有一試的價值。濱倉手下的小姐長相，鮫島不認識所有人，但確實見過其中幾個人，其中或許有已經從良的小姐。

由於不知道具體建築物名稱，不可能馬上找到。可是從地圖詳細的程度看來，應該可以把範圍縮小到兩棟建築物以內。如果其中一種是大規模的大廈，事情就相當棘手，可是也有可能其中一邊是一般的獨棟房屋或者辦公大樓。

只針對其中一棟進行盤問，重點式進行監視，說不定能意外簡單地找到對象。

當然，這是一種全憑直覺的搜查。照理來說，應該要請求轄區警署的支援。不過，濱倉的死還沒有肯定是他殺，也沒有任何具體證據能證明地圖上的洞就是小姐們的住處。

鮫島心想，先確認小姐們的長相後再通知野本他們也不遲，這三人當中只有鮫島看過濱倉的小姐。

萬一採取行動後發現走錯方向，那麼只要讓鮫島一個人徒勞繞遠路就夠了。從村上對鮫島小心客氣的態度推想，這麼做似乎比較理想。

鮫島手裡拿著地圖，走下了車。

8

鮫島撐起身體。調整過角度的後照鏡裡，映出公寓的出入口，裡面正走出一個身穿毛皮短大衣的女人。

公寓的名字叫「幡谷社區」，時間是晚上十一點二十分。

他在這棟公寓已經埋伏了兩個晚上。在前一天晚上，也就是發現地圖小洞的那個晚上，他埋伏在東高圓寺。但是那裡有一棟十一樓高的大樓，一樓是便利商店，隔壁相鄰著一棟八樓高的華廈，雖然監視了一個晚上，但是出入的人實在太多，只好放棄。

幡谷這邊則是四樓高的公寓，夾在一棟蓋在寬廣土地上的兩層樓獨棟房屋和汽車公司當中。所有戶數共十六戶，很容易監看。

鮫島白天在新宿署照常執勤，另外固定從傍晚到午夜零時，開著自己的ＢＭＷ釘梢，所幸現在署裡的工作多半都以文書工作為主。

這棟四樓公寓面對甲州街道而建，朝向新宿。鮫島把車停在四樓前面不遠處，把座椅往後倒，從後照鏡監視著狀況。

後照鏡中的女人舉起手，在ＢＭＷ後方攔下計程車。

計程車的頭燈照亮著這女人，年紀大約二十四、五歲，瓜子臉上有著一對大眼睛。

他見過這女人，曾經坐在濱倉開的Celsior前座。

濱倉和鮫島的工作地點都在新宿。只要有心，每日都有可能在某處碰到面。

鮫島記住計程車的車號和公司名，轉動了鑰匙。

萬一跟丟了，只要請署裡聯絡計程車公司，一樣可以找出下車的地點。打著方向燈，匯入深夜裡計程車空車疾馳往市區方向的甲州街道。

鮫島專門挑選晚上釘梢，有他的理由在。包含濱倉在內，應召女郎這個業界的人生活的時段集中在深夜到清晨，這是因為顧客的「訂單」多半集中在半夜十二點左右，入住飯店的顧客們不見得會馬上想尋歡作樂。

大部分人都是因為工作的關係住宿飯店，在外應酬用餐後，在稍帶酒意的狀態下開始想找女人。住宿飯店的客人全都來自從東京以外的地方嗎？那倒也未必。

東京人因為工作關係住飯店的情形並不罕見。而且這種時候，顧客們會先向濱倉「預約」。濱倉會調整小姐們的時間，送她們到飯店。

濱倉並不會利用報紙廣告或者電話亭的傳單來招攬顧客，他擁有一個半會員制的顧客系統，他認為這樣可以防止性病和警察、幫派的介入。

他曾經告訴鮫島，要增加顧客，靠客人之間的口耳相傳就夠了。他還說過，自己並不貪求暴利，像現在這樣小姐們比較能安心工作。

小姐們當然也過著配合「工作」的生活。即使皮條客濱倉死了，處於休業狀態，也不可能馬上改變生活習慣。鮫島推測，她們就算要出門購物，也會選在傍晚到天色暗下後的時間行動。

鮫島並不知道坐進計程車裡的女人叫什麼名字。濱倉車裡的地圖本上，總共有五個地方有小洞。

濱倉手下有五個女人。

其中鮫島知道名字的只有一個人，是個花名叫紗耶的女孩。聽說她也拍成人錄影帶，確實個子高，身材相當曼妙。濱倉曾經苦笑著說，這女孩走在飯店大廳時，幾乎所有男客都會回頭多看兩眼。

「這孩子個性好，外表當然也不用我說，大家看了都沒得挑剔，但就是不太會說話。她怕生得很，只接固定的客人，我看除了在床上以外，應該幾乎沒有開口說話吧。」

計程車插入右轉車道，匯入往參宮橋方向的道路。

要去喝酒嗎？鮫島看看時間，距離十二點還有一點時間。他知道濱倉手下的小姐們，平常不會在新宿附近玩。在新宿可能會遇到客人，要出去玩，多半會挑選澀谷、六本木，或者池袋這些鬧區吧。

計程車在參宮橋往代代木方向的一條單行道入口左轉。

鮫島放慢了車速跟著。要是計程車司機發現被跟蹤就糟了，乘客是單身女子，司機可能會出於親切提醒客人注意。

左轉後，計程車馬上閃起停車燈停下。鮫島見狀加快了速度，駛過計程車旁。

這附近是住宅區，到處都是獨棟房屋或公寓。

但除了路燈之外，只有一個發亮的白色招牌，女人正爬上那招牌旁邊的樓梯。

鮫島在單行道中繞了幾圈，再次回到女人下車的那條路上。

那是一棟外牆裸露著水泥、風格新穎的大樓。一樓部分設計了植栽區和十階左右的樓梯，中二樓的位置裝著一扇木門。

發著白光的招牌上，小小地寫著「indigo靛藍色」，好像是小酒店或者咖啡廳。一如店名，indigo這幾個字也是土耳其藍色。

鮫島從ＢＭＷ的車窗盯著招牌，突然，招牌的燈光熄滅。看來是從內部關掉的。

鮫島關掉ＢＭＷ車燈，熄了引擎。「靛藍色」有對外窗，但離他車停的位置還有點距離，所以從店裡看不見坐在ＢＭＷ車內的鮫島。

招牌的燈熄滅，表示那個女人並不是以單純顧客的身分造訪「靛藍色」，顯然跟店裡有私人關係。

鮫島點起菸。左邊的後照鏡裡映出車頭燈的亮光，來了一台黑色Fairlady Z，好像想停在「靛藍色」前，在ＢＭＷ前方往左邊靠。鮫島把身體放低。

Fairlady Z的車燈熄滅。車門打開，一個高個子的女人下了車。身穿皮夾克和皮褲，頭髮束了起來，不過鮫島認得出，她就是紗耶。

紗耶爬上樓梯，打開「靛藍色」的店門，似乎完全不在意招牌燈光已經關掉。

鮫島又看了時鐘，十二點多。她是剛剛跟那個女人相約在「靛藍色」嗎？

鮫島想繼續觀察一陣子。說不定，相約見面的不只這兩人。

過了十幾分鐘，鮫島剛剛的猜測果然沒錯，一輛機車駛進單行道。車上有兩個人，後座的長髮女人跨坐著。機車停在紗耶的Fairlady Z旁邊。

後座的女人下了機車，脫下安全帽交給騎士。是個年紀大約二十上下，牛仔外套下穿著夏威夷衫的女孩。

「那我待會再打電話給你，謝啦。」

女孩說著，騎士沒回答，催著油門響起排氣音。那是越野用機車。

女孩目送機車離開，兩手繼續插在牛仔褲後口袋，爬上了樓梯。她拉開「靛藍色」的門。從裡面透出的燈光下可以看到，女孩正在吹著泡泡糖。

之後鮫島又等了二十分左右，好像已經沒有其他人要到「靛藍色」了。鮫島下了

ＢＭＷ，他在車裡待累了。

仰望住宅區的夜空，用力地大口深呼吸。

他沒想到「靛藍色」有後門，所以在伸完懶腰後放下雙手之前，都沒發現自己脖子上已經架了把匕首。

「小子，別動。」

那人出了聲。

拿著匕首的人物從背後悄悄接近，突然站了起來，連後照鏡裡也沒有照到他的身影。

鮫島僵直著身體。轉動眼珠，就可以看到從他右耳下方伸出的折刀刀尖。

鮫島沒帶武器，特殊警棒放在車裡的手拿包中。

「這是幹什麼？」

鮫島極力保持沉著地說。

「少裝蒜了，你這傢伙是哪來的！」

語氣雖然很兇暴，但聲音聽起來跟真正的流氓不太一樣，而且聲音還很年輕。

鮫島沒有回答，他望向「靛藍色」，窗口有人影。

「看來好像有點誤會。」

「你別在那給我裝傻了。」

匕首的握柄緊壓在鮫島後頸，刀尖的冰涼感碰觸到臉頰。

「你是『靛藍色』那些小姐們的保鑣嗎？」

「媽的！你先報上名來，還有，你是哪裡來的？」

「你要是大聲吵鬧讓別人打一一〇報警，我可不負責啊，我是無所謂啦。」

褲。

「你說什麼——」

匕首從臉頰移開。那人抓住鮫島的左肩，把他轉了一圈面向自己。

一個剃了小平頭大約二十三、四歲的男人，手拿著匕首站著，身穿白色馬球衫和牛仔褲。

「你是條子嗎？」

「新宿署，防犯。」

年輕人頓時語塞，拿著匕首的手頹然放下，只說了句，

「不會吧……」

「要看手冊嗎？」

「啊？好啊。」

鮫島拿出警察手冊給他看。

這時候，「靛藍色」的門打開。人影站在門口。

「浩司，怎麼了？」

女人用嘶啞的聲音問道。這女人身穿碎布拼成的長裙，感覺有點像某個國家的傳統服裝。逆光下看不清楚她的長相，不過可以看出她有一頭蓬鬆的鬈髮。

「姐——」

年輕人看著女人，聲音透露著無助。

鮫島拍拍年輕人的肩膀，

「走吧。」

年輕人無力地點點頭，開始走著。他似乎非常後悔，鮫島看了只覺得好笑。

兩人登上通往「靛藍色」的樓梯。

年輕人稱為姐姐的女人，將夾著香菸的手插在腰間，低頭看著鮫島。

年紀大概二十八、九吧，眼睛和嘴巴都很大，是會讓人留下深刻印象的輪廓。黝黑膚色，看起來好像有點西班牙血統。

「是條子。」

被女人喚做浩司的年輕人垮著肩，穿過站在門口的女人身邊，進了店裡。

鮫島停在女人面前。

「警察？」

女人說著。鮫島心想，這聲音很沙啞。

「新宿署，防犯課，鮫島。」

出示了手冊告訴對方。女人瞥了鮫島一眼，說道，

「裡面也給我看看。」

鮫島拿出裡面的身分證。女人仔細看著，把菸拿到嘴邊，

「是警部啊。那，你在這裡做什麼？」

她的臉轉向一側，只有眼睛斜眼看著鮫島，一邊吐著煙。

「我跟蹤剛剛進店裡的小姐來的。」

沒有必要隱瞞。

「為什麼？」

「我想請問關於濱倉的事。」

「那跟我們沒關係吧。」

「是嗎？現在妳店裡的，全都是曾經在濱倉手下工作的小姐吧？」

鮫島判斷女人應該是「靛藍色」的人。

女人吸了一口菸。

「我想知道濱倉為什麼會死。」

「你不是一課的吧？」

鮫島嘆了一口氣。

「沒錯，但是濱倉以前在我管區裡工作。」

「你抓過他？」

「沒有。」

女人用冰冷的眼睛看著鮫島。鮫島倒吸了一口氣，說道，

「我跟他是朋友。」

「朋友？」

女人從鼻子裡哼笑了一聲，

「濱倉招待你吃過飯？還是介紹過小姐給你？」

鮫島凝視著女人的眼睛，冷靜地說，

「這種笑話我不太欣賞。我只是覺得與其抓他，還有其他更多該抓的傢伙。不過如此而已。」

女人眼裡出現了變化，也可以說是鬆懈了警戒。

女人讓出了入口。

「想問就問吧。」

「謝謝。」
鮫島說。女人驚訝地瞪大了眼睛。
鮫島進入「靛藍色」店裡。裡面有一張三角形木桌，中央擺了一個插滿花的大花瓶，店裡處處裝飾著裝在畫框裡的平版畫。
面露不安表情的四個女人坐在桌邊，其中一個人鮫島今天第一次看到。
年輕人靠在進門左邊貼了大理石的櫃檯上。
女人關上了門。
「他是刑警。」
鮫島仔細觀察著四個人的臉，聽了這句話後，並沒有人顯得特別驚嚇。
第一次看到的生面孔，頭髮剪得極短，身穿黑色麂皮連身裙和靴子。年約二十，有種跟晶很像的味道。
鮫島看著紗耶，紗耶的眼睛動了。
「妳好啊。」
紗耶無言地點點頭。
「妳認識他？」
女人從鮫島背後問紗耶，紗耶又點了點頭。
「我在找妳們。」
紗耶挑著眼看鮫島。
「為什麼？」
聲音很低。

「我想問妳們關於濱倉的事，他為什麼會死？」
「不知道。」
女人走過鮫島身邊，坐在紗耶旁邊。一副打算保護大家的樣子，包含其他三人在內。
「妳們為什麼會聚在這裡？」
鮫島問。
「為了商量以後怎麼辦啊。」女人回答。
鮫島問這女人，「您是？」
「入江藍。」
「藍色的藍嗎？」
「對。」
「您跟濱倉是什麼關係？」
「我是他前妻。」
鮫島很驚訝，
「他結過婚？」
「到他開始現在這個買賣之前。不過我們分手不是因為這個。」
鮫島搖搖頭。接著他又問，
「我可以坐下嗎？」
他指著靠在櫃檯邊一張用鐵管和皮革組成的椅凳。
「請便。」
藍的眼裡浮現出感興趣的光芒。

「你這個條子很奇怪呢。」
「是嗎?」
「新宿鮫。」
紗耶小聲地說著，大家都看著紗耶。藍又問了她一次，
「妳剛剛說什麼?」
「新宿鮫。」
紗耶重複了一次。
「你就是新宿鮫?」
那個鮫島覺得很像晶的年輕女孩問道。
「對。」
女孩安心地吐了一口氣。新宿鮫這幾個字，其他兩人似乎也心裡有數。店裡的氣氛總算稍微緩和了一些。
「美久妳也知道嗎?」
藍問。
像晶的女孩點點頭。
「濱倉先生說過，要是發生什麼事，而且可能沒辦法請藍姐幫忙的話，就到新宿署去，找個叫新宿鮫的刑警。比方說濱倉先生被抓了，沒有辦法可想的時候。」
「他說，這是他認識的刑警裡唯一值得相信的，其他都是些人渣。」
鮫島跟蹤的那個女人接著說。
「喔，我倒是第一次聽說。」藍說著。

鮫島看著藍，

「因為妳是做正當買賣的人，而且這間店也不是我的管區。」

藍苦笑著，

「原來如此。」

鮫島拉過桌上的菸灰缸。如果還要進一步對她們問話，其實應該要把野本和村上也叫來。可是他們一來，女人們一定會閉嘴什麼也不說。

鮫島叼著菸。浩司遞出Zippo的打火機。

「謝謝，我剛剛一點都沒發現你靠近。」

「我是不是會被抓走？」

浩司很沮喪地說。

「你是不是把我誤認成什麼人了？」

「是我叫他去的。浩司以前待過自衛隊，其實這孩子本性很老實的。」

藍說。

「是妳弟弟嗎？」

「對。」

浩司點點頭。

「我不會抓你的。」

鮫島說著，看著藍。

「你們在提防什麼？濱倉跟哪個組起糾紛了嗎？」

「沒聽說過。可是確實有狀況發生，要不然他也不會被殺，不是嗎？」

藍睜大她的大眼睛，搖搖頭。鮫島在她眼睛深處看見了痛楚。

「如果你認識這個男人，就應該知道，他疑心病重，非常小心謹慎，可是也是個講道理的人。雖然膽小，但並不是一個卑鄙的人。」

「我知道。」

「那到底是誰會想殺他呢？」

「這我也想知道。」

鮫島吸了一口菸。

女人們互相對看著。

「妳們有什麼線索嗎？」

一片無言。

「我最後一次跟他見面時，他跟我提到婦產科的事。說是有個本來想生的孩子，卻被拿掉了。」

沒有一個人說話。

「是妳們當中的誰嗎？」

「那孩子沒有到這裡來，好像聯絡不上她。」

藍回答。

「叫什麼名字？」

「美香代，堀美香代。」

紗耶說。

「住在哪裡？」

「東高圓寺。」

美久回答。

「和田三丁目嗎？」

美久點點頭。

「是一樓有便利商店的那棟大樓嗎？」

「是隔壁那棟。我們一直找不到她，自從濱倉先生死了那天起，她就不在了。」

鮫島倒吸了一口氣，

「她有沒有男朋友？」

「有，是個搞樂團的，但是不知道對方住哪裡。」

「是職業樂團嗎？」

「應該不是，美香代好像幾乎都住在他家。」

「男的叫什麼名字？」

「波布林。」

「波布林？」

「這是綽號，本名就不知道了。」

「樂團的名字呢？」

美久沒說話，好像並不知道。

「『健康廚房』。」

紗耶說著。

「『健康廚房』？」

紗耶點點頭。

「妳知道他住哪裡嗎？」

紗耶搖搖頭。

「你們覺得美香代會在波布林那裡嗎？」

「可能吧。她沒有跟我們聯絡，我想是因為她很害怕。濱倉先生的死，想不出其他理由了。」

紗耶說了好一會兒，其他人驚訝地看著紗耶。

鮫島看著藍。

「妳跟濱倉經常見面嗎？」

藍搖搖頭。

「一個月也見不到一次，電話倒是經常打。」

「他是不是有病？」

「病？」

「癌症或者白血病之類的——」

「你在說什麼？」

「請老實告訴我。」

「我從來也沒聽過。他身體好得很，那個膽小鬼要是得了這種病，早就鬧翻天了。」

鮫島點點頭，接著說，

「請告訴我美香代的長相，如果可以，也把波布林的樣子描述一下。」

9

走下賓利，綾香走進店裡，文枝已經先到了。

桌上放著瓦斯爐，她端正跪坐在靠外側的坐墊上，心無旁鶩地動著兩根棒針。深褐色的裙子上放著毛線球，由此拉出來的毛線在文枝兩手之間形成一片手帕大小的毛線編織物。

文枝駝著背，專心地盯著棒針前端，愈看愈近。座敷裡靠窗的主座，留給了綾香。領位的女服務生正要出聲招呼，卻被綾香用目光制止了，綾香凝視著文枝的側臉。髮根處已經全白了。看來有點胖，但也可能是過度疲累而水腫。

站在座敷脫鞋處看著文枝的自己，正受到相隔一片屏風的鄰席男性客人熱切的注目。今天綾香身穿光澤布料剪裁的褲裝，外面搭上喀什米爾的長大衣。

這身打扮在以平價為賣點的這間河豚料理店裡，顯得相當突兀。綾香其實比較想去有包廂房間的日式料亭，但是之前曾經在那種店裡見過一次面，分手時文枝嘴裡唸叨個不停，「真是浪費錢……」

——我知道妳有錢，可是啊，那些錢與其用在我這種人身上，妳應該還有更好的用處吧。其實我只要去吃個蕎麥麵什麼的，就心滿意足了。妳想讓我吃好的，這份心意我很感謝，可是真的不用特別預定這種高級餐廳，這樣我反而不習慣，更累，根本搞不清楚什麼東西在哪裡。

文枝跟平常一樣，穿著自己編的毛線外套，裡面搭著白襯衫。襯衫一定也沒有送去乾洗店，都是自己洗的。領口後面可以看到一小塊仔細修補的痕跡。

文枝吐了一口氣，伸展著背脊，把編織物攤平透著光看。

用屏風隔開的座敷，到處都冒著水蒸氣，鍋裡已經煮開，還可以聽到含著醉意的尖銳聲音彼此交談著。即使身在其中，文枝看來依然埋頭在自己一個人的世界裡。

綾香開了口，「阿、姨！」

文枝嚇了一跳，回過頭來，小眼睛瞪得老大。

「怎麼了！嚇我一跳。」

綾香嘟著嘴。

「誰教阿姨一直認真在打毛線，完全沒發現人家已經來了嘛。」

文枝臉上綻放著光彩，她眼睛下方有著浮腫的黑眼圈，這眼袋讓今年四十九歲的文枝，看起來老了十歲以上。

綾香脫掉短靴，踏上榻榻米。她在文枝對面端坐著，女服務生放上鍋子的瓦斯爐點上火，問道，

「請問現在可以上菜了嗎？」

「好。」

綾香微笑地點點頭，將脫下的大衣捲成一團放在旁邊。

文枝把毛線球和棒針收進總是隨身攜帶的提袋裡。綾香從手提包拿出香菸，用卡地亞的打火機點了火。

「阿姨，妳是不是胖了一點？」

綾香偏著頭問。文枝不抽菸，所以綾香把乾淨的菸灰缸拉近自己手邊。文枝挑著眼瞪她。

「妳這孩子真討厭。對啦，是胖了啦。」
「可是妳都沒怎麼睡對不對？眼睛下都有黑眼圈了。」
「是嗎？沒那回事，我每天都睡得很好。」
「妳最近不忙嗎？」
「還好，這個時期嘛——」
她有點遲疑。
「再過一陣子就會變忙了，快放春假了。」
「病人會變多嗎？」
文枝點點頭。
「因為很多人都不太考慮將來的。」
女服務生端來排放著河豚生魚片的大盤子，半透明的大花瓣盛開著。
「哇，真漂亮。」
文枝看了後這麼說。
「吃吧。」
綾香遞出裝著辣味蘿蔔泥和青葱等佐料的竹筒。
「謝謝，吃掉真可惜。」
「說什麼傻話嘛，快點吃了弄暖身體再回家。要不要喝酒？」
「不行，妳又不是不知道，我不能喝的。妳喝就好了。」
文枝拿起事先點好的小瓶啤酒對綾香這麼說。
綾香捻熄香菸，拿起平底無腳酒杯。等到自己的酒杯滿了，她從文枝手中拿過啤酒瓶。

「那喝一點點就好。」
她硬是在文枝的酒杯裡也倒了酒。
「來乾杯吧，乾杯。」
「真是的，拿妳沒辦法。」
文枝很開心地說，拿起倒了半杯滿的酒杯。
「乾杯！好多事都得謝謝妳。」
綾香說著。
「怎麼這麼說？」
文枝一邊笑一邊說，將啤酒拿到嘴邊。綾香一口氣喝乾了半杯。
河豚料理店內很熱，讓她直覺得口渴。
「妳的店怎麼樣了？」
文枝邊問，一邊夾起河豚生魚片蘸著橙醋送進嘴裡。動著嘴巴仔細咀嚼著，輕聲說，
「啊，真好吃。」
「別擔心，公司還滿賺錢的呢。」
「這社會也真奇怪，大家就這麼想變美嗎？其實變成老太婆以後，大家都一樣了啊。」
「我們店裡的客人，可幾乎都是老太婆喔。」
「跟我差不多年紀的？」
「對啊。」
綾香看到文枝的眼裡閃過一絲忿忿不平的目光。
「到底在想什麼啊？」

「年紀愈大，對美就愈執著啊。」

文枝吐了一口氣，

「我只要這麼想就覺得夠幸福了：反正生來就不是個美人，也就沒什麼好遺憾的。」

綾香沉默了一瞬間。文枝安靜地動著筷子。

「……妳的工作，很辛苦嗎？」

綾香問。

「一點都不辛苦。」

文枝說，她把內容幾乎沒什麼減少的酒杯移到一邊，拿起裝茶的杯子。

「自從可以用那個之後，就輕鬆多了。可是也不能老是用那個。」

「對啊，還有很多嗎？」

「大概還有三次的份量吧，不過用完了也沒關係。反正以前還沒有那個的時候，也是這麼過來的。」

「我希望盡量不要麻煩到阿姨。」

「別說這種莫名其妙的話，我可沒有不甘不願地做這些事啊。」

「可是──」

「當然，我也不覺得高興。要是做那種事還覺得高興，我肯定有病。可是只要能讓妳更幸福一點，我怎麼樣都無所謂的。」

「阿姨……」

「我前一陣子突然想到。」

文枝的表情變得很愉快。她壓低了聲音，就像享受講小祕密的小女孩一樣。

「妳跟我之間，一定有著某種牽絆。」

「牽絆？」

「對，老天沒有賜給我丈夫和孩子，可是卻給了妳，祂把妳這個孩子給了我。」

「才不是呢，這話應該由我來說，要是沒有阿姨，我不知道會變成什麼樣子呢。」

綾香用力地說著。一點也沒錯，要是沒有文枝，絕對不可能有現在的自己。而且，並不是現在的文枝，而是二十二年前，剛進入二字頭後半的文枝，要是沒有當時的她，就不會有自己。這個一邊吸引著鄰座男客的視線、一邊暗自算計男人們難得揮霍的河豚料理大餐只是本週晚餐當中最便宜一頓的自己，也不會存在。

「二十二年前的事，我絕對不會忘記。」

「妳就忘了吧。」

文枝溫柔地說。

「不，我不會忘，因為我前一陣子才剛去見過她。」

「見小茜？」

綾香點點頭。二十二年的時間，已經將同情和後悔這些情感從文枝身上奪走。不，文枝在這二十二年當中，對茜，還有自己對茜的所作所為，一定從來就不曾有過同情或後悔。

二十二年來在文枝心中滋長的，只有對綾香的愛。文枝從一開始見到綾香，就一直愛著她。

綾香並不期待被愛。那時候的綾香從沒想過，會有人愛自己。

綾香當時剛知道真相。她原本深信，茜的雙親把自己從孤獨和不安的生活中拯救出來，沒想到沒過多久，這份幸福就從知道真相的那個瞬間開始幻滅，轉而充滿恐懼和不信。她從沒想過要向誰求助。不知道真相的人們，以為綾香是個幸運的少女，沒有一個人願意傾聽她想說的話。

綾香還沒看過有其他人跟當時的自己一樣絕望。所謂絕望，跟前方的道路是不是真的被阻斷無關，而是本人深信，自己已經無路可走。

當時十三歲的自己，毫無疑問地相信，自己已經沒有未來。

文枝讓自己從絕望中走出來，而且只在短短的一瞬間。很不可思議的，當她知道文枝所做的事，竟然能夠很自然地接受。她一點都不覺得文枝可怕。

這可能就是所謂的愛吧。這世界上有許多愛的形式，綾香的直覺告訴自己，文枝的行為是出於對綾香的愛。從那個瞬間開始，綾香就知道文枝對自己的愛，是什麼樣的形式。

在綾香的人生過程中，每當遭遇對自己造成嚴重阻礙的人，綾香就會找文枝商量。

——我該怎麼辦才好，阿姨？

她總是用這種方式詢問。不過，文枝可以感覺到話語背後蘊含的懇求。

——交給我來辦吧。

文枝微笑地回答。然後過幾天，障礙就會消失無蹤。

有一段時期，綾香曾經擔心文枝會失控，好比馴獸師擔心自己被猛獸吃掉。

可是不管文枝完成什麼樣的工作，她決不會留下壓力，讓自己受苦。

綾香心想，可能只有自己發現到，文枝即使殺人，好像也完全不會覺得難受。不覺得難受，是因為有綾香在的關係。要是沒有綾香，要不是為了綾香，文枝可能是個連隻蟲子都不敢殺的人。

就像母親會伸手打死妨礙自己年幼孩子睡眠的蚊子一樣，綾香不希望存在的人，文枝都一一殺掉。

第一次下手，已經是將近十年前的事了，那是綾香決定跟丈夫離婚的時候。當時綾香已經連跟丈夫呼吸相同空氣都覺得討厭，不過對方的財產還是很有吸引力。丈夫希望綾香生孩子，但綾香只想要建立自己的事業。她需要有人幫忙實行自己擬定的計畫。她深信自己不但有成功的實力，也有必須具備的運氣。

當然，當時她還沒想到，文枝會願意幫忙，就像她當時幫忙十三歲的綾香一樣。不，就算願意，文枝也不可能沒有絲毫躊躇猶豫。

沒想到，六月一個下雨的晚上，她在當時住的高圓寺站前咖啡廳跟文枝見面，在變溫的紅茶前，綾香花了兩個小時把自己的「煩惱」對文枝和盤托出。

——不可以繼續這樣煩惱了，這些事情全都交給我吧。

文枝這麼說。

三天後，丈夫從車站月台跌落，被駛入的電車輾死。這樣的結果任誰都以為是純粹的意外。

在殺人方面，文枝有著天才般的能力。其中一個優勢，應該是她毫不起眼的外貌吧。就像綾香對她的稱呼，她確實是個路上隨處可以看到、貌不驚人的阿姨。

文枝殺人前總是會仔細地作好計畫，謹慎得讓人驚訝，接著再大膽地執行。具體的過程綾香沒有聽說過。但是文枝總是能順利執行，而且從來不曾被懷疑。

「小茜怎麼樣了？」

文枝問。

「沒什麼，還是老樣子。」

綾香回答。自己對沉睡的茜產生的短暫嫉妒感，現在說了文枝也不可能會懂。

女服務生端來火鍋的材料和炸雞塊。綾香點了一人份的魚鰭酒。

「那個要不要先加訂？」女服務生在一旁準備著火鍋，綾香問道。

「那個？」

「藥啊。」

「也好，方便嗎？」

「嗯。」

「您身體哪裡不舒服嗎？」

女服務生撈著鍋中浮起的肉沫，一邊問著。綾香猜想，她的年紀大約跟文枝差不多吧。不過可能因為從事要接觸客人的工作，化妝很濃，看起來也比文枝年輕。她中指上戴的戒指，如果鑲的寶石是真貨，就表示她除了薪水以外還有其他收入。

綾香和文枝視線相交。

「是啊，腰不太好，對吧。」綾香微笑著說。

「哎呀，那您可要讓自己暖和點才行。」

「是啊。」

藥來自南美，跟出口商品的貨款一起進來的。美國的製藥公司開發後，賣到軍方一個不能公開的部門後不久，就作為麻藥貨款的一部分，流到南美。實際上有什麼樣的效果，綾香也是聽說的。文枝當初因為不太相信，面露難色。

——妳說這是用螃蟹的血做的？

——不是啦。是一種螃蟹的血裡也有的成分，用化學方法合成，又加強了效果。
——有這種藥啊？
——外面沒有賣一樣的藥，因為沒有用處啊。
——也對。
藥品是灰褐色的粉末，聽說吞下之後也不會有任何效果，但是如果胃部有出血潰瘍，就另當別論了。這種粉末必須溶於液體，注射進血管裡才行。但是聽說效果相當明顯，不需要注射到靜脈。
簡單地說，只要製造會有一點出血的傷口就行了。
綾香並不知道文枝用的是什麼工具。不過她可以肯定，文枝不會笨到使用針筒這種讓人馬上聯想到醫療從業人員的道具。她用的一定是像文枝這種阿姨身邊就有的，相當稀鬆平常的東西吧。「錢照平常的金額就行了嗎？」
女服務生離開後，綾香問她。文枝每完成一份工作，綾香就會匿名捐贈十萬圓到交通遺兒育英基金去。十萬圓這個金額還有捐贈對象，都是文枝決定的。
「再另外給妳一些吧？」
「我不要。」文枝堅決地搖頭。
綾香知道，文枝住在板橋區一間附廚房但沒衛浴的木造公寓裡。
「每個月像這樣請我吃好東西，就很夠了。」
綾香深深地吸了一口氣。其實只給錢不見面，才是對自己最好的方法。
但是，這樣文枝是不會滿意的。
綾香知道，殺人的報酬，就是讓文枝這樣看看自己，一起共享短暫的時間。

10

各大唱片公司以及地下樂團的獨立製作推出的作品當中，都找不到名為「健康廚房」的搖滾樂團出過ＣＤ的紀錄。鮫島跑了管區內幾家Live House，發現都問不到跟「健康廚房」相關的情報後，聯絡了晶。

——你要抓他嗎？

知道鮫島拜託幫忙的內容後，晶的聲音變得僵硬。

——不是，我只是要問他幾句話。他可能知道一些情報，關係到一件可能是他殺案的事件。

——殺人的是他朋友？

——不，這個叫波布林的，應該算是被害人。他有個交往的對象，聽說兩人的孩子被拿掉了。有個男人為了這件事要去討回公道，結果死了。

——孩子被拿掉……

晶接不下話。鮫島知道，跟鮫島認識的兩年前，晶曾經動過一次墮胎手術。

說到這件事，晶當然變得很緊張。從那之後，不管晶有沒有要求，鮫島都很注意避孕，這成為兩人之間很微妙的問題。再加上鮫島和晶之所以相識，也是因為晶認識的業餘樂手涉嫌稀釋劑的黑市買賣而被鮫島逮捕的事件。鮫島逮捕的是晶好朋友的男友，就是那個批發集團的首腦。

集團為了籌措樂團的資金染指稀釋劑黑市買賣，因為這樣跟當地流氓發生糾紛，其中一個人被刺身亡。殺人的犯人雖然自首，但是那個幫派為了教訓這個頭兒，一直在追查他的下落。鮫島趕在首腦被流氓帶走之前逮捕了他，否則一個不小心，他很可能被流氓殺掉。

晶當時並沒有表現得很配合，一心只想著要幫助朋友，而且她也不怕流氓。事實上晶為了袒護這個朋友，還曾經被找人的流氓教訓過。但儘管如此，她對鮫島跟對流氓都一樣，表現出挑釁的態度。或者，就是因為這樣鮫島才會愛上晶吧。

鮫島喜歡晶什麼都不怕的一身骨氣。雖然有時候很難應付，可是晶的主張多半都很正直坦蕩，跟自己的利益或者明哲保身一點關係都沒有。

正因為如此，鮫島在尋找曾在濱倉手下工作的女孩美香代時，並不希望讓晶幫忙。不過，唱片行和Live House都找不到線索，現在鮫島只剩下晶這一線希望了。

不管是什麼樣的搖滾樂手，在正式出道前展開業餘活動的人，都不可能比晶更願意協助防犯課的刑警。一個一個詢問出入Live House或地下樂團的樂手直到找到美香代為止，要花多久時間，簡直難以想像。

也不知道為什麼，鮫島總覺得最好盡快找到美香代。

——只有你一個人？

晶問。她的意思是，是不是只有鮫島一個人在找「健康廚房」。

——對。

——知道了，我問問看。

晶簡短地說。

——抱歉。

鮫島到「靛藍色」那晚的兩天後，下午晶來了訊息。電話相當罕見地打到鮫島在署裡的座位上。

「查到了。」

鮫島一拿起電話，晶沒報上自己的名字直接這麼說。

「在哪？」

鮫島拿過筆記問道。

「西荻窪。」

「西荻窪的哪裡？」

「我也去。」

鮫島倒吸了一口氣，跟晶多爭辯也沒用，而且，有晶一起去，對方或許也不會產生無謂的警戒心。

「知道了。」

「會到晚上，你可以等嗎？」

「大概幾點？」

「十二點左右吧。」

「這麼晚？」

「對方一定也還醒著。」

「也是。」

「那我到你家去。」

晶掛了電話。

鮫島放下話筒，沒過多久，電話又響了。是機搜的野本打來的。

「上次真是謝謝您的幫忙。」

野本說。鮫島隱約覺得，他的口氣好像有點生疏。到「靛藍色」的隔天，鮫島打了電話給野本。告訴他自己從Celsior裡放的那個地圖本找出濱倉小姐們的住處，結果只有美香代這個女人聯絡不上。

「我快找到美香代的住處了。」

鮫島說著。但他一邊說一邊想，萬一野本要求今晚同行，事情就有點棘手了。可是這本來就是機搜的案子。

但沒想到，野本的回話讓鮫島很感意外。

「不，關於那個案子已經不歸我們管了。」

「不歸你們管？」

「對。能不能成案，還要等化檢的結果出來才知道，但是總之先交出去再說。」

「交出去？給一課嗎？」

「是的。隊長指示，接下來就交給一課判斷。先前給鮫島先生您添了不少麻煩，今後的搜查我想會由一課來接手……」

野本的說法聽起來相當客套生硬。一邊聽著，鮫島突然想通，關於自己的情報應該在機搜內部傳開了。知道鮫島跟濱倉這個案子有關之後，熟悉鮫島背景的人，可能給了野本這些負責人一些警告。

野本這個人的野心表露得很明顯。但他的野心遇到鮫島，還是踩了煞車。

「是嗎？那化檢的結果……」

「不會送到我這裡來，應該會直接送到一課去吧。」

野本馬上推得一乾二淨。鮫島輕輕地吐了一口氣。

「我知道了。」

「真的非常感謝您。今後可能還有需要您幫忙的地方，再請多多指教。」

這客套的語氣，彷彿對方不是同為警察，而是一般百姓。

鮫島掛掉電話站起來，視線跟桃井對上。

「機搜收手了。」

桃井從鼻梁上歪掉的老花眼鏡看著鮫島，

「他直接打電話給你？」

「對。」

點點頭，鮫島微微一笑。從這一點看來，或許野本還有一點誠意吧。如果他再也不想跟鮫島有任何瓜葛，大可透過機搜上司知會桃井，上層互相聯絡之後告知決定了事。

「你覺得是他殺嗎？」桃井說。

鮫島曖昧地搖搖頭，「還很難說。就算覺得是他殺，現在最好也不要太過招搖。」

鮫島若是大張旗鼓地行動，可能會對警察組織帶來反效果。

本廳搜查一課集結了非官僚的專家，身為專業搜查官，他們有很高的自尊。本廳的課長職位，有官僚也有非官僚，但是搜查一課長永遠是由非官僚擔任。清一色專家的一課刑警，是官僚無法管束的。

萬一鮫島強硬地主張濱倉之死是他殺，事情會怎麼發展呢？

很容易可以想像，自詡為「命案專家」的一課刑警們，一定會反彈。鮫島是官僚中「下放的偶像」，在他們的眼中看來「畢竟是個外行人」。

「雖然不願意這麼想，但確實很有可能。」

桃井說。

在任何世界裡，專家都有看輕外行人的傾向。更別說像鮫島這種立場的人，要是大聲主張，周圍甚至還有可能故意裝作沒聽見。

在這種狀況下就表示，即使承認有可能是事件，一課還是可能吃案。而且站在社會的角度，濱倉並不是什麼重要的存在。

「我會低調一點行動。」

鮫島用只有桃井聽得到的低聲說著。桃井點點頭，那點頭的方式也只有鮫島才看得到他的同意。

晶穿著牛仔褲和皮製拉鍊短夾克，出現在鮫島住處。牛仔褲膝上有裂縫，夾克底下是長袖T恤。兩人一起走到鮫島在公寓附近租用的停車位。

「不冷嗎？」

鮫島也一樣穿著皮夾克，但是底下還穿著高領毛衣。要是晶知道了一定會笑自己，不過他在牛仔褲下還穿了滑雪用的褲襪。這身打扮是設想到可能要在極度寒冷的下雨夜晚裡，在屋外釘梢的需要。

「還好。」

晶冷淡地回答，坐進BMW的前座，表情顯得很緊張。

鮫島轉動鑰匙，啟動引擎。這輛車是四年的中古車，已經做過一次車檢。

晶把右手插進牛仔褲口袋，抽出一張縐巴巴的紙片。她把紙片貼在手裡，深呼吸了一口氣。

鮫島點起菸。

「你是我的男人。」

晶面向正前方說。紙片還拿在手中。鮫島心想，上面應該寫著波布林這個男人的住址。

「對。」

鮫島平靜地說。

「你是我男人跟你是條子這件事，一點關係都沒有。」

晶就好像在說給自己聽。

「我想也是。」

「你閉嘴。」

鮫島瞥了晶一眼，晶依然看著正前方。她看著面對停車場這棟三層高公寓窗口的燈火，好似很溫暖的黃色燈光。

「我相信的條子只有一個。但這跟那傢伙是我男人，是兩碼子事。」

晶的下顎蓄滿了力道。

「我不是因為你是自己的男人，所以才相信你這個條子的，你懂吧。」

「意思就是說，妳沒有因此對我有特別待遇對吧。」

「嗯。」

晶點點頭。

「所以，如果這件事不是你，是你帶來的其他條子要求，我是不幹的。」

「我知道。」

晶轉向鮫島，

「條子裡也有值得尊敬的人，跟我愛上你，完全是兩回事。」

「妳真囉唆，妳要相信我啊。」鮫島說。

晶的鼻翼輕微地張開。生氣了嗎？晶這時粗魯地吐出一口氣，說道，

「我相信『新宿鮫』，所以你也要相信我。」她眼裡有強烈的光。

鮫島安靜地說，「妳要是知道我有多相信妳，一定會大吃一驚的。」

「我不會驚訝，因為我相信你。」

晶緊咬著牙關說著。鮫島伸出右手，放在晶的後頸將她拉近。

晶直直地盯著鮫島的眼睛，把臉靠近；鮫島輕輕地讓晶的嘴唇和自己的嘴唇相接。

雙唇離開後，晶還盯著鮫島看。

鮫島低聲說，「閉上眼睛。」

「笨蛋。」

說著，晶閉上了眼睛。並且用右手握著紙片的拳頭，咚咚地捶上鮫島胸口。

11

文枝很有耐心地等院長釜石從地下冷凍保存室出來，時間已經超過午夜十二點。

前幾天開始住院進行墮胎的女孩，大概一個小時左右前剛回去。鎮定劑的靜脈注射比意料中的藥效強，整個下午幾乎都在睡。

這是個在歌舞伎町酒店工作的十七歲女孩，好像告訴店裡自己已經十九歲。懷孕發現得晚，到醫院看門診時已經第十八週了。女孩說，自己原本生理期就不太正常，偶爾還會晚兩個多月。

超音波檢查後，胎兒發育得很順利。

前幾天就放了海草棒，事先擴張子宮頸，手術進行得算很順利。

初期的墮胎通常不會使用海草棒，而會用擴張器。這兩者主要是擴張子宮頸管方法的不同，在「釜石診所」固定使用海草棒。

這是因為「釜石診所」的墮胎並非D＆C（子宮頸管擴張及子宮內膜去除及搔刮），多半採用分娩的方法。

十八週已經不算懷孕初期，但即使是未滿十二週，如果胎兒大小堪用，也會使用海草棒。

不採用D＆C的理由很簡單，因為無法完整地採取胎兒。

用擴張器擴張子宮頸管，再用胎盤鉗子夾出胎兒的D＆C，不但會讓胎兒和胎盤分離，一不小心還可能扯壞胎兒的頭部。

在這方面，使用海草棒進行的分娩，雖然比較費時，但利用矽膠氣球推壓，就可以自然排出胎兒。

簡而言之，就是用器具夾出來，或者用藥引起陣痛推擠出的差別。

比起真正的初期懷孕患者，「釜石診所」更歡迎中期到後期的患者。

二十二週以後的胎兒理應不能進行墮胎，但是「釜石診所」連臨盆的墮胎患者也照樣接受。

理由就在這地下冷凍保存室。

通往地下的樓梯前裝有一扇門，門上有兩個門鎖。兩把鑰匙一組在文枝手上，另一組由藤崎綾香保管。如果文枝不在，院長釜石也不能到地下室去。

「釜石診所」的土地、建築、備品，都屬於文枝擔任名義上社長的「島岡企畫」這間公司，島岡企畫的股份全都由須藤茜美容診所持有。

換句話說，「釜石診所」的經營者其實是綾香。綾香使用的須藤茜這個名字，屬於躺在山梨醫院裡的表姐。

釜石終於從樓梯爬上來，他脫掉滅菌衣和拋棄式手套。

「怎麼樣？」

文枝一邊幫忙釜石脫掉滅菌衣一邊問。

「沒問題。」

釜石拿下帽子和口罩回答。在「釜石診所」，只有他們兩個人知道地下室的存在，文枝以外的兩名護士都不知道。

「釜石診所」給護士很高的薪水，但是工作兩年就解雇。文枝當然另當別論，文枝在這間「釜石診所」待了六年。正確說來，文枝是六年前接受綾香的建議，幫忙開了這間「釜石診所」。牽線讓釜石和綾香見面的，也是文枝。

十一年前，文枝跟釜石在枥木的一間私立醫院認識。她在那裡工作了一年半左右，只有文枝發現釜石是個已經被吊銷醫師執照的無照醫師。

「可以聯絡了嗎？」

「嗯，告訴他大概下星期就可以來拿。」

釜石今年五十八，是個中性化的男人。身材很瘦，頭髮稀疏，手腳細長。獨身的他不抽菸不喝酒，也不賭博。

釜石喜歡的，是未滿十二歲的女孩。因為這個癖好才讓他被吊銷醫師執照。現在每年綾香會出錢讓他到德國和泰國去旅行，避免他在國內發生狀況。

「知道了。」

文枝點點頭。文枝看到釜石吐了一口氣。

「累死我了。」

那是一對泛白混濁的眼珠。釜石的眼睛總是這樣，很難看出焦點到底對在哪裡。剛開始文枝覺得這雙眼睛很噁心。

「那就回去吧，剩下的我來就行了。」

文枝對他說。手術室已經整理完，不過病房還沒收拾好。

「也好。」

說罷，釜石一副欲言又止的樣子，又看著文枝。

「怎麼了？」

文枝強調著。

「啊……也沒什麼。就是……最近差不多又想出去走走了。」

文枝瞪著釜石。

釜石垂下眼，「沒有啦，我也不是說馬上想去啦。」

「等這次結束之後，我會跟社長提的。」

「是嗎？」

釜石的表情頓時變得開朗，像是放下了心頭大石般。

「我在想，下次想到盧森堡去看看，清邁也差不多……膩了。」

「再多找找就行了吧，你不是說過，那裡來賣孩子的人要多少有多少嗎？」

「可是……他們現在好像認識我了，都故意把價錢吊得很高。而且，有些可惡的傢伙，明明是十五，卻硬要說是十一……」

文枝把手撐在腰上，

「你還想跟社長要錢嗎？」

「我不是這個意思啦。」

釜石驚訝地睜大眼睛，說話變得很快。這時候他那放在一個變態身上很突兀的長睫毛，就特別醒目。

文枝嘆了氣。

「可是妳也知道，最近這兩件一個三十五週跟一個三十週的，貨色都很不錯啊，所以……」

「所以，你想要獎金就對了。」

釜石點點頭，臉上浮現假笑。

「要是有的話，就最好不過了。」

「我考慮考慮。」

「拜託妳了啊，島岡！」

文枝銳利地看了釜石一眼。

「島岡小姐……」

釜石又說了一次。只有在患者或其他護士面前，才能不加敬稱叫她。兩個人單獨相處的時候，文枝才不希望這男人直呼自己的名字。

「你回去吧。」

文枝再次強調。釜石頻頻點頭，快步走向放著上衣和大衣的診療室。

「那我先告辭了。」

離開診療室的釜石打了聲招呼，文枝並沒有回應。

她來到二樓病房，從窗口俯瞰著外面，看到釜石朝著夜色燦然的副都心方向，走在潮濕的路上。釜石開車通勤，車停在不遠處的停車場。

釜石住在高圓寺的公寓。文枝沒去過，但是那裡應該堆滿了釜石自己拍攝的兒童錄影帶吧。以前看到釜石在皮夾裡放了一張八歲左右女孩的照片時，只覺得一陣噁心。那不是單純的照片，而是拍到女孩跪地替自己服務的姿勢。

文枝拉平床鋪上紊亂的床單。床單很髒，因為會沾上血液和髒汗，一向委託專門的乾洗店處理。

「釜石診所」位於新宿區和中野區邊界。這棟四十坪左右的兩層樓房，蓋在住宅密集區當中。房子是六年前蓋的，平常沒有人住，只有文枝偶爾會來過夜。

二樓有兩間單人病房和值班室，一樓是診療室、手術室和候診室。

整理完病房，文枝回到一樓。

為了防止火災和小偷，「釜石診所」這棟建築，安裝了保全公司的最新式警報系統。

關掉中央空調的暖氣開關，文枝吐了一口氣。除了診療室以外，所有的燈都關了。

文枝看看手錶，快兩點了，她決定今晚留宿在值班室。昨晚她也在這過夜，她覺得計程車錢太浪費了。

她沒打開警報系統的開關，關掉診療室的燈。走廊和樓梯都有指示緊急出口位置的燈，所以不至於影響行動。「釜石診所」剛好蓋在一條死路的盡頭，所以晚上很安靜。

樓梯爬了一半，聽到外面有撞擊聲，好像是某種重物落下的聲音。

是釜石踅回來了嗎？文枝看了看入口。「釜石診所」的入口是深色的玻璃門，門的對面隱約可以看到什麼東西在動——

門的對面有人在。

文枝緊張了起來，是小偷嗎？

玻璃門外的人用身體推著門。文枝沒有因此慌張，自己站在樓梯中間，對方應該看不到。

那個人搖晃著玻璃門，門上了鎖，搖門的方式似乎在確認門有沒有鎖上。

文枝躡手躡腳地爬上樓，從病房的窗口應該可以看到玄關外站的人。

走進病房，靠近窗戶旁邊，她站在窗簾後方偷偷往下看。

是個長髮女人，穿著黑褲子和牛角釦大衣，長至腰際的頭髮綁在頸後。

這時，女人抬頭往這裡看，文枝抽回身子，瞬間看到了樓下人物的臉。

是急診嗎？

是男的，而且是曾經見過的臉孔。

在哪裡見過呢？文枝一邊回想，再次往下望。

男人好像正要從牛角釦大衣的口袋抽出一個飲料的寶特瓶。可能有點醉了，身體有點搖晃。

已經有一瓶寶特瓶放在玄關，他左右口袋似乎各插著一瓶。

他在幹什麼？

男人蹲下，轉開寶特瓶的瓶蓋。他環視周圍，抓起寶特瓶，開始把瓶裡的液體潑在玄關附近。

文枝離開窗邊。她不知道男人想做什麼，但可以肯定的是，一定是不利於「釜石診所」的危險行為。

她悄悄下樓，站在一樓走廊時，聞到一股跟平常慣用藥品不同的揮發性臭味。

是燈油。

為什麼？那個男人打算在醫院縱火。

文枝急忙進了診療室。拆開一根拋棄式針筒，從藥品架拿出靜脈麻醉劑吸飽。通常會用生理食鹽水稀釋過後，再對患者施行靜脈注射。

她在注射針上蓋了蓋子，放進白衣口袋裡走上走廊，片刻都沒有猶豫。

人影還在玻璃門對面來回活動，她轉開鎖，俐落地開了門。

男人瞪著眼睛，呆站在原地。正面看著這張臉，文枝頓時想起這是誰。

文枝說。

「進來吧。」

男人眨著眼，舔著嘴脣企圖找話說。他臉色很糟，而且可能因為沒撐傘，全身淋得濕答答。

文枝又說了一次，

「別怕，我不會報警的，我了解你的心情。院長也很後悔，說想跟你見面談一談。」

「院長他……」

男人終於開了口。他的確喝醉了，說起話來有點大舌頭。

「院長在嗎？」

文枝點點頭。她微笑地看著腳下，有一個空了一半的寶特瓶，另一瓶還沒打開，就這麼放著。

「我在上面休息，聽到有聲音才下來看看……」

男人開始慢慢搖晃著身體。

「把孩子還給我！」

他開始發怒。

「把我們的孩子還來！」

「所以我叫你先進來嘛。」

文枝說著，彷彿在安撫著他，接著她低聲又加了一句，

「我是站在你這邊的，直到最後一刻我都反對拿掉。可是醫生說，要是你們的孩子一生

下來就有殘疾，對年輕的你們會帶來負擔的——」
「這種事其他的醫院可沒說過啊！」
男人加強了語氣。
「不要這麼大聲，樓上有患者在睡覺，是跟你女朋友差不多年紀的女孩。」
男人的臉上出現動搖。
「我以為……沒人在。」
「平常是沒人在，今天比較特別。」
「那個女的，要生？還是要拿掉？」
「要生下來。」
「那我去告訴她，叫她不要待在這間醫院，這裡是殺人的醫院！」
男人突然往前進。他推開文枝，穿著鞋直接踏進玄關。
「喂！喂！」
他走在走廊上，右手放在樓梯的扶手上。文枝把手伸進白衣裡，在裡面拿掉了注射針筒的蓋子。
「在這裡。」她從樓梯下叫住對方。
男人不悅地回頭看文枝，在樓梯當中坐下，「你叫院長出來。」
他兩手摀著臉，「那個混帳……」
男人的指縫間露出這幾個字眼。
「我現在就去叫他。」
文枝爬上樓梯，走過男人身邊。男人頹然低下頭，看起來像睡著了一樣。

看來是從寒冷室外進入溫暖屋內後，醉意一口氣襲來。

「你等一等啊。」

文枝用左手搭在男人淋溼的肩頭上，男人一動也不動。

文枝將右手的針筒從白衣裡抽出來。

12

波布林住在從青梅街道走向西荻窪車站途中的一棟公寓，這間租來的房間位於無電梯四層公寓的一樓。

鮫島將ＢＭＷ停在從車站前延伸出的大馬路一角，旁邊有座電話亭，對面就是他即將拜訪的公寓，一看就知道是相當老舊的建築物。

時間剛過一點，一樓窗口還亮著燈的只有一個房間。

「要打電話嗎？」

晶看著鮫島。

「你們有共通的朋友嗎？」

「有，但是我不想透露他的名字。」

晶說。

「那我來打。」

說著，鮫島下了ＢＭＷ。他進入電話亭，拿起話筒，按下寫在筆記上的號碼。

第一聲還沒響完，電話就被接起。

「喂。」

是個年輕女人的聲音。

「是久保先生家嗎？」

鮫島問。久保廣紀，是波布林的本名。

「是。」

「這麼晚了不好意思。我姓鮫島，請問廣紀先生在嗎？」

「不在。」

「他出門了嗎？」

「對。」

女人的聲音很細，讓人感到她的恐懼。

「您是美香代小姐嗎？」

鮫島問。

「是。」

「您的事我是從『靛藍色』的入江媽媽桑，還有紗耶小姐那裡聽說的。我跟濱倉先生也認識，我是新宿署防犯課的鮫島，可以跟您談一下嗎？」

「新宿署……」

美香代說不出話來。

「不會給您帶來麻煩的。」

「難道是波布林?!」

美香代的音調變高，鮫島覺得有點異常，美香代跟情人之間顯然出了什麼事。

「不，是濱倉先生的事——現在可以過去打擾一下嗎？其實我人就在這附近。」

美香代沒有馬上回答。

「這……」

「不耽誤您太多時間。」

「……好吧。」

聲音聽起來很低沉，半是放棄的感覺。鮫島道了謝，放回話筒。晶打開門，下了車。

「要過去了嗎？」

鮫島點點頭。

「我可以一起去嗎？」

「好。」

鮫島只想了一下就馬上回答，過了馬路。

公寓一樓部分是外露的泥地，滿是泥濘。鮫島站在一個沒有掛名牌的門前，按下門鈴。等了一會兒，門的對面有人聲。

「來了。」跟電話聲相同的女人說著。

鮫島從防盜孔中亮了亮手冊，「我是鮫島。」

可以聽到轉開門鎖、卸下鐵鍊的聲音。古舊的表面粗糙不平，奶油色鋼門隨著嘎聲打開。

女人身穿比身體大了許多的成套運動服站著。乍看之下鮫島猜想，大概二十歲上下吧。臉上沒化妝，睜著一對幾乎要哭出來的大眼睛。頭髮有強烈褪色的痕跡，個子大約只到鮫島的下巴。

鮫島看了看玄關地面，擺著女用涼鞋和高跟鞋，還有男用靴子和運動鞋。

「您一個人在家嗎？」

女人無言地點點頭，看著鮫島和站在他身邊的晶。

「我是晶。」
說著，晶翹起嘴角笑著。
「跟他一起的。」
「我知道……」
女人——
美香代眨了眨眼睛。
「妳是『Who´s Honey』的主唱吧，我有買ＣＤ。」
「謝謝！」晶說著，伸出右手。女人膽怯地握住了她的手。
鮫島看著晶，
「妳還說沒人買，其實賣得不錯嘛。」
晶裝作沒聽到。
「對不起啊，這麼晚了來打擾。」
晶說。
「這傢伙說有話要和妳聊，妳男朋友是『健康廚房』的貝斯手吧？所以我幫他找人。」
美香代安靜地聽著，看起來腦子裡似乎很混亂。
「可以進去嗎？」
鮫島問。美香代輕輕點了頭。
室內有獨立的兩間房和廚房。進去之後右手邊馬上看到一間紙門隔出的房間，左手先是廚房，然後是連接一間三坪的起居室。起居室中央放著一個暖爐桌，上面雜亂地堆著各種東西，衣服、雜誌、ＣＤ、吉他等等。牆壁密密貼滿了海報，幾乎看不見底下的牆壁。

暖爐桌上放著喝了一半的咖啡杯，旁邊是即溶咖啡的瓶子和封面朝上對開翻開來的女性雜誌。

菸灰缸裡有亮著火星的沙龍淡菸。

鮫島和晶把膝蓋伸進暖爐桌裡，坐在美香代對面。

「我正在調查濱倉先生的事，所以才到『靛藍色』去，見到了其他人。」

鮫島說著。美香代很無助地點頭，盯著鮫島。她兩手放進暖爐桌裡，似乎在擔心著什麼。

「紗耶小姐告訴我，妳好像遇到了不太愉快的事。」

美香代沒說話。

「這話我有點難以啟齒，不過聽說，妳因為孩子的事，好像跟醫生起了點糾紛是嗎？」

美香代突然問，

「現在幾點了？」

「一點四十分左右吧。」

美香代點點頭，縮起脖子。

「怎麼了？」

「沒有，沒什麼事。」

美香代搖搖頭。鮫島吸了一口氣，說，

「可不可以告訴我，妳跟醫生之間起了什麼糾紛？」

美香代伸出右手，捻熄煙霧正冉冉往上升的香菸。她用力地捻著，動作激烈得出奇，把香菸捻得支離破碎，菸草散落。

她沉默了好一會兒，「……本來要生下來的，波布林也叫我生。他說等孩子長大，也要讓他玩搖滾，父子一起組團……」

她盯著眼前的菸灰缸開始說，

「我一直都在家附近的高圓寺醫院裡檢查。濱倉先生也說，既然決定這樣，那就別再工作了。我跟客人的時候都有戴，所以很肯定絕對是波布林的孩子……」

話說到這裡中斷，鮫島等著她。

「——原本差不多下個月就要生了。到新宿去玩的時候，肚子突然痛了起來，附近剛好有間醫院，所以就到那裡去看，因為我擔心回高圓寺的路上會出什麼狀況。我高中的時候，曾經拿掉兩次小孩，所以心裡很不安。到西新宿的醫院檢查後，醫生說因為胎盤什麼的剝離，要是不馬上動手術就會有危險。孩子保不住，要是放著不管連我也會死……所以才動了手術……」

美香代抬起頭。

「我告訴醫生，如果要動手術，我想回原本的醫院，結果他說現在一刻都不能等，難道我想死嗎……」

「所以妳才接受了手術是吧？」

美香代馬上點點頭。

「麻醉退了之後，我一想到，啊，孩子沒了，就覺得好難過，哭個不停。護士很親切，可是我還是很想哭。一直對波布林說對不起、對不起……後來，我想替孩子弄個墳墓，請醫生把孩子的遺體還給我們，結果他說，『妳的孩子有先天性疾病，就算生下來也一定養不大，我想你們最好還是不要看比較好，所以我就處理掉了。』」

「處理？」

美香代點點頭，流下了眼淚，

「他問我是不是有吸毒、稀釋劑或安眠藥之類的，所以孩子才會不正常。可是我真的沒有，真的，稀釋劑也只有國中時吸過一次，覺得頭很痛，就再也沒試過了。

「可是那醫生不讓我看孩子。波布林也很生氣，即使由波布林出面，醫生也根本不理他，所以我才去找濱倉先生……」

「請他幫忙交涉？」

美香代點點頭。晶深深吐了一口氣，眼角泛紅。

「之後妳有到高圓寺的醫院去嗎？」

「有，可是他們說，既然當時那位醫生這麼說，那就應該沒錯吧。」

醫師通常不喜歡作出對同業不利的發言。

「妳是什麼時候告訴濱倉這件事的？」

「濱倉先生死前三天。濱倉先生有替我打電話給對方，但是他說，在電話裡也說不清楚……」

「然後呢？」

「他說，要去見醫生一面。」

「那間醫院叫什麼名字。」

「『釜石診所』。」

「在哪裡？」

「西新宿。」

說完之後，美香代小聲地唸著波布林的名字。
「波布林是妳男朋友吧？他到哪裡去了？」
「新宿。」
「工作？」
美香代搖搖頭。
「去玩？」
美香代表情僵硬，並沒有回答。鮫島心中有種不好的預感。
「都這個時間了，他是怎麼去的？」
「自行車。」
「一個人？」
「對。」
「他去找誰了嗎？該不會是那間『釜石診所』的人吧？」
美香代始終緊繃的表情終於崩潰，
「波布林說，要去報仇，他說濱倉先生被那間醫院的傢伙殺了。他跟我在這裡喝了日本酒，喝得很醉，然後對我說，『美香代，妳等著看！』我阻止他，可是他說，『別擔心，我一定讓他們好看！』」
「他打算去做什麼？」
「他把暖爐的石油，裝在瓶子裡……」
鮫島抬起頭，「他幾點出門的？」
「不知道，大概快一點吧。」

美香代用兩手摀著臉。

「在我打電話來之前嗎？」

「對，還要更早。」

晶看著鮫島，「我待在這裡。」

美香代趴在暖爐桌的桌面上。

「好，我再跟妳聯絡。」

鮫島看看手錶，快要兩點四十分了。應該先通知新宿署，就算現在開車趕到現場，也來不及了。

「可以借個電話嗎？」

如果已經縱火，那也無可奈何，但如果能在未遂的階段制止他，久保廣紀的罪多少可以輕一點。

電話聯絡上新宿署後，鮫島先詢問西新宿地區有沒有發生火災。總機回答，該地區並沒有火災的報告。鮫島道了謝，要求轉接巡邏課。

值班的巡邏人員接了電話，他馬上要求派警車到現場，接著鮫島也迅速離開了久保廣紀的公寓。

13

跟警車擦身而過時，文枝感到一絲不安。鳴著警笛的警車，就停在「釜石診所」旁。裡面走出兩位制服警官，其中一個敲了敲「釜石診所」的玻璃門，另一個用手電筒照著附近。

文枝站在稍遠的地方，安靜觀察著。警官正用固定在肩上的無線電機器不知跟哪裡聯絡著。

那個男人是一個月左右前到「釜石診所」來墮胎女孩的情人。那一頭看了就讓人覺得骯髒的長髮，馬上讓文枝回想起來。

女孩正要進入第三十週，胎兒很健康。因為輕微的胃炎發作，她搞不清楚症狀，跑到「釜石診所」來。

女孩拿著母子手冊，一看就知道她打算把孩子生下來。可是，她還沒跟孩子的父親登記結婚，看起來也很不檢點，釜石推測，應該是個大好良機。

女孩的男朋友看起來也很吊兒郎當，文枝沒有反對的理由。胎兒愈健康完整，就可以賣到愈好的價錢。

釜石巧妙地欺騙了對方，讓女孩接受手術。順利取到大型胎兒確實值得高興，不過接下來就有點棘手了。

都是那個叫濱倉的男人。濱倉打電話來的時候，釜石大受驚嚇，要求文枝聯絡綾香。

文枝聯絡了綾香，綾香要光塚去調查這件事。

文枝不喜歡光塚，她也知道那個男的討厭自己。他在嫉妒。光塚迷上了綾香，但是他不知道綾香和文枝之間存在著強烈的牽絆。所以他對綾香如此重視文枝，很看不順眼。

看在文枝的眼裡，光塚是個空會擺架子的人，跟街頭小混混沒什麼兩樣，而且他不過是綾香的手下。文枝知道，這個男人巴著綾香不放，貪的就是綾香的財產。

可是，只要我在，可不會讓你稱心如意。絕對不能把綾香的財產交給那種男人。

須藤茜美容診所能成長到今天這個地步，都是多虧有「釜石診所」的存在。

儘管光塚再怎麼盛氣凌人，他替綾香所做的，還不及自己的十分之一。

綾香也知道這一點，所以才把處理濱倉這件事交給文枝負責。

不過，文枝心想，當初拿掉那小太妹的孩子，說不定是個錯誤的決定啊。

結果不只濱倉，連這個骯髒的長髮男子都給解決了，而且這男人剛才還打算在醫院放火。

麻醉劑馬上就解決了那個男人。這也是當然，通常靜脈麻醉所使用的是將零點五毫升稀釋四十倍的濃度。有人只要注射個五毫升或十毫升，就會喪失意識。

文枝一口氣注射了比正常多二十倍的劑量，當然輕鬆就能要了他的命。

她把屍體移到地下保存室，鎖上鑰匙。放在那裡暫時不用擔心腐敗的問題，可以趁這段期間處理掉。過了一段時間之後，還能使用的內臟就不能取出，這確實有點可惜。如果處理得好，說不定可以讓他腦死。這麼一來就可以一個一個拆開跟下一批貨一起送出去。

但問題除了濱倉、年輕男人，還有那女孩。因為那女孩覺得不能接受，所以濱倉和這男人才會在「釜石診所」周圍陰魂不散。

她很有把握警察們什麼也找不到。燈油幾乎被雨水沖刷掉，她也灑上刺鼻消毒藥掩蓋味道。當然，裝了燈油的寶特瓶也徹底沖洗了內部丟掉了。

警官們沒發現文枝，也沒在現場發現任何東西，又回到了警車裡。他們沒有馬上開車離開，可能打算繼續在此巡邏一陣子。

應該是有人把那個男人的事告訴了警察。難道是他在玄關大叫時，附近的人打了一一〇報警嗎？

如果是這樣，那警車到得還真慢。文枝暗自竊笑，現在早就已經全部結束了。

她正準備離開，看了看手錶。

快要三點了。文枝的口袋裡，有那女孩的病歷和男人身上的錢包。女孩現在人不是在自己住處，就是在男人住處。說不定在男人房間的機率比較高。

只要打通電話就知道，看樣子這會是個很長的夜晚。

不過，文枝下定決心，今天晚上一定要解決掉那女孩。

14

鮫島到的時候，警車已經關掉車燈，停在「釜石診所」所在的死巷入口，車裡有兩名巡警。

鮫島停下BMW走近，兩名巡警下了警車，對他敬禮。

「辛苦你們了，幾點到現場的？」

「兩點四十八分。搜索過附近，沒有發現可疑人物和您要找的人。」

鮫島點點頭，走進巷子。「釜石診所」是棟西式的兩層樓建築，前方左邊是停車場，右邊以牆分成不同棟的住宅。看來好像有炒地皮在操作，三棟中有一棟是空屋。

他從其中一名巡警手中接過手電筒，站在「釜石診所」正面玄關前。

強烈的消毒藥味道衝進鼻子裡。

「入口只有這一個，沒有上鎖。剛剛打過電話，裡面好像沒有人。」

巡查戴的警帽包上塑膠防雨罩，他也跟著進來，穿著雨衣。

鮫島照亮著玄關。大約兩階的低矮石階，連接到褐色的玻璃門。

「診療時間，星期一到五，早上十點到十二點，下午兩點到四點。六日休診。釜石診所，產科，婦科。」

這塊牌子掛在內側，門外貼著保全公司的銀色貼紙。

雨水滲進石階，在手電筒的光線下閃耀著。

「好冷啊。」

「可能會下雪吧。」

鮫島看看手錶，凌晨三點過了幾分。從西荻窪騎自行車，一個小時左右就能到。但是現場並沒有放火的痕跡，這麼說，他很可能在中途被警察懷疑接受盤查，因而被拘留，或者是放棄計畫暫回。

「我知道了，不好意思，下雨天還麻煩你們跑一趟。」

鮫島心想，總不能要求巡警為了這毫無眉目的釘梢繼續守到早上。他打算等巡警們回去後，自己再守個一小時左右。

「哪裡。」

巡查或許覺得可疑，但並沒有表露懷疑的態度，敬禮之後回到警車。

警車開走後，鮫島坐進ＢＭＷ裡，移動到可以看得到死巷入口的位置。他打算等個三十分鐘左右，然後打電話到久保廣紀家去。

15

文枝搭的這台計程車司機人很親切。文枝隨口編個獨居親戚突然病倒的故事，這司機深信不疑，光靠住址就幫忙找出了西荻窪這棟公寓的所在地。

「『西荻坂井住宅』，對了對了，就是那一棟。」

略顯老態的個人計程車司機，在雨中放慢了速度開著車，發現公寓後這麼對文枝說。

「真的呢，非常謝謝您，真的幫了大忙啊。」

「哪裡，如果需要帶那位親戚去醫院，我可以在這裡等的。」司機轉向後方問道。

文枝搖搖頭，「我想應該只是發燒，沒有那麼嚴重的。要是真的很嚴重，我會叫救護車的。」

「是嗎，那您保重了。」

計程車留下踏上人行道、正在攤開摺疊傘的文枝，急駛而去。

她打了兩個電話號碼。高圓寺那邊是電話留言，西荻窪的號碼有個年輕女孩接起。文枝什麼都沒說馬上掛掉。

她繼續在雨中站了一會兒，凝視著馬路對面的那棟公寓。一樓只有一間房間亮著燈。就在那裡，那個女孩，堀美香代就在那裡。

文枝的手無意識地伸進吊在拿傘左腕上的手提袋裡，裡面放著毛線球和棒針、皮夾等。

要不要直接過去？如果只有美香代一個人，事情很簡單。但要是有別人在……

文枝在這個時間出現，美香代一定會驚訝、起疑吧。可是只要說是因為那個男人，久保廣紀的事而來，她一定會讓自己進房的。美香代絕對知道久保廣紀今天晚上打算到「釜石診所」做什麼，所以才不能留她活口。

要是她看久保廣紀遲遲不回來，因為擔心而前去報警就糟了。尤其是「釜石診所」對美香代的孩子所做的事，更加不能讓警察知道。

文枝縮回身子，因為那間房門突然打開，走出來的是一個短髮穿牛仔褲的女孩。

文枝急忙收起傘，躲在自己身後的自動販賣機後面。

這女孩文枝沒見過。她站在街燈下沒撐傘，兩手插在皮夾克的口袋裡，縮著脖子。

「是這邊吧？」

那女孩回頭看著青梅街道的方向說著，從她滿是破洞的牛仔褲這一身打扮看來，邋遢不檢點的風格倒是跟那對情侶挺一致的。

美香代拿著傘從打開的門走出來。她的頭髮染成咖啡色，文枝馬上就認了出來。

「快走吧。」

先出門的女孩催促著。美香代接著也走出來，似乎很猶豫。

「老是關在房間裡，心情反而會變憂鬱，貼上那張紙條就不會有問題的啦。」

但美香代還是顯得很猶豫。關上門，正要撐開傘。

「真是的。」

女孩走回去，從美香代手裡搶走看似從筆記本撕下的紙片，用隨便扯下來的膠帶貼在門上。

「好了！去吃點什麼吧，我肚子餓了。」

她催促著美香代，開始往前走。

她們往青梅街道的方向前進，撐著傘的美香代急忙追在後面。美香代在運動褲外披著毛皮大衣，很糟糕的搭配。

等到兩人走遠，文枝才從自動販賣機後面走出來。她穿過馬路，走進貼上紙條的門前。

「我在青梅街道上的複合式餐廳。」

貼紙上這麼寫著。稍微回想，剛剛計程車的確經過一間二十四小時營業的複合式餐廳，原來她們要到那裡去。

她們兩人一起在等久保廣紀回來嗎？這麼說來，那個短髮女孩也知道這件事。

文枝開始感到不安。是不是該把兩個人都處理掉呢？她身上確實帶了兩人份的藥。

總之，先看看狀況吧。在不被美香代發現的前提下，先到複合式餐廳觀察一下。

文枝朝著兩人走去的方向，跟著往前進。

文枝很驚訝，接近凌晨的這個時間，複合式餐廳裡竟然有這麼多客人。

大概有三分之一左右的座位都坐滿了人，而且還有一群可能是特種行業的濃豔女人。

服務生上前準備領位。

「那裡就可以，我想坐那個位子。」

文枝指著，她要的並不是窗邊的獨立沙發座，而是人較少的吧檯。

「好的。」

服務生領文枝來到吧檯角落。美香代她們坐的沙發座，在隔著收銀台的另一邊，幸運的是美香代剛好背對這邊坐著。這種店的椅背多半很高，所以只看見美香代的半邊手臂。對面那個短髮女孩則看得很清楚，不過她沒見過文枝，不需要擔心。

坐定位的文枝點了柳橙汁。因為坐的距離遠，在店裡背景音樂的聲音遮掩下，聽不見那兩個人的對話。

文枝把手提袋放在膝上。

柳橙汁送來了。她用吸管吸了一口，沒想到這麼酸，一點也不好喝。

您的餐點都到齊了，服務生傻乎乎地說著，文枝笑著點點頭。就一杯柳橙汁，還說什麼「餐點都到齊了」啊。

服務生離開後，她看了看袋子裡，毛線球中央插著四根棒針。

人的血液凝固，是由十三種蛋白質因子和鈣、磷脂質所控制的。當血管受損出血時，血液裡的血小板會崩壞，產生凝血活酶。接著凝血活酶跟血漿裡包含的鈣和其他因子產生反應，分解血漿裡頭一種稱為凝血酶原的物質。凝血酶原經過分解之後，轉變成酵素凝血酶，同樣會對血漿裡的纖維蛋白原產生作用，轉變為纖維蛋白。

纖維蛋白的分子聚集，形成如網狀的物體，將血球封閉在其中。結果血液會形成凝膠狀的血餅，堵住傷口。這個過程就是蛋白質分解酵素的活性化連鎖反應。

阻止這種反應在血管裡無限進行的，就是抗凝血酶和肝素等抗凝血因子，血漿裡也含有這些成分，以取得平衡。

治療血友病等所使用的止血藥裡，有促進血液凝固的維他命K，維他命K具有幫助肝臟合成凝血酶原的功能。另外哺乳類的腦、肺部等的萃取液中，也包含了凝血活酶，所以會跟從人的血漿裡取出的凝固因子濃縮製劑併用。

但現在文枝手提袋裡的血液凝固劑，卻具有跟這些止血劑完全不同的特性。

被心臟這個幫浦壓出來的血液，在人體內以約一分鐘的時間循環一周。即使血液裡有細菌等毒素進入，也沒有那麼簡單跑遍全身，因為淋巴球或白血球會抓住這些細菌，將其溶化吞噬，所以細菌不至於廣泛擴及全身。

文枝手中的血液凝固劑，既是「異物」，又具有不被白血球攻擊的細菌特性。雖然不知道是由什麼原料做成的，但從這樣的特質推測，可能跟血友病治療藥一樣，應該是以從人體液萃取的材料為基底。

這些原理靠以前在護校學習的知識就足以理解。

所以文枝聽到這種藥的效果時，馬上就知道這並不是以治療疾病為目的而開發的。

文枝手上的凝固劑，只要將零點一公克溶於一毫升的生理食鹽水中，就能充分發揮用途。溶於生理食鹽水的凝固劑，會變成呈灰褐色的黏液。

文枝將這黏液塗在一直放在手提袋裡的兩根棒針上。棒針是用竹子製成的，前端很尖。文枝用刮鬍刀片在棒針前五公厘處，畫上許多細小的刻痕。一旦浸過沾上黏液狀的凝固劑，就會有些許凝固劑滲入刻痕當中。

刺入時不需要太深，但是一定得傷到血管才行，而且愈粗的血管效果愈好。至於有沒有傷到血管，可以用是否出血來判斷，哪怕只有一點點。

血管愈粗，凝固劑就會愈快順著血液流遍全身。

這種凝固劑的作用，有著相反的兩道樓梯，可能是由於其中所含兩種不同的因子。第一道樓梯會刺激阻止血液凝固的肝素，這可以使進入血管內的凝固劑不會馬上凝固，乘著血液流遍全身。但是經過幾十秒後，順著血液流動來到體內各處血管之後，則會開始發揮相反的作用。

這是抑制肝素，促使血漿爆發性釋放凝血酶原的作用。

如此一來，血管的各處開始生成纖維蛋白。

血液在血管內凝固，當然，血液的循環就會停止。阻止血液流動的血塊就是「血栓」。一般較常聽到的是阻塞腦血管的腦血栓，不過除此之外，還有遍及全身大範圍可能發生的散布性血管內凝血症。這是體內各處的血管密集出現小血栓的狀態，放著不管肯定會導致死亡。

通常有宿疾的患者才會引起散布性血管內凝血症，除了癌症、白血病之外，還有胎盤早期剝離等婦產科疾病，文枝對於相關症狀有一定的知識。也就是說散布性血管內凝血症在沒有疾病的健康人體內，是不可能發生的。

而這種藥，卻能夠猛烈地引發症狀。

這種藥從美國被帶進來，送到文枝手上，上面寫著「ＤＩＣ」這個名字。這是取散布性血管內凝血症Disseminated Cogaulation Syndrome的字首ＤＩＣ，同時具有扣下扳機的意思。

「ＤＩＣ」是一種偽裝成疾病的殺人藥品。開發的製藥公司知道其作用時，無法到正常藥局去銷售，只好到美國軍方開發特殊兵器的部門去兜售。

後來藥品流入南美的販毒組織，現在才得以落入文枝手中。

所謂螃蟹的血，指的是中國鱟血球內的成分。中國鱟的血液即使對極其微量的內毒素也會產生反應而凝固。血球裡包含之凝血蛋白的凝固蛋白原和凝固酵素，其敏感的反應，曾被用作檢查疫苗或放射性藥品是否受到汙染的試驗藥。現在運用這種反應，甚至可以檢測出不到一億分之一公克的內毒素。這些知識是文枝在跟綾香用餐完畢後，在圖書館唸書而知道的。

文枝沒有忘記為插在毛線球裡的兩根棒針塗上新的「ＤＩＣ」。

在喝了酒或輕微運動後的狀態下，「ＤＩＣ」更能迅速發揮效果。

文枝心想，要是那兩個女孩喝點啤酒，就能更簡單地收拾了。

只要在廁所擦身而過時，假裝成提袋中探出頭的棒針不小心勾到對方就行了。

大約一分鐘左右，就可以看出「ＤＩＣ」的效果。會覺得噁心反胃，暈眩無法站立。當人蹲在地上無法出聲時，血液就會在體內血管中凝固，產生血栓。等到這時候即使被救護車送到醫院，也已經回天乏術。當然，早在救護車到達之前，人應該就已經死了。

就順序來說，哪個人先都無所謂。

等到其中一人起身上廁所，馬上跟在後面，在對方上廁所之前使用棒針。對方應該會坐在馬桶上，就這樣無法動彈吧。然後，只要靜待另一個人擔心前來查看就行了。

如果先去上廁所的是並非美香代的另一個女孩，那就再好不過了。先解決掉那個女孩，再假裝巧合上前跟美香代說話。

等到美香代擔心朋友上廁所遲遲沒回來，再跟她一起去查看。不會有人因為被棒針刺到而大驚小怪，而且之後即使解剖屍體，日本的醫生也沒有人知道「ＤＩＣ」的存在。

文枝總是將塗了「ＤＩＣ」的棒針插在毛線球上，隨身帶著走。與其說是為了殺人，其實更是為了保身。

東京這個城市，有太多色狼、扒手，以及許多莫名其妙的傢伙肆虐猖獗。尤其是新宿。半年前左右，文枝曾經在西新宿的地下道被人恐嚇要錢，那三個人怎麼看都不過是國中生。

這三人組從地下道另一端走過來，發現文枝之後，故意分頭站開來擋住去路，站在中間那個人用肩膀撞向文枝。

——歐巴桑，很痛耶！

身穿牛仔褲的少年大聲叫著，其他兩人在旁邊咧嘴笑著。

晚上剛過九點，但地下道已經沒什麼人聲。

——你幹嘛?!

文枝惡狠狠地說。這時候她還以為對方只是在捉弄自己，壓根沒想到會被恐嚇要錢。

——我說，妳撞得我很痛，得去醫院才行。

——你在說什麼啊。

文枝皺起眉頭。這時候她聽見右邊響起了喀啦喀啦的聲音，一看，站在右邊的少年正拿著一把細細的美工刀，推進推出地把玩著。

文枝心裡的震驚多過於恐懼，讓她無法動彈。

少年們跟暴走族或流氓學生等一般所謂的不良少年的感覺不太一樣。身上穿的是牛仔褲、運動衣、連帽外套，站在另一邊的腋下夾著滑板。髮型也很普通，並沒有燙鬈，看來就是極其普通的十三、四歲男孩子。

——借點錢來花花吧，阿姨。拜託啦。

站在中間的少年用甜膩的聲音撒嬌說著，突然合起雙手。

——我們剛去打電動，錢全都花完了，現在回不了家了，拜託借點錢啦。

說話的語氣聽得出有嘲弄文枝的意思，兩邊的少年只是賊笑地看著。

——你、你說什麼傻話啊。

文枝一說完，那少年馬上臉色一變。

——媽的，妳這老太婆，錢給我拿出來！

他們要搶文枝的手提袋。

這時，一群談笑的上班族走過文枝身後。少年們的臉上轉瞬間出現畏懼的表情，少年放開了手提袋。接著低聲吐出一句讓文枝想了都覺得悚然的話，離開當場。

——爛貨……

文枝裝作若無其事地繼續走，其實身體卻抖個不停。這顫抖是來自憤怒。那些少年面對成年男子那麼膽怯，遇到比自己弱小、上了年紀的女人，態度就變得囂張、任性妄為，真是卑鄙。這些人簡直心態扭曲，他們對弱小族群的殘酷虐待，彷彿小孩子虐殺小蟲子的遊戲一樣。

為什麼要這麼做？最讓文枝生氣的一點，就是這件事對那些少年來說，只不過是一種讓自己心情舒暢的遊戲罷了。

那些孩子知道，恐嚇是一種犯罪。恐嚇不僅是奪人錢財，連被搶奪一方精神上的自尊也會被無情地損傷，因為被害人將會因此深刻感受到自己的無力。

但是那些孩子並沒有發現，自己的行為到底有多麼殘酷。對於自己欺善怕惡的體質，一點都不覺得羞恥。

那些少年的家長，到底是怎麼看待自己的孩子？

一想到這裡，文枝的怒氣就由少年身上轉向他們的家長，再度怒從心生，憎恨甚至令她皆目。

從那之後，文枝就將塗了「ＤＩＣ」的棒針插在毛線球上，隨身攜帶。

如果再遇到那些少年，一定要給他們點顏色看看。他們最好在痛苦當中知道自己的所作所為有多麼丟臉，代價又有多沉重。他們的家長也最好在後悔中了解不負責任應有的代價。

美香代的朋友朝著面對文枝這個方向站了起來，一邊掏著牛仔褲口袋一邊走著。

文枝盯著她的臉端詳了一陣子。

好強勢的輪廓，搭上一頭隨便剪過就直接留長的短髮，文枝一點也看不出這髮型到底哪裡好看。臉上幾乎沒化妝，只有嘴唇薄薄地上了一層口紅。整個人散發的氣氛好像幾乎沒意識到自己是個女人，但長得並不難看。要是把頭髮留長，穿起像樣的服裝，一定會變成一個讓人另眼相看的美人。

女孩走過文枝身邊，進入複合式餐廳一角的電話亭。

她要打電話給誰？難道還要找「朋友」來嗎？

女孩把話筒夾在肩膀和脖子之間丟下硬幣，按下了按鍵。雖然話筒抵著耳朵，卻看不出在談話的樣子。她沒有掛斷電話，又繼續按下按鍵。

她在做什麼？

女孩直到最後還是一句話都沒說，放下了話筒。文枝完全看不懂這是在做什麼。

走出電話亭的女孩並沒有直接回到自己的座位，她走向店裡隔著文枝所在櫃檯的相反那邊。

她要去洗手間。文枝站起來，什麼都沒想，身體就自然開始行動了。她跟在女孩身後，往洗手間走去。

女孩推開雙開式彈簧門的門片。文枝一邊看著她的背影，右手一邊伸進手提袋裡。

插在毛線球上的四根棒針中，有兩根的根部是圓球形，另外兩根是四角形。

文枝在袋子裡抓住根部是四角形的棒針，用右肩推開彈簧門。

身穿皮夾克的背影，就在她兩公尺面前。

廁所裡沒有人。文枝掃視著女孩露出肌膚的部位，脖子，還有手腕以下。刺在手腕內側好了。

就在這時候，背後突然傳來一陣叫聲，那是一陣聽不太清楚話語內容的叫喊聲。

女孩一個轉身回頭，從正面看著文枝，臉上浮現著狐疑的表情。

文枝緊握著手提袋裡棒針的右手停下了動作。

輕巧的腳步聲緊鄰著文枝身邊跑過。女孩的目光掠過文枝的臉，落在更低的位置上。

「等等，別跑啊！」

這次是一個更清晰的聲音從文枝背後傳過來，廁所裡可以聽到那叩叩叩踩著高跟鞋的尖銳響聲。

女孩的眼睛驚訝地瞪大，看著從自己身邊跑過，那個三歲左右身穿吊帶褲的孩子。孩子留著西瓜皮似的髮型，看起來像個男孩子。他慌張地闖進廁所，卻在女孩子面前停下來，抬起頭來盯著女孩看。

——為什麼偏偏在這時候……

文枝心裡覺得動搖。她看得出來，那個女孩心裡也在想著一樣的事。

注意到小孩的那一瞬間，女孩的眼睛裡浮現出輕微的驚訝，接著回望那個仰著頭的孩子，女孩眼中原本尖銳緊張的神色，有那麼一瞬間卸下武裝，透露出溫柔。驚訝之餘，感覺得到她並不打算把對方當作小孩子來逗弄，而像是注意到另一個與自己相同的生物一樣，散發著不可思議的溫柔氣息。浮現在眼中的柔情，頓時軟化了整張臉的氣氛，變成一張難以言喻的天真臉孔。

看到這張臉的變化時，文枝的心裡再次搖擺不定。她不知道為什麼，但「她是個好女孩」的印象，逐漸在文枝心裡擴展開來。

然而，無言的將眼神從孩子身上移開的女孩，表情頓時大變。

充滿兇狠、憤怒的銳利視線投射在文枝臉上。女孩從嚴厲到溫柔到兇險的表情，讓文枝不覺鬆開了手上的棒針。她甚至懷疑，女孩的殺意是否針對自己。

但是突如其來遮擋住自己視野的鮮紅色背影，讓她知道那女孩嚴厲的視線並非針對自己。

強烈的香水味衝進文枝鼻腔，一眼就可以看出這女人是靠晚上的買賣吃飯，身穿腰部勒得極緊的紅色貼身裙裝，腳踏約有十五公分的高跟鞋。臉上的化妝極濃，看來像是妝花了之後又重新化上一次。

女人站在還盯著女孩看的孩子面前，彎下膝蓋蹲著，

「不是跟你說過了嗎！為什麼都不聽媽媽的話呢！」

女人嘴裡蹦出幾乎歇斯底里的叫聲，屁股坐在高跟鞋的腳跟處，快要失去平衡，一看就知道已經喝醉了。

「你要跟媽媽說什麼?!」

女人罵著孩子，孩子終於把臉轉向女人。

「快說對不起啊?!」

女人又說了一次，完全無視於女孩和文枝的存在。

孩子安靜地低著頭。

「為什麼你就不能乖乖待著呢，這死孩子。」

女人用低沉的聲音說著。文枝嘆了一口氣，心想，妳說的什麼話啊。

女人是文枝一進入這間複合式餐廳時就注意到的那群濃豔小姐的一員。可能是把孩子寄

放在托兒所，晚上出去工作吧。並不是說這樣不對，不過，都已經這個時間了，要是工作已經結束，應該馬上帶著孩子回家睡覺不是嗎？但是她卻顧著聊那些沒營養的天，還責備坐不住的孩子，這實在太自私了。

文枝坐在櫃檯聽著女人們尖銳的說話聲和下流的笑聲，多半是說些同事的壞話，不然就是給客人定等級。

女孩移動了視線，瞪著那女人的背。

文枝知道，女孩跟自己有著完全一模一樣的想法。

女孩充滿怒氣的視線狠狠盯在女人的側臉上。文枝幾乎覺得，女孩隨時都有可能破口大罵那個女人。

女人搖著孩子的肩問，

「要尿尿嗎？」

孩子點點頭。她用幾乎要讓孩子跌倒的粗暴動作，開始替孩子脫下吊帶褲。

女孩一轉身背對過去，用只有文枝注意到的聲音深呼吸了一口氣，進入廁所。門關上之後，聽到上門鎖的鏗鏘聲響。

文枝也輕輕吐了一口氣。那個喝醉的母親和小孩子怎麼樣，已經都無所謂了。現在唯一知道的是，自己錯過了解決那女孩的時機。

文枝走入敞開的另一間廁所，關上門。

當然美香代是一定要解決掉的，不過，今天晚上或許有點難，如果她還跟現在隔壁鄰間那個女孩在一起的話。

本來以為不過是個打扮邋遢、行為不檢的女孩，實際上好像並不盡然，今天晚上，自己並不想殺那個女孩。

文枝坐在放下馬桶蓋的便座上，閉上眼睛。

她開始對這個懦弱的自己感到不耐。

得振作才行。姑且不管那個女孩，就算只有美香代，也一定得處理掉。否則，不僅自己，還會波及到綾香。

「——快點啦，真是的！」

另一邊的隔間可以聽到母親刺耳的聲音。

真想用棒針刺向那母親的脖子。她不但打擾了自己的「工作」，還成了擾亂文枝心情的原因。

聽到沖水的聲音，女孩離開了廁所。

過一會兒再出去吧，說不定美香代跟女孩會輪流來上廁所。到那時候，最好那對母子已經離開了。

文枝心想。

16

B.B. Call響起時，鮫島正準備離開「釜石診所」。

他看了B.B. Call，電話號碼顯示在液晶畫面上，是晶傳來的訊息。看來她們離開「西荻坂井住宅」的房間，移動到其他地方去了。

想到美香代因為不安而心情低落的樣子，他可以想像應該是晶開口邀她出門的。

扳起倒下的座椅，發動引擎，揮動著的雨刷將前車窗上堆積的水滴擦乾淨。

「釜石診所」沉入副都心高聳大樓谷底間形成的這片黑暗當中，一絲人聲都聽不到。

明天——

已經是今天了啊——

白天再過來看一次。就以詢問醫院附近有沒有可疑事件為由來問問話，順便探查看看狀況吧。

打開電燈開關，看了看儀表板的時鐘，再過幾分鐘就四點了。

結果他沒打電話到久保廣紀的公寓，就這樣守了將近一小時。

待會在大馬路邊如果看到公共電話，就打剛剛B.B. Call上顯示的那個號碼聯絡。說不定久保廣紀已經回去，三個人一起出門了。

出青梅街道之後發現電話亭，他停下ＢＭＷ，原來那是一間複合式餐廳的電話。他告訴店員晶的名字，請店員廣播找人。

「喂。」

鮫島詢問接電話的晶。

「波布林回來了嗎？」

「沒有，他沒在那邊嗎？」

晶好奇地反問。

「現在還是只有妳們兩個人嗎？」

鮫島說。

「嗯。」

這麼說來，可能是在途中醉倒了，或者是遇到警方盤查被拘留了。

「他沒過去嗎？」

晶問。

「嗯。」

「那個女孩子要是知道一定會放心許多，我去告訴她。」

晶正要掛電話。

「等等。」

鮫島突然感到一股不安。

濱倉去「釜石診所」談判後不久，就莫名地死了。企圖對「釜石診所」縱火的久保廣紀，現在行蹤不明。

如果他被哪裡的派出所拘留，那麼從他身上帶的東西判斷，應該會以縱火未遂的嫌疑成為偵訊對象。要是爛醉如泥，可能會先拘留，到早上再問話吧。這時候負責的就不是派出所，而會被帶到轄區警署去。

詢問西荻窪到這裡的轄區警署，馬上就可以知道有沒有符合拘留條件的嫌犯。

當然，即使沒有找到符合條件的人，就馬上判斷久保廣紀已經出事，似乎也操之過急了。他可能醉倒了睡在路邊某處，也不能排除他去找其他朋友的可能。

現在要求警車出動，若是自己的警署那還好說話，如果正式向各署提出這種要求，萬一久保廣紀真的縱火未遂回到自家，到時警方很可能也不會就這樣放過他。

鮫島按捺下自己的不安。

「該怎麼辦？」晶問道。

「妳那裡人多嗎？」

「滿多的，有很多喝醉的就是了。」

「我現在馬上過去，妳盡量跟在美香代身邊。」

「連上廁所也是？」

「對，不要讓她一個人。」

晶嘆了一口氣，但她並沒有埋怨鮫島這麼做大驚小怪。一年前左右，鮫島曾經在千鈞一髮之際，逮捕了試圖向晶發射子彈的人。

「知道了，你快過來吧。」

鮫島掛上電話。

抵達餐廳的鮫島，帶著美香代和晶兩個人離開。店內的人並不多，一半以上的客人都如晶所說，不是剛下班的特種行業女郎，就是等酒醒搭首班電車的人。其中有一個打開文庫本閱讀的中年婦女，和另一個看起來有點像作家、正在寫東西的男子。

離開店裡坐進停在停車場裡的ＢＭＷ後，鮫島並沒有馬上開車，他在確認有沒有人跟著追到出口來。

並沒有。

三個人回到「西荻坂井住宅」，久保廣紀沒有回來的跡象。

久保廣紀沒有縱火，似乎讓美香代稍微安心了一些，但是美香代對於他的下落，卻想不出任何頭緒。

「怎麼辦？」

時間將近五點，晶問。

鮫島一直在思考這個問題。雖然濱倉之死還沒有斷定是他殺，但假使真的是他殺，那麼美香代就可能有危險。

「你知道『靛藍色』吧？」

鮫島問，美香代點點頭。

「妳可不可以到那裡去待一陣子？」

「那波布林呢？」

美香代抬起頭來問。

「留下妳的電話號碼，就說要是他回來了就跟妳聯絡，可以嗎？」

「可是……」

「什麼都不說就這樣離開，他的確可能生氣，但是至少現在不要回妳家去。」

晶看著鮫島，用眼睛問他，有這麼糟嗎？鮫島點點頭。

「我可以陪她。」晶說。
「妳的工作呢？」
「從中午才開始。到中午之前我跟她留在這裡，等到中午我就跟美香代一起離開。如果波布林在這之前回來，我就打電話給你。」
鮫島看著美香代。美香代滿心依賴地看著晶的側臉。
「知道了。可是要是有陌生人來，絕對不能開門，就假裝不在家。如果對方硬要進來，馬上打電話報警。」
晶點點頭。
「我會放聲大叫的，反正最近都偷懶沒做發聲練習。」
她翹起嘴角笑著。
「我回署裡一趟，在署裡瞇一下，然後再去調查那間『釜石診所』。」
「嗯。」
「要是波布林沒回來怎麼辦？」
美香代喃喃唸道。
「他會回來的。」
晶說。
「他愛上妳了不是嗎？」
接著她看著鮫島說，
「男人一定會回到自己心愛女人身邊的。」
鮫島輕輕地微笑。對晶一股近似驕傲的心情逐漸膨脹，掃除了自己胸中的不安。

17

在新宿署小憩室睡了三小時左右的鮫島，吃過早餐後，來到鑑識科的房間。

今天鑑識科裡到署裡來的，只有藪一個人。藪是個禿頭、大臉、胖得過頭的男人。他很會流汗，在署裡總是穿著鬆垮的襯衫，外面披上彷彿好幾天沒洗的骯髒白袍。

外表看起來骯髒又無能，其實他彈道檢查的功夫了得，是警視廳轄下數一數二的優秀鑑識官。除了工作以外，他對任何事都毫不關心，在署裡也是個出了名的「怪胎」。

不僅彈道檢查，其實他法醫學知識也很豐富，不過他總是自嘲，都是因為名字的關係❷，害他不能當醫生。

「早啊。」

藪正拿著最近愛用的髑髏形杯子喝咖啡，他發現鮫島進來。

「想跟你討杯咖啡喝呢。」

藪做了個手勢，要鮫島自便。鮫島從咖啡機倒了咖啡到「來客用」的手榴彈形杯子裡。咖啡機是藪帶到署內的私人物品。

鮫島從寫著「火藥壺」的容器倒入代糖。

「在署裡過夜了嗎？」

藪一邊把右手食指和中指如剪刀般交叉開合，一邊問。

❷日文中「藪醫師」為蒙古大夫之意。

鮫島點點頭，取出香菸遞給藪。藪抽出一根菸點了火，很自然地把香菸盒塞進自己的白袍口袋裡。

「只有早上睡了一下。」

「有什麼大案子嗎？」

「不，也沒有。」

鮫島搖搖頭，啜了一口咖啡，問道，

「你聽過『釜石診所』嗎？」

「你是說快到中野附近那間專門墮胎的嗎？」

藪說著。

鮫島看著藪，「真的嗎？」

「專門做小鬼和特種行業的生意。保健所有一陣子也注意上那邊，後來好像聽說上面說了什麼，只好抽手。」

鮫島要了菸。藪只抽出一根遞給鮫島，又若無其事地收了起來。

「濱倉那個案子，有什麼消息嗎？」

鮫島問。藪在監察醫務院裡也認識不少醫師。

「上次說那個行政的嗎？聽說化檢花了不少功夫。是他殺嗎？」

藪看著鮫島。他推測鮫島手中已經握有某些情報。

只有桃井和藪是可以說實話的對象，鮫島點點頭。

「應該是，我想可能是某種罕見的毒。」

「跟『釜石診所』有關嗎？」

「嗯。」
「監察醫務院的化檢技師，打麻將欠了我一筆。」
藪說。
「欠多少？」
鮫島問，藪笑了起來。
「說了可能會被你抓走。」
「就當作香菸錢吧。」鮫島指著藪收起香菸的白衣口袋。
藪嘆了氣，「你是說，菸拿了就別跟你算這筆帳是嗎？」
「還是要再來一包。」
「好啦好啦，我去問就是了。」
「還有本廳一課的動向也麻煩你了。」
「這菸還真是貴。」藪嘟囔著。
中午前晶打過電話。晶說，久保廣紀沒有回家，她現在要帶美香代出門。美香代也同意到「靛藍色」去。
「她很害怕。」
晶小聲地說。
「妳告訴她，要是查到什麼，我就打到『靛藍色』跟她聯絡。」
「嗯。」
說完，晶掛掉電話。
鮫島站起來，他打算徒步前往「釜石診所」。

桃井叫住了他，

「上次那個案子，有什麼發現了嗎？」

「昨天晚上，引起濱倉那椿麻煩的女孩，她男朋友打算到『釜石診所』去縱火，結果就此下落不明。」

桃井抬起頭，

「所以你才請巡邏派警車出去是嗎？」

「對，我守到四點，不過人沒有出現。」

「昨天晚上下雨了呢。」

鮫島點點頭。

「你要去『釜石診所』嗎？」

「我是這麼打算的。順便利用昨天晚上那件事，試探一下狀況。」

桃井露出嚴峻的表情，

「一課那邊的動向你掌握到了嗎？」

「沒有。」

「小心點。」

如果本廳一課以殺人罪嫌開始搜查，而鮫島在不知情的情況下行動，一課很可能施壓，要鮫島別介入。即使斷定濱倉之死確實為他殺，搜查本部也會設於發現屍體的管轄地高輪署，跟新宿署一點關係都沒有。

「是。」

「我想那邊應該還沒有動靜，要是真的成案了，會有通知來的。」

鮫島點點頭。桃井輕輕點頭回覆他，視線再次回到桌上的文件。

到達「釜石診所」，是正午剛過十分左右，剛好進入看診的休息時間。外觀看起來沒有任何變化，一如往常地在看診。

鮫島站在石階前，仰望著深色的玻璃門。

門從內側打開。身穿灰色西裝外套的男人，在中年護士陪伴下現身。鮫島很驚訝。是瀧澤。

「不好意思耽誤您這麼久的時間。」

瀧澤對護士說著，在石階上轉了身，發現鮫島的存在。

「是你啊。」

他皺著眉說，鮫島無言地點點頭。送走瀧澤的護士狐疑地低頭看著鮫島。

瀧澤閃躲著視線，又轉向護士。

「那我告辭了。」

行了一禮後，走下石階。

鮫島為了不讓瀧澤停下腳步，配合他的腳步走在前面。

走了十步左右，停下腳步回了頭。

「釜石診所」的玻璃門已經關上。

瀧澤無言地盯著鮫島。

從他的表情可以看出，他正在提防鮫島追究自己來到「釜石診所」的目的。還是那個老習慣，調查還在進行中，所以不想亮出手裡的牌。鮫島心想，這習性跟刑警一模一樣。

鮫島決定先攤出自己手裡的牌。

「之前跟你在飯店分開後，巧遇了一個男人。他是個皮條客，不過人挺不錯。他告訴我，自己手下的小姐跟這間醫院起了點糾紛。隔天，人就死了。現在還不確定是生病還是他殺。」

瀧澤看來一點也不驚訝。

「所以你才會採取行動嗎？可是他殺是一課的工作吧。」

「死的傢伙曾經在我的管區工作，我跟他不能說全無關係。我只想確定，這件事到底是不是他殺。」

瀧澤盯著鮫島，但肩膀突然下垂。他避開鮫島的目光，望著超高層大樓群的方向。

「一起喝杯茶吧？」

「好啊。」

兩人無言地並肩走著。

距離「釜石診所」兩百公尺左右，有間咖啡廳。

面對面坐下，點了咖啡後，瀧澤點起菸。他伸直兩腿，單手靠在鄰座椅背上。

「我欠你一次。」

他說著。

「要怎麼想，是你的自由。」

鮫島回答。

「我說了，你想怎麼樣？」

瀧澤把香菸送到嘴邊，瞇著眼端詳鮫島。

「死掉那個男人手下的小姐，原本要生的孩子在那間醫院被拿掉了。要去替她討回公道的男人死了，孩子的父親昨天晚上喝醉了酒，打算到那間醫院放火，到現在都下落不明。我想確認他到底有沒有去過醫院。」

瀧澤往上吐出一口煙。

「可能是醉了，跑到其他女人的地方去了吧。」

「說不定。」

瀧澤看著腳邊。

「那傢伙是幹什麼的？小白臉嗎？」

「搖滾樂團的成員，業餘的。」

「搞樂團的啊。」

瀧澤噗哧地笑了。

「他當真想當孩子的爹嗎？」

「沒理由說他的心意是假的。」

瀧澤斜眼看著鮫島。

「不過就是應召女郎跟小白臉不是嗎？這種人會因為一、兩個嬰兒就大驚小怪嗎？」

「她本來打算從此洗手不幹的。」

「你還真替他們說話，管區的條子都像你這樣嗎？」

「我不是因為她是應召女郎才替她說話。」

「那是因為男的是搞樂團的囉？我聽說了，你跟個唱歌的妞在交往。」

鮫島按捺自己的怒氣。很明顯，瀧澤想惹鮫島生氣，他希望鮫島最好大發脾氣，踢著桌子大叫「算了！」

鮫島繼續說，「三森那邊，我想差不多可以去查查看了。」

瀧澤的表情開始僵硬，「用什麼罪名？」

「還用得著我說嗎？贓物買賣啊。我會好好調查他跟秋葉原之間的關係。」

瀧澤從鼻子倒吸一口氣，「你這是在威脅我嗎？」

「沒有，如果你要逼我生氣，我也只好惹火你。」

瀧澤粗暴地捻熄了香菸，「真是的……」

他忿忿地說著，「警察真的沒一個好東西。」

鮫島無言地看著瀧澤。如果抓到三森，追究他跟秋葉原辦公機器批發商的關係，查稅部內部偵查的消息馬上就會從三森這裡透露給批發商知道。

當然，前提是如果鮫島開了這個口。

瀧澤開始說，

「那間醫院從上次說的那個批發商買了電腦，我是來確認這個的。」

「既然要去，應該也查過了它的經營內容吧？」

即使查稅部的瀧澤到「釜石診所」來，內部偵查的事也不太可能給秋葉原的批發商知道。瀧澤一定不會讓「釜石診所」的人發現自己的目標是批發商，他應該也警告過診所，萬一有什麼奇怪的情報外流，那下回可真要執行強制搜索了。

「查了。」

「說吧。」

瀧澤皺著臉，拿出手冊。

「醫院的經營者另有其人，院長只是受雇的。不動產、設備等等，都歸一間叫『島岡企畫』的公司所有。『島岡企畫』的負責人是島岡文枝，這是哪一號人物我還不清楚。」

「關於『島岡企畫』呢？」

「那不關我的事，我沒查到那裡。」

「經營健全嗎？」

「幾乎是太過健全了。通常那種規模的個人醫院，納稅額只有『釜石診所』的三分之二左右。什麼東西都想拿來當經費計算。」

「所以它都確實繳稅了？」

「幾乎都想頒獎表揚了。」

「不覺得可疑嗎？」

「喂，對我們來說加徵稅就是一切。只要該繳的錢都繳了，他殺了幾個人可不干我們的事。」

「跟批發商之間的關係呢？」

「他們說是認識的醫生介紹的，聽說那裡的電腦雖然是中古的，不過品質不錯，又便宜。」

「要列為經費計算的話，與其買中古，還不如買昂貴的新品吧？」

「他們很誠實地認列為中古品，申報時的價格也不是新品的價格。」

「真老實。」

「偶爾也是有的，可能是因為院長是領薪水的吧。」

鮫島探出上半身。

「請你去查一查那個『島岡企畫』。」
「怎麼了嗎？」
「還用問嗎？當然是為了查清楚那間醫院的錢是哪來的啊。」
「你到底想查什麼？保健所來抱怨那間醫院有問題了嗎？還是醫生為了掩飾醫療過失，對囉唆的患者下手了？」
「不知道。」
鮫島老實地搖搖頭。
「你別開玩笑了。」
「不願意幫這個忙嗎？」
鮫島瞪著瀧澤。
「幫，我查就是了，這麼一來我們就互不相欠了，你可不要動三森啊。」
瀧澤死心地這麼說，接著他再看看鮫島，
「你真是個疑心病重的傢伙，我一直以為我們在疑心上絕不輸人的……」
「那要看對方是什麼人。」
鮫島冷冷地說。

18

看到國稅局的人在醫院前遇見的男人，文枝吃了一驚，那就是清晨到西荻窪的複合式餐廳接美香代她們的男人。

個子高瘦，她還記得對方在頸後留長的髮型，服裝也跟早上一樣。

那個男的也是國稅局的人嗎？不太可能。剛剛來的那個叫瀧澤的男人，看起來就很像國稅局的人，穿西裝打領帶，後來那個人則穿著皮夾克和休閒褲。

這兩個人應該認識彼此，不過看來並不像同事。

那會是誰呢？

文枝心裡很亂。國稅局的人突然跑來，說是正在對個人醫院進行抽樣調查，要求協助，問了一大堆東西。那個國稅局的男人，跟今天早上和美香代在一起的男人原來認識啊。

綾香說，不需要擔心「釜石診所」被稅務署盯上。因為稅金方面已經規規矩矩地繳得不能再多，購買地下設備時也並沒有向稅務署申報為設備投資，這都是為了預防因為這些設備被懷疑醫院的設立目的。

沒有進行人工授精的小規模婦產科，卻擁有那麼大規模的冷凍保存設施，未免太不自然。

瀧澤回去之後，釜石顯得相當不安。文枝也一樣，但是她不想讓釜石看出來。

「是不是該向社長報告呢？」

釜石小聲對文枝說，不敢讓其他護士聽到。

「他又不是因為覺得可疑才來查的。剛剛不是說了嗎，這是隨機的抽樣檢查。他自己其實也不想查，可是上面會囉唆，只好照辦。」

直到剛才，文枝都相信瀧澤這些話，直到瀧澤在石階下遇見那個男人為止。

「可是，我們的地下室……」

「那又沒有報成經費，所以稅務署不會知道的。」

說著，文枝咬著唇。如果不是隨機調查，那到這裡來的目的會是什麼？殺了美香代的年輕男友，難道失算了嗎？在那之後警察並沒有多問什麼。清晨的警車又代表什麼意思？文枝心裡愈來愈忐忑。

年輕男人的屍體放在地下室，但文枝並沒有告訴釜石。文枝為了綾香所做的一切，釜石完全不知道。要是知道了，他一定會大受震驚、嚇到腿軟吧。

但是要處理年輕男人屍體時，勢必需要釜石幫忙。雖然不急，但還是必須讓他知道這件事。只不過，現在並不是好時機。

如果知道地下冷凍保存室裡有個成年男子的屍體，嚇壞的釜石不知道會做出什麼事。最好等釜石冷靜下來，再跟他談這件事。

今天早上沒能殺了美香代實在很遺憾，但是在現在這種狀況下，不要輕舉妄動或許才是上策。

「我會跟社長聯絡的，你去吃飯吧。」

文枝說著。她看著釜石仍然顯得很不安的表情，不禁湧起一股不耐。

明明是個變態，還這麼膽小。想想自己所做的事情，就算明天被推落到地獄裡，都沒資格埋怨。

「快去吧！」

看到還在診察室裡磨磨蹭蹭的釜石，文枝忍不住對他大聲。

其他護士已經離開了。

釜石很沮喪地脫下白袍，穿上掛著的西裝外套。

文枝沒有出去吃午餐。她通常都用早餐的剩飯捏個飯糰了事，這附近吃午餐的店，中午時間不但人多，又貴，既然如此還不如吃自己的飯糰。

今天沒帶飯糰出門，不過反正也沒什麼食慾。

只不過希望有點時間可以一個人想事情。

釜石出門後，文枝放鬆地坐在診察室裡釜石的椅子上。

美香代、陪著她的女孩和那個男人離開餐廳時，文枝並沒有追上去。

那個男人有種讓人不敢掉以輕心的氣息，跟美香代那個喝醉了酒打算在這間醫院縱火的情人完全是不同的典型。

他年紀也比較大，犀利的眼光環視了餐廳一遍。文枝假裝讀著隨身攜帶的文庫本，眼神故意不和他接觸。

文枝站起來，從茶壺裡倒了熱茶到茶杯裡。她啜了口茶，嘆著氣。

通知綾香之前，最好再整理清楚自己的思緒。她不認為殺掉那個年輕男人會給綾香帶來麻煩，目前為止自己所做的事情和方法，綾香也從沒有過意見。

文枝很有把握，綾香全盤地相信自己。

綾香人生中的陰暗部分，全部都由自己來承擔就好。為了讓那孩子活在光明絢爛的世界裡，我做什麼都願意。

自己所做的事情的確應該下地獄，但唯一讓她覺得安慰的一點就是，這些事都不是為了她自己而做。

一切都是為了那孩子。她們初次相遇時，還是個不幸少女的綾香，那對連求救都徹底放棄的眼神，她一輩子也忘不掉。

一想起當時的綾香，自己就什麼都願意做，死一點也不可怕。

如果要自己現在去死，她很樂意馬上把棒針刺向自己的喉嚨。自己就算死了，也不會失去任何東西，不會有任何遺憾。

想到這裡，文枝的不安稍減。如果只要自己一個人消失，一切就能圓滿解決，那就沒什麼好怕的。不管什麼時候，我都不惜一死。

候診室響起門鈴聲。醫院的玄關大門一打開，這門鈴就會響。

文枝嘖了一聲起身，一定是釜石剛出門時忘了鎖上玻璃門的鑰匙了。下午的診療時間從兩點才開始，平常午休時總是會鎖上門直到開診。

她一邊扣上穿在白衣外的開襟毛衣鈕釦，一邊走出診察室。

通過走廊往玄關前進。

她停下了腳步。

那個男人站在那裡。那個高個子有著銳利眼神、蓄著長髮的男人。文枝感覺自己的腳步變得沉重，彷彿害怕接近對方一樣。

男人筆直地看著文枝。

「你好。」

文枝開口道。

男人行了一禮，將手插進夾克口袋裡，

「休息時間很抱歉打擾您。我是新宿署防犯課的鮫島，請問院長在嗎？」

他的手指間夾著警察手冊。

是警察。文枝的腳步在距離男人兩公尺左右的地方完全停住了。

男人的語氣雖然客氣，但視線卻直勾勾地盯著文枝的眼睛，毫不放鬆。

「院長現在剛好外出，請問有什麼事嗎？」

「關於您這裡的患者，有幾件事想請教一下。」

「這些問題恕我們無法回答……」

文枝說著，勉強自己往前走。她拿出拖鞋遞給這個男人。這個刑警並沒有認出自己。

「不好意思。」

她很快地看了一下手錶，再過二十分就一點了，一小時之內釜石都不會回來。

自稱名叫鮫島的這個刑警，換穿拖鞋之後從走廊觀察著候診室。

「現在院裡有誰在？」

「只有我一個人。」

「您在這裡上班嗎？」

「對，我是這裡的護士。」

「請問貴姓？」

「我姓島岡。」

「島岡太太是嗎？我是鮫島。」

男人再次自我介紹。
「請進。」
說著，文枝指向候診室的沙發。
「謝謝您。」
鮫島說完後坐在沙發上。
「院長最快大概要再兩個小時之後才會回來吧……」
「島岡太太您一直在這間醫院工作嗎？」
「是。」
「很資深吧。」
說完，鮫島彎起嘴角笑了，笑臉還挺俊俏的。
「我就一個人，也沒別的事做。」
鮫島深深點了頭。
「還有幾個人在這裡工作呢？」
「除了我還有兩個護士，加上院長總共四個人。」
「那兩位護士呢——？」
「一個今天休息，另一個現在出去吃午餐了，才剛來上班沒多久呢。」
文枝向對方微笑著。文枝知道，自己的笑臉有著「溫柔護士」的形象，能帶給患者力量。
「是嗎？不過，只有四個人，人手是不是不太夠呢？」
「如果院長生病或者有事不方便來，偶爾也會拜託大學醫院的年輕醫生過來，不過婦產科很少會有急診病患的。」

鮫島點點頭。

「院長也是資深的醫師嗎？」

「沒錯，他長年在大醫院的產科服務。」

「您還記得堀美香代小姐這位患者嗎？染了頭髮，乍看之下有點花稍的女孩。」

文枝露出笑臉。

「刑警先生，這裡是新宿呢，反而是樸素的患者比較少見吧。」

「所以說您不記得了嗎？」

「如果是曾經來過的患者，看看病歷我應該會記得，不過我剛剛也說過，我們規定不能透露患者的私事。」

「是嗎？」

鮫島笑著。

「那，我就請教其他的事情好了，昨天晚上您在這間醫院待到幾點？」

「等到住院的患者回去，然後我又收拾了一下，所以大概是將近一點吧，本來以為她還要多住一晚的。」

「院長呢？」

「十二點左右吧。」

「因為有患者在的關係嗎？」

「對。如果沒有病人在，通常六點左右就回去了。」

鮫島點點頭。

「晚上有人來找過院長嗎？」
「找院長？」
「對，或者說，來找這家醫院。」
「沒有啊，沒人來過。」
文枝說著，搖了搖頭。
「或者是您回家的時候，有沒有發現附近有人逗留呢？」
「沒有，我不記得了，怎麼了嗎？」
「沒什麼。昨天深夜有人打一一〇報警，說這附近有可疑人物在徘徊，所以我們派了警車過來看看狀況。」
「哎呀，真的嗎？難道是我回去之後嗎？出了什麼麻煩事嗎？」
「我們現在正在到處調查。」
「那剛剛您說到那位姓堀的小姐是……？」
「就是這位堀小姐的男朋友，昨天晚上喝醉了出門，就再也沒回來了。我們猜想，說不定他會到這間醫院來。」
「為什麼呢？」
「關於在這間醫院動的手術，他好像不太能接受。」
「不能接受？哪裡不能接受了？」
鮫島直直盯著文枝的眼睛。
「堀小姐本來打算生下來，孩子在肚子裡也發育得很健康，結果在這裡被拿掉了。」
「什麼？怎麼可能，這……」

文枝大叫。

「聽說是生了病，不馬上動手術就可能沒命——醫院方面好像是這麼告訴他們的。」

「怎麼會這樣……該不會是早期剝離吧。」

「早期什麼？」

「胎盤的早期剝離。要是放著不管，不只孩子不保，連媽媽都很危險，所以馬上替她動了手術……啊，等等。」

文枝搖著手，雙手放在額頭上。

「那是什麼時候的事情？」

「三星期左右前吧。」

文枝微微地點了好幾次頭。

「我想起來了、想起來了。不知道是不是您說的那位小姐，不過我們的確動過這樣的手術。大約二十歲左右的年輕小姐，說肚子痛得厲害，醫生診斷過後，說是早期剝離，等救護車送到大醫院，說不定就來不及了。」

「真的這麼嚴重嗎？」

「早期剝離一刻也不能等的。男人應該不懂吧，生產雖然不是病，卻是攸關生命的大事呢。」

鮫島沒有接話。

「尤其那種年輕小姐，很多人都不曉得珍重自己的身體。」

「不珍重自己的身體？」

「就是啊，有很多人懷孕好幾個月了都沒發現，或者沒發現懷孕還吃了不好的藥……」

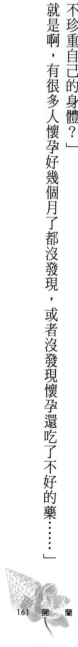

「你是說安眠藥之類的嗎？」

文枝點點頭。

「在這種地方開婦產科，會看到很多這樣的人。大部分都是年輕人，唉，現在的年輕人哪，實在是……」

文枝沒再說下去。鮫島一直盯著她看。

「如果這位就是您說的堀小姐，我只能說真的很不幸。不過她還年輕，以後還會有機會的……」

「冒昧問個奇怪的問題，像這樣拿掉的孩子，通常會怎麼辦呢？」

「怎麼辦，您是指什麼？」

「我的意思是，胎兒從肚子裡拿掉之後，這些胎兒怎麼處理？」

「說是胎兒，其實墮胎會處理掉的多半是懷孕初期，看起來就像血塊一樣，所以多半都排到下水道處理掉了。」

「如果胎兒更大一些，或者患者提出希望帶回去下葬的要求，你們會怎麼辦呢？」

「如果是懷孕五個月以上，已經不能墮胎了。萬一因為胎兒有某種障礙造成死產，我們會提供死產證明書，得跟區公所申請火葬和埋葬許可證才行。」

「要是患者沒有提出要求呢？」

「那就交給業者處理。」

「業者？」

「對，有專門處理的業者。」

「天生有障礙的嬰兒多嗎？」

「其他地方我不清楚，不過，我們醫院嘛，嗯……不算少吧。很多媽媽年輕時吸了太多稀釋劑或興奮劑，懷孕之後孩子難免會……確實會有這種狀況的。」

「原來如此。」

「老天對女人真的很不公平啊，同樣是年輕時候放肆地玩，到頭來都報應在自己身體上，最後掉眼淚的還是女人啊。」

文枝感觸很深地說著。

「那個年輕患者也是，麻醉醒來之後一直哭個不停。」

「跟她一起來的男人您還記得嗎？」

「不記得了，畢竟當時的情況真的很緊急。」

文枝搖搖頭，然後好像突然想起了什麼，說道，

「對了，警察先生，您見過她了嗎？」

鮫島也很慎重，沒有貿然被文枝設下的陷阱套出話來，

「您剛說的患者，我也不確定是不是堀小姐……」

「如果是的話，我應該告訴過她，必須過來回診才行，她好像都沒有來過呢。」

「堀小姐好像有平常常去的醫院。」

「是嗎？那為什麼當時沒在那裡看呢？何必一定要到我們這裡來呢……」

「您剛剛不是說，情況很危急，分秒必爭嗎？」

「通常會叫救護車吧。我這麼說您聽起來或許有點刺耳，但是身為護士，我認為院長採取的處置是正確的。除非那位小姐在常去的醫生那裡，聽到了什麼其他的意見，那就另當別論了。」

「這個嘛，我是外行人，不懂這些。」

「我想也是吧。」文枝很冷淡地說著。

「至少我當時很想替那個患者盡點力，我想我們院長應該也是相同的心情吧。我知道她失去孩子受到很大的打擊，可是被說成像醫療過失一樣，我們實在是……」

她盯著鮫島。

「這我了解。」

「您要見院長嗎？不過我剛剛說過，他大概要過兩個小時左右才會回來，才剛出去吃飯沒多久。」

鮫島點點頭。

「島岡太太吃過飯了嗎？」

「我有帶便當。」

「——我知道了，不好意思打擾您了。」

說著，鮫島站起身來。

「您晚點……還會過來嗎？」

文枝問道。但話一出口，她就暗叫了一聲糟，這可能讓對方以為自己有所警戒。

「不……我想應該不需要再來拜訪了。」

鮫島乾脆地搖搖頭。

「是嗎？總之，我們這邊的想法我已經說得很清楚了……」

「我了解了。」鮫島點點頭。他穿上鞋，自己收好拖鞋。

「謝謝，真的麻煩您了——」鮫島低下頭道謝。

「哪裡。」文枝也彎下腰。

「對了。」鮫島好像突然想到了什麼。「島岡太太，您的全名是什麼？」

才剛放下心來的文枝再次因為警戒心讓全身僵硬。

「為什麼問這個。」

「沒有，我們得寫份報告書，上面必須記載跟誰見面談了什麼話。」

「我的名字是文枝，文字的文，枝葉的枝。」

「是嗎？」

點點頭，鮫島再次彎起嘴笑了。

「那我告辭了。」

文枝目送鮫島穿過深色玻璃門走下石階。

事情好像變得很棘手，而造成這個局面的責任，有一半在自己身上。

要不要殺了那個叫鮫島的刑警？

這個念頭片刻閃過，但文枝馬上打消。

殺害刑警實在太困難，必須想想其他方法才行。

比方說，從警察上層施壓之類的。

當然，這一點自己辦不到，不過綾香卻可以。

綾香身邊有那個男人，光塚，光塚以前幹過新宿署的刑警。要是這種時候不能派上用場，綾香養他還有什麼意義。

文枝心想，得跟綾香聯絡才行。現在，馬上。

19

綾香住的飯店三樓，有間專賣廣東料理的餐廳，包廂裡正在進行一場午餐會談。桌邊除了綾香、進口減肥食品的代理商三人，還有綾香在談生意時的助理押川遙代，總共五人。

十二點半開始的午餐已經超過了一個小時，餐點已經上得差不多了，正在出麵類。

代理商興致勃勃地想在須藤茜美容診所販賣含食物纖維和維他命的丹麥製錠劑。

接待的對象不是常見的男性經營者而是女性，這讓對方傷透腦筋，綾香都看在眼裡。對綾香來說，銀座的高級酒店或者土耳其浴招待都不管用。

其中一人沒有寄放飯店櫃檯而放在腳邊的大紙袋裡，一定放著陶器、玻璃器皿，或者該有的「伴手禮」。

綾香的心意已定。這些減肥食品品質還算不錯，跟一般街頭藥局或超市賣的東西貨色不一樣，既然如此，不妨放著當作診所的「推薦藥」。這種錠劑在厚生省獲得了食品許可而非藥品許可，所以放在診所裡販賣也不用擔心觸犯藥事法。

包廂的門上輕響了幾聲，身穿黑衣的男侍者探出身，

「抱歉打擾了。」

他手裡拿著無線電話，

「有電話找須藤小姐。」

「不好意思。」

綾香向代理商致歉後，接過電話。她將頭髮撥到脖子的同一邊，把話筒抵在耳朵上。她感覺到其他人出神地被自己的動作吸引著。

「喂，您好，我是須藤。」

是光塚打來的。

「西新宿打電話來，說有事要馬上見妳。因為妳行動電話關機，所以聯絡上我。」

「是那邊的哪一位呢？」

綾香一邊問，一邊看著遙代。遙代馬上起身，從放在身旁的公事包中取出萬用筆記本，上面記載著綾香的行程。同一個公事包裡還放著行動電話，不過在開始用餐前就已經關機。她故意在代理商面前命令遙代這麼做，這是為了讓他們再次認識到這頓飯的重要性。

「是女的。」

是文枝，發生什麼事了嗎？

「我知道了，今天晚上……」

說著，她接過遙代遞過來的筆記本。遙代沒塗指甲油的指尖翻著頁面。

遙代是外語大學畢業，今年三十四歲的老處女。容貌沒什麼男人緣，也沒化妝。這樣剛好，再怎麼勉強打扮，不好看就是不好看。

遙代的手指停在今晚的行程上。

「請安排在十一點半，地點請對方決定就可以了。」

「知道了。」

光塚說完便掛了電話。關掉電話開關，微笑地將電話還給侍者，綾香覺得心頭湧起一股不安。

在西麻布新開的法國餐廳接受女性雜誌的採訪後，綾香離開時是十一點十分左右。

一邊吃法式料理全餐一邊接受採訪，還有攝影專用的造型師。對方準備的服裝是義大利的二流品牌，這件連身裙雖然夠豔麗，也因此有點俗氣，看了一眼綾香就覺得很不舒服，但是考慮到報導的效果，還是捺著性子穿了。

幸好髮型和化妝請了自己熟悉的人來幫忙。

離開餐廳之後，綾香先讓遙代回去，自己坐進賓利的後座。

關上門的光塚對採訪團隊低頭致意，坐上駕駛座。

綾香搖下車窗，親切地揮著手。

「您辛苦了！」

攝影師和採訪的女記者紛紛低下頭。

賓利發動。綾香不斷揮手，直到看不到他們的身影為止，一關上車窗，綾香便深深往後倒在座椅裡。她吐了一口氣，問道，

「有菸嗎？」

光塚的眼睛在後照鏡裡動著，他打開儲物箱拿出卡地亞菸盒。

「這不夠，給我更濃一點的。」

光塚一邊開車一邊從西裝側邊口袋拿出短Hope菸和打火機。

綾香伸長了手接過，點起菸。

她偶爾會想抽菸，雖然知道對皮膚不好，不過兩、三天會抽個一、兩根。

她深深吸了一口菸，又吐出來。

「在哪裡見面？」
「在參宮橋接她，好像是不太方便被人聽到的內容。」
「好，那就在車上邊開車邊談吧。」
賓利駛上代代木公園旁的坡道，在體育館稍前方接了文枝。
文枝跟平常一樣身披開襟毛衣拿著手提袋，站在路邊。將車停在她身邊的光塚並沒打算離開駕駛座。
文枝也沒有期待對方會替自己開門，自己坐了進來。這兩人討厭彼此，綾香是知道的。
綾香挪到後座靠右邊，文枝一邊發出「嗨呦」的聲音，一邊坐在她身邊。她用超乎必要的力道使勁關門，發出粗魯的聲音。光塚不滿地從後照鏡瞪著文枝。
「開車。」綾香說。賓利開始在代代木公園附近繞圈子。
「怎麼了？阿姨，什麼事急著要見我？」綾香問。
文枝大大地嘆了一口氣，「我想我得跟妳道歉才行。」
「為什麼？」
文枝開始交代。
文枝說到有個男的打算在釜石診所縱火時，綾香臉上的笑容頓時凍結。聽到文枝說她解決了那個男人，她安心了片刻，但下一句話又讓她失去了笑容。
似乎互相認識的新宿署刑警和國稅局調查官，分別找上釜石診所。
刑警對企圖放火男人的行蹤起了疑心，國稅局調查官則調查了診所的經營內容。
「我覺得，國稅局那邊應該不需要擔心，問題是那個刑警。」
「那個年輕男人的屍體，現在在哪裡？」

「地下室的冷凍庫。必須交代釜石去『卸貨』才行，但我想在這之前，先跟妳說一聲比較好……」

「屍體不太妙吧。」

綾香對著光塚的背影說，在這之前光塚一個字都沒說。

「殺人是最糟的方法。」

聽到光塚這麼說，文枝也不甘示弱，

「誰教那個小混混想放火燒我們醫院啊！」

「妳打電話報警不就成了。」

「你說什麼傻話啊，這麼一來拿掉孩子的事不就被抖出來了嗎？」

「那就用醫療過失的名目搪塞過去就好啦，傷害還比較小。」

「開什麼玩笑，那以後哪有人還敢來啊，沒客人怎麼行。」

「等一等。」

綾香企圖阻止他們。

「妳殺人殺得太隨便了啦。」

光塚沒停下，繼續說。

「還不都是因為你沒用！上次那個皮條客，是誰沒把事情談好啊?!」

「住口！不要再吵了。」

綾香尖聲叫著，兩人沉默了下來。文枝依然惡狠狠地瞪著光塚背後，光塚也從後照鏡中還以毒辣的視線。

綾香嘆著氣，看著文枝。

「現在地下室裡有多少？」
「三具左右，再來就是那個年輕人。」
「那就不能用了吧。」
「不能用，死後已經超過二十四小時了，沒東西可用了。」
「其他三具沒問題吧？」
「跟平常一樣，沒有問題。」
「好，那就一起處理掉吧。」
說著，她看著光塚，
「你聯絡三森，請他全部運走。」
「連屍體嗎？他會嚇到的。」
「切開就看不出來了吧，跟其他三具裝在同樣的盒子裡。」
文枝說。
「與其這麼麻煩，還不如沉到海裡，或者找個地方埋了來得輕鬆，除了牙齒之外。」
「不行，這樣反而危險，還是運到那邊去處理比較安全。」
「要把大人的身體裝箱，數量會變得很多的。」
「又不是要你弄。」
文枝反駁著，光塚安靜下來。綾香說，
「還有，那個新宿署的刑警和國稅局的，最好也想想對策。」
「國稅局是查稅第五部門的瀧澤，刑警是新宿署防犯課的鮫島。」
文枝說完，光塚突然踩了煞車。

「怎麼了?!」

「你說鮫島?!」

光塚回過頭來，跟在賓利後面的計程車亮燈大按喇叭。

光塚打開門，只探出一顆頭，朝後面大罵，

「按什麼按！」

關上門亮起停車燈，他嚴肅地看著縮起身子的文枝。

「你認識？」

綾香問他。

「不，這個人在我離開署裡之後才來的。」

光塚輕聲回答，但臉色已經有異狀。

「他怎麼了？」

「我記得這傢伙應該是官僚組的。照理來說，他在本廳當大官都不奇怪，但是因為跟上面起衝突，下放到轄區。」

「那就沒問題了吧。」

「大有問題。他雖然在新宿署裡當個小刑警，可是逮捕率卻出奇地高，連黑道都很怕這隻『新宿鮫』。」

「『新宿鮫』？」

「你記得去年御苑發生的大案子嗎？」

「香港黑道鬧事的那個案子？」

「是台灣黑道。有個前特種部隊的殺手，對武鬥派石和組的成員大開殺戒。單槍匹馬抓到這傢伙的，就是鮫島。」
「這傢伙很行嗎？」
「我沒有直接見過面，不是很清楚。但是聽黑道說起來，應該相當了得。」
「比你當刑警時更厲害？」
「不知道，畢竟沒見過。」
「要去會會他嗎？」
光塚聽了綾香的問題想了想。他關掉停車燈，再次發動車子。
「……這個人用錢應該買不動。但是這傢伙應該滿難纏的，也不能放著不管。」
「請阿姨……」
「不行，不可能成功的。萬一出了錯妳等著看，大家就玩完了。」
「你覺得我會洩漏嗎？就算嘴巴裂了我也……」
「不是這個問題！就算妳什麼都不說，有危險就是有危險。」
「警察和國稅局有可能聯手盯上我們嗎？」
綾香按捺著不安問道。
「這不可能，那些查稅官根本不相信警察。」
「那他們為什麼在交談？」
「也可能本來就認識，畢竟他們都是官僚。」
「如果跟查稅官聯手一起查醫院，馬上就會查出阿姨的名字。」
「妳不用擔心我。」
文枝溫柔地拍拍綾香的手。

「不過，鮫島那個傢伙沒有朋友，在署內應該也不受歡迎，所以只要能讓鮫島閉嘴……」

「我來試試。」

「等等。」綾香說。

她腦中逐漸浮現了一個計畫，「只要讓他幹不成警察，就沒什麼好怕了吧。」

「話是沒錯。」

綾香轉向文枝，

「阿姨，請妳查查那個查稅官，我往新宿署那邊想想辦法。」

「妳不需要我幫忙嗎？」

「不是的，當然需要，這件事一定需要阿姨幫忙。到時候我會跟妳聯絡的，好嗎？」

「美香代怎麼辦？」

「現在先別管她，重要的是刑警跟查稅官。」

她透過後照鏡對光塚使了個眼色，光塚加快賓利的速度。

車子停在JR代代木車站前。

「妳一定要跟我聯絡啊。」

說著，文枝打開賓利車門。只有自己一個人在這裡下車，讓她覺得萬分不甘，但她還是拚命掩飾著這份心情——綾香都知道。

文枝下了賓利，還依依不捨地看著綾香。

綾香沒開窗，對她點了點頭，小聲地命令光塚，

「開車。」

遠離代代木車站後，綾香點起第二根菸，一邊嘆氣一邊說，

「那邊的工作要暫時收手了。」

「已經賺夠多了吧。」

光塚說。

「我知道你不喜歡。」

「那種生意不適合妳。」

「可是打下現在基礎的，也是那個買賣啊。」

剛開始只是一個突如其來的念頭。她聽說化妝品廠商會使用胎盤萃取的精華液，製造消除黑斑或雀斑的藥品，於是她請文枝去查許多相關情報。

結果發現，有比胎盤更值錢的東西。

那就是胎兒。

在墨西哥曾經有治療柏金森氏病的手術，靠著移植自然流產後的胎兒腦細胞，補充不足的多巴胺，以解決致病的原因。

除了柏金森氏症之外，胎兒的胰臟組織對幼發型糖尿病、骨髓對小兒白血病、肝幹細胞對賀勒氏症，都有高度療效。

移植胎兒組織有不易產生排斥反應的優點。另外，如果拿懷胎七個月以上的胎兒腎臟來培養細胞，還可作為血栓溶解劑的原料。只要培養的方法正確，還可以用來診斷病毒或製造疫苗。

這種胎兒移植存在著倫理上的問題，所以即使是美國合法的專門胎兒組織內臟銀行，都很難確保捐贈者。

這是條財路，而且是筆令人難以想像的巨額財富。特別是針對不加以治療就會致死的遺傳病，胎兒組織的移植特別有效。

綾香聽說最早注意到這種買賣的，是香港的犯罪組織。他們從東南亞大量買進胎兒，利用毒品的運輸管道運送到墨西哥去。

但是，其中有很多都因為保存和運輸的方法不當而受到損傷，無法使用。

綾香透過光塚，要三森去接觸那個管道，將在釜石診所採取的胎兒組織，經過謹慎的包裝和優異的保存技術出口到香港，外面貼著「化妝品原材料」的標籤。

接著東西被送到墨西哥。實際上須藤茜美容診所為了進口中國製化妝品和生髮劑等產品，在香港也成立了貿易公司，但那間公司現在只不過是掩護這樁買賣的空頭公司。

釜石診所盡量不進行一般的墮胎，也是出於綾香的命令。因為一般墮胎會損傷到做為商品的胎兒，無法取出必要的細胞進行培養。

盡量讓胎兒在體內發育，以跟「生產」相同的方法取出，價值較高。胎兒愈大，當然利用價值也愈高。

當然，這樣的胎兒在離開母體之後也還「活著」。只要放進保育器，有些胎兒甚至可以順利長大。

然而，這些孩子幾乎都是在不被期待的情況下產生的生命。既然如此，拿來利用於受期待的生命上，又有什麼不對？

「妳真奇怪。」

光塚說，

「像妳頭腦這麼好的女人，為什麼要做這種買賣呢？」
「你不懂的。」
說著，綾香吐出一口煙。
「是啊，我是不懂。」
「我跟阿姨的關係，你也不懂吧。」
「沒錯。」
「總有一天我會告訴你的。」
接著她把香菸按在菸灰缸裡。
「不過現在最重要的是處理那個警察的問題。我心裡有個點子，你可以幫我想想嗎？」
「當然好。」
她在後照鏡中跟光塚目光相對，那對眼睛裡帶著期待。
「太好了。」
綾香甜甜地笑著。
「我們回飯店吧。」

20

Gay Bar「媽媽弗思」跟平常一樣沒什麼人。鮫島進來時，一個人在吧檯上探出半個身子跟媽媽桑聊天的晶回頭看著。

「生意還是一樣好嘛。」

鮫島說，媽媽桑瞪了他一眼，

「真是！要是你不來，我就可以叫一大堆新宿署年輕警察來，那可是環肥燕瘦任我挑選呢。」

鮫島笑著，在晶旁邊坐下。

「你連那裡也熟啊？」

「當然，我對年輕小子服務好得很。你也知道，我在運動型的人裡特別吃得開。」

說著，原本是礦工的媽媽桑開始唱歌。

「文化的氣息，活力四射，熱鬧的車站，晨曦微光，處都城之西，治安放心，未來夢想恣意描繪，青春熱血翻騰洶湧，美哉美哉，大新宿。」❸

晶一邊笑一邊唱和，

「警察署～」

「好了別唱了，酒都變難喝了。」

鮫島哀叫著。媽媽桑偏著頭，向他眨眼。

「你跟誰學來的？」

「我不是說了嗎？我在年輕小子裡人面很廣的。」
鮫島瞪著晶，
「以後不准再唱。」
「來編個曲好了。」
晶咧嘴笑著。
「夠了，今天後來怎麼了？」
「結果沒排練，在錄音間睡了，你呢？」
「到診所去了一趟。」
「對方怎麼說？」
「一個資深護士出來應門，說不知道。」
「問過其他署了嗎？」
「是啊，大致問了一遍，都說沒拘留過這樣的人。」
晶鼓起臉頰，呼地吐出了一口氣，
「後天起我就不在了喔。」
「嗯。」
鮫島說著，將兌水的愛爾蘭威士忌送到嘴邊。
「你覺得他怎麼了？」
「不知道，但總覺得那間醫院有點蹊蹺。」

❸新宿警署署歌。

「比方說？」
鮫島看著晶。
「我總有問的權利吧。」
晶先發制人。媽媽桑裝作沒看到，坐在吧檯內側，拿起文庫本看。鮫島嘆了口氣，點點頭，
「我在診所前跟一個國稅局查稅部的熟人巧遇，他因為其他案子來調查。根據他的情報，這間醫院上面另有一間出資公司，但是那間出資公司的社長，就是昨天接待我的資深護士。」
「應該是院長的太太吧。」
「不像，總覺得其中的關係更複雜。」
「波布林怎麼了呢？」
鮫島沉默著。晶投以銳利的眼光。
「——是嗎？」她猜到鮫島在想什麼。
「有這個可能。」
「開什麼玩笑啊，這實在太——」晶接不下話。
「那裡哪是醫院啊，簡直像個深不見底的沼澤嘛，只要走近的人，全都會深深陷進去……」
她閉上嘴，浮現打了陣寒顫的表情，
「美香代是個很好的女孩，會愛上搞樂團的人，通常都是很純情的女孩。又純情，又有點虛榮，大家都很像。」

鮫島點起菸。

「你一定要把波布林找出來啊。」

「嗯。」

「然後，如果真的是那樣的話……一定要抓到殺了他的傢伙。」

鮫島看著晶。晶露出很不甘心的表情，

「要不然，美香代她就太可憐了。孩子沒了，連男朋友也沒了。」

「我知道。」

「還有。」

鮫島看著晶。

「你可不要陷進沼澤裡去啊，就算要陷進去，也要在我人在新宿的時候。」

「妳會拉我出來嗎？」

鮫島輕輕拍著晶的手。前天晚上莫名感到的那股不可言喻的不安，他並沒有告訴晶。

晶點點頭，低聲說，

「只有我可以殺你，我才不讓其他人殺你呢。」

鮫島微笑著，晶看似生氣地瞪著他。

瀧澤可能被自己惹惱了。不過，如果有需要，或許真的需要找三森查問。

「那就殺了我吧，今晚怎麼樣？」

鮫島低聲說著，晶的眼裡閃現不懷好意的笑容。

「很遺憾，工作已經開始了，你就自殺吧。」

隔天早上，鮫島一到署裡，藪剛好晃到防犯課來。

鮫島站起來。藪脫下了白袍，身穿鬆垮垮的外套和沒漿過的襯衫，領帶的結太小，看起來好像深深嵌進粗脖子裡。

「請我喝杯茶吧。」

「到外面去吧。」

藪說，鮫島點點頭，兩人離開新宿署。稍微走了一段路，來到很少有署員出現的西新宿高層飯店，走向裡面的咖啡廳。

「已經查出來了嗎？」

「嗯，昨天打麻將的時候。」

「贏了嗎？」

「輸了，要是贏了哪還能問出東西啊。」

「輸的部分要我付是嗎？」

「對半分可以吧？」

藪說得理所當然，鮫島苦笑著。

「多少？」

「十兌一，輸了一百二，你就給我六千吧。❹」

「你故意輸的嗎？」

鮫島拿出錢包說。

「當然啦，偶爾贏了，就會關不住嘴巴。」

「真的嗎？」

一邊說著，他一邊掏出六千圓。藪面無表情地收下錢。
「還有，這邊的咖啡錢也給你付啊。」
「沒問題，所以呢？」
「一課還沒有行動，化檢也還不能確定是他殺。不過，大約在一年半前，好像曾經有過類似症狀的死者。」
「什麼樣的死者？」
「五十多歲的女性，住在成城的主婦，被發現死在自己家裡。死因一樣，是散布性血管內凝血症。好像是在院子裡工作到一半突然倒下，除了手掌有刮傷之外，並沒有外傷，身上的衣服整齊，不管是偷盜或宿怨，兩條線都找不到他殺的可能。死者是公司董事長，總經理是她先生，先生好像是入贅的。聽說當時好像很嚴厲地偵訊了她先生。」
「但還是什麼都沒找到，是嗎？」
藪點點頭。
「典型的妻管嚴，死者玩得相當兇。剖檢發現她接受過拿掉腹部贅肉的美容整形，在那之後也一直有到美容沙龍去，監察醫說，這死者看不出已經五十多歲了。」
「但並沒有懷恨殺人的可能嗎？」
「就算跟在六本木附近釣到的十八、九歲的小夥子因為零用錢的事情有爭吵，也不會用

❹日本麻將為點數制，以點數來決定輸贏，結束時再依點數換算要給多少錢。十兌一是指十點兌換一日圓的換算比例。負一百二十則是指在麻將點數表中的得分標記，每一千點的輸贏計為正負一，負一百二十等於負十二萬點，依照十兌一計算，為一萬兩千日圓。

這種方法殺人吧。」

「死者叫什麼名字？」

「我沒問這麼多，要查嗎？」

「嗯，還有住址。」

「知道了。」

「化檢那邊真正的想法是什麼？」

「如果再出現一個相同症狀的死者，那應該就是他殺。」

「兇手用的是什麼？」

「不知道，一般的血液凝固劑不會變成那樣。他們說，如果用的是藥物，那會是以往從沒看過的東西。」

「比方說，不是藥物，而是塗料之類的，有可能引起相同症狀的東西嗎？」

藪稍微想了想，說，

「應該沒有吧。如果是只要從些微刮傷的傷口進入身體就會致死的毒物，那就是劇毒，這種東西不可能在毒性不明的狀態下在市面上販賣。」

「那如果是醫藥品呢？」

「醫生不會用這麼危險的東西，要是注射針頭稍微刺到自己的手指，不就完蛋了嗎？」

鮫島吐了一口氣。

「唯一有可能的——」

藪說。

「從美軍流到外面的暗殺用毒物。」

「暗殺用——」

「現在的毒品，原本也是用在德國或日本軍隊裡的，這類毒物多半跟軍方有關係。」

「美軍嗎……」

「不過，暗殺用的毒物被用在皮條客和那個富太太身上，可能性實在不高。要是需要公安出面的他殺案件，那還好說。」

「說得也是。」

鮫島點點頭。他曾經想過濱倉跟美軍扯上關係的可能性，如果有這層關係，那應該會出現在他的客人當中。在會員制的顧客當中，難道有美軍諜報部之類的人存在，跟濱倉發生糾紛了嗎？

他想到「靛藍色」去，問問那些小姐們。

「濱倉有碰毒品嗎？」

藪問。

「不，我想應該沒有。他是個很謹慎的男人，因為如果有，他一定跟黑道脫不了關係。」

「要是他有碰毒品，還有另一條可能的線索呢。」

「怎麼說？」

「中南美啊，那邊有些國家連軍方都完全被販毒組織滲透。本來政府應該要取締販毒的，但是因為販毒組織的勢力太強，要是違背他們，連總統都可能被滅口。所以，也有可能是這類毒品從軍方流出，透過帶貨的人送進國內。」

「可是通常做這種買賣的都是黑道，但黑道要殺人，會用更簡便的方法啊。」

「就是啊，如果不想讓事情曝光，應該會隨便找個隱密的地方埋了。」
「所以才認為他殺的可能性很低嗎？」
「對，所以現在一課也沒有行動。他們覺得，不過是要解決一個小小的皮條客，哪有可能動用到聽都沒聽過的毒藥呢？」
「……」
藪詢問沉默的鮫島，
「有沒有可能是公安那邊的案子？」
「為什麼這麼問？」
「那就可以去問問ＣＩＡ那邊啊，『請問貴單位那裡有沒有這種毒？』」
鮫島搖搖頭。本廳公安跟ＣＩＡ之間確實有緊密的聯繫，但是要提出這種問題，並且希望對方迅速回答，除非是本廳警視正以上的官職，否則絕不可能。
而且那些人不可能為了鮫島行動。
「那就只有等下一個死者了。」鮫島說。
藪點點頭，「而且必須很快出現，只要馬上出事，一課也不得不動了。」
午休之前都在署內處理文書工作的鮫島，十二點半時搭著電車前往代代木。
他從民營電車代代木車站走向「靛藍色」。
「靛藍色」正是午餐時段，寫著菜單的小黑板放在圓椅子上，靠著外面的牆壁。
他推開格子裡嵌著玻璃的門。
「歡迎光……臨。」

身穿塑膠圍裙，四處打理的浩司發現了鮫島，話聲頓了頓，

「你好啊。」

入江藍在吧檯內側。今天沒有穿民族衣裳，而是筆挺的白色絲質襯衫搭配黑皮緊身裙。美香代在她身邊，瞪大了眼睛。

鮫島在吧檯的空位子上坐下。

「午餐已經沒了嗎？」

「炸肉排已經沒了，不過義大利麵倒還有……」

美香代回答。

「妳在這幫忙嗎？」

「我一個人待著也只是覺得慌……」

鮫島看著藍，單手放在吧檯上，正抽著菸。

「突然把她送過來，真的很抱歉，不過我想不到其他可以拜託的地方了。」

藍輕輕一笑，對浩司說，

「一份義大利麵午餐。」

「小晶她還好嗎？」

美香代問。

「嗯，明天開始巡迴演唱。」

美香代點點頭，眼神怯生生的。她很想問男朋友的事，卻又害怕聽到壞消息，所以不敢開口。

「還沒有聯絡嗎？」

「沒有，我一直都有確認語音留言……」
美香代搖搖頭。
「那孩子是你什麼人？姪女嗎？」
藍問。
「是我女朋友。」
鮫島回答。
「來了，讓您久等了。」
浩司從鮫島身後送來義大利麵盤。
「這麼快。」
「有意見等吃完再說。」
藍說。裡面有燻鮭魚和洋蔥，再拌入魚子醬，澆上奶油醬汁。
鮫島吃了一口，說，
「味道真不錯。」
藍笑了，顯得不怎麼在意。
「那孩子人很不錯，現在很少看到那麼有鬥志的女孩了。她是做什麼的？該不會是女警吧。」
鮫島差點嗆到，美香代遞過裝了水的玻璃杯。
「她是搖滾歌手，還出了唱片，我滿喜歡的。」
美香代替他回答。
「搖滾歌手？喔。」

藍的眼睛骨碌碌地轉著。
「你真的是個很奇怪的警察耶，你們差幾歲？」
「妳管這麼多做什麼？」
藍發出嘶啞的笑聲。
「有什麼不尋常的事嗎？」
鮫島問藍。
「沒什麼，小姐都在考慮要換工作。」
「這樣好，應該沒有比濱倉先生這邊更好的老闆了。」
「老闆他人真的很好。」
美香代輕輕地說。
「妳要振作一點。」
鮫島說。
「謝謝光臨。」
浩司大聲招呼，穿著制服一起來用餐的粉領族站了起來。
「謝謝，晚上再來啊。」
藍笑著站在收銀台前。
「生意不錯嘛。」
「這店很時髦啊。」
美香代回答，看來心情稍微平靜了一些。
「妳要一直在這工作嗎？」

「我這麼笨手笨腳，人家才不會要我，而且……」
她看著鮫島。
「波布林他，不會回來了嗎？」
「還不知道。」
鮫島誠實地說，美香代低下頭。
「對了，妳住院的時候，記不記得有一個姓島岡的護士？」
美香代依然俯著臉，點點頭。
「她是怎麼樣的人？」
「很親切啊。」
抬起抽著鼻子的臉，美香代說道，
「那個院長感覺很陰沉，就是個色老頭，不過那位太太很親切，一看就知道是很資深的護士。」
「她跟院長說話的時候，感覺怎麼樣？」
「跟院長說話的時候？」
「比方說，她對院長是不是很強勢，或者是分不出到底誰權力比較大之類的？」
美香代搖搖頭。
「那院長長得什麼樣子？」
「很瘦，個子不太高，頭髮快禿光了。覺得他眼睛有種危險的感覺，不知道他到底在看哪裡。」
「看起來像在吸毒嗎？」

「嗯，搞不好有吧。」

「年紀呢？」

「將近六十吧……」

「要不要咖啡？」

藍插了話。鮫島看看店裡，過了一點，已經幾乎沒有客人了。

「好的。」

美香代點點頭，將咖啡杯放在盤子上，擺上裝好濾紙的卡利塔❺濾杯，用湯匙舀入咖啡粉。

從冒著蒸氣的水壺，倒入細長的水柱。咖啡粉吸水膨脹，散發出芳香。

「很熟練嘛。」

「到東京來以後，在咖啡專門店打了兩年工。」

美香代很淒涼地笑著。

「上過服裝設計的專門學校……不過後來休學了。請用。」

喝了一口咖啡。

「味道真不錯！」

鮫島讚美著。

「你就沒有別的話說啦。」

藍故意糗他。鮫島點起一根菸，瞇眼瞪著藍，說，

❺Kalita，日本知名咖啡器具品牌。

「好喝！」

藍攤開雙手，

「畢竟是刑警，詞彙真貧乏。」

「〈Stay Here〉的歌詞啊，」

鮫島對美香代說。

「有一半是我寫的。」

「不會吧，太厲害了。」

「妳好好說給這個媽媽桑聽聽吧。」

「什麼意思？」

美香代說明了之後。藍微笑地聽著，只說了句，

「怪刑警。」

鮫島繼續問美香代，

「我想問問關於濱倉那邊的工作，他的客人裡有沒有外國人？」

「我不知道其他人的客人，不過我這邊沒有。大家幾乎都是被客人指名的，所以其他人我就不清楚了。」

「外國人怎麼了？」

鮫島轉向藍，

「濱倉現在被當作病死處理。死因是散布性血管內凝血症這種病，就是體內的血管到處產生血栓。原本會產生這種病的，可能是罹患了癌症或白血病等其他重病的患者，可是濱倉並沒有。他很可能被注射了某種藥物，引發這種症狀。」

「有這種藥？」

「沒有，就目前所知是沒有的。」

「那是怎麼回事？」

「專家認為，假使有這種藥，應該是為了特殊目的被開發的。換句話說，就是類似毒氣、瓦斯一樣的東西。」

「你是說，像化學兵器嗎？」

浩司不知什麼時候坐到鮫島身邊，這麼問。

「沒錯，你聽說過嗎？」

「那種會讓血凝固的藥嗎？」

鮫島點點頭。

「沒有。」

第一次到「靛藍色」來時，鮫島就聽說過浩司曾經待過自衛隊。

「那不是在戰爭時會用到的東西。」

浩司說。

「或許很難進行大量屠殺，但如果用喝的也會有效，那就另當別論了。」

「這就不清楚了。」

「不會有人為了讓對方軍隊無法戰鬥，而一一去敵方注射的，那還不如用槍或炸彈更快一點。」

「那會用在什麼地方呢？」

「應該暗殺用的吧，知道大概多久會有效果嗎？」

「不清楚。不過，不至於是好幾天，頂多一小時，或者幾分鐘。」
「那可能是類似箭毒的東西吧，塗在匕首前面，突然刺下。」
「很可能是這樣，不過都還只是猜想。」
浩司點點頭。
「就算有這種東西，一般士兵也不會知道。除非特殊部隊，或者情報部門才會知道。」
「我想知道，客人裡有沒有哪些外國人，可能跟美軍這方面有關係？」
鮫島對藍說。
「要問問其他小姐嗎？」
藍說。
「嗯，那就幫了大忙了。」
「好啊，電話號碼。」
鮫島拿出名片，在後面用筆寫下自家的號碼。
「濱倉先生討厭外國客人，他說害怕會有病。」
美香代說。
「對，尤其軍人又更危險了。」
藍點點頭。
「日本人也可能有病啊。」
「也是啦。」
「濱倉先生總是很囉唆地提醒小姐們，絕對不可直接來。」
「真的沒有人罩嗎？」

「什麼意思？」
「跟某個幫派談好一個月付給他們三、五萬，之後其他幫派就不會出手來搶地盤。」
鮫島向藍說明。在按摩業界等特種行業中，幾乎都會像這樣跟幫派維持著某種關係。
「應該沒有，我從來沒聽過。」
美香代搖搖頭。
這時，鮫島的B.B.Call響了，是署裡打來的。
鮫島用店裡的紅色公用電話打到署裡，電話接給桃井。
「怎麼了？」
鮫島問。
「事情變得有點奇怪。」
桃井說。
「你現在在哪裡？告訴我電話號碼，我打過去。」
鮫島拿起空菸灰缸裡放著的摺疊式火柴盒，報出電話號碼。
「知道了，你等等。」
幾分鐘後，「靛藍色」的電話響了。
「你好，這裡是『靛藍色』。」
接了電話的藍遞過話筒。
「喂。」
鮫島接過話筒，桃井說。
「剛剛我一個老朋友來電話，好心地給了一些忠告，說本廳二課開始行動了。你心裡有

底嗎？」

「本廳二課？」

「對，內部偵查，對象好像是你。」

桃井說。

21

「我得見你一面，不過──」

桃井說了一半停下來，鮫島馬上知道他的意思。本廳高層開始內部偵查，就表示很可能開始對鮫島進行跟蹤、監視。要是輕率見面，連桃井也會被捲入。

「給您添麻煩了。」

鮫島說。他心想，上面終於有動作了，不過為什麼是現在呢？

「不，事情跟你想像的，可能不太一樣。」

「怎麼說？」

「見了面再談。」

桃井說。

鮫島覺得不可思議。如果本廳高層對自己開始有動作，除了那件事之外，沒有別的可能。

跟鮫島同期的官僚在公安部內部的暗鬥中落敗自殺，那個男人的遺書在鮫島手中。如果公開遺書的內容，將現在警視廳高層中兩個派系的醜惡暗鬥公諸於世，肯定會有人遭受重大打擊。

這「炸彈」般的遺書，鮫島存放在某個地方。不管兩個派系再怎麼恐嚇、哀求，或者是企圖收買，他都沒有交出去。

結果，身為官僚的鮫島，接到分配至所轄防犯課的人事調動命令。

遺書裡出現的人物，現在已經在警視廳的領導集團中，以爬到最高層為目標。對這些人來說，有可能釜底抽薪從根基破壞這一切的，就是鮫島。鮫島本身就是體現日本警察官僚制度矛盾的存在，對他們來說，恨不得將這個危險人物排除在警察組織之外。

鮫島被「下放」到新宿署，已經將近五年。

在這當中，雖然遭受過無數次的惡意攻擊，但還不曾有過具體逼他辭去警察之職的行動。

但是，如果搜查二課開始行動，就表示有這樣的可能。

本廳搜查二課主要負責瀆職、違反選罷法、經濟犯等，但其實還有另一層功用。

那就是關於警官犯罪的搜查。搜查二課長皆由官僚擔任，擔任過搜查二課長後，官僚將會就任人事一課的課長。

人事一課負責警官人事中警部以上，也就是將校級人事的部署。相對的，警部補以下的人事，則由人事二課負責。人事一課長由官僚就任，人事二課長則由非官僚就任。

立於這兩個人事課之上的警務部部長，當然是官僚。

像這種組織中配置官僚的方法，就是僅僅不到五百人的官僚，得以對全國二十萬名警官握有絕對支配權的理由之一。

許多時候官僚雖然是警察，卻又不像警察。鮫島認為，現在的官僚應該有更適當的稱呼。

那就是內務官僚。

這天晚上，過了十點鐘，鮫島人在川崎。桃井所指定的小立飲酒吧，位於川崎車站附近。

為什麼桃井會選擇這裡？一進到店裡，鮫島馬上就明白了，第一次來的客人絕對不敢輕易踏入這家店。

吧檯裡有個年近五十的壯漢，鼻子和耳朵都塌了，左眼下方還有慘不忍睹的縫痕。

另外兩個坐在吧檯邊的很明顯的是男妓，這些「女人」臉上畫了大濃妝，身穿撒滿亮片的禮服。

桃井貌似隨意地坐在店裡的吧檯座位，手邊放著一瓶跟店裡不太搭軋的起瓦士威士忌跟玻璃杯。但是打開店門的鮫島看得出來，男妓們一點都沒有靠近桃井的意思。

發現鮫島進來，桃井輕輕點頭。這一瞬間，距離不到五公尺處的高架上方剛好有電車通過，整間店隨著轟隆聲一起震動著。

桃井將視線移到吧檯裡的男人身上。

「好的。」

男人簡短地回答，放下擦好的玻璃杯，看了男妓們一眼，輕輕偏了頭。

男妓們離開椅凳，男人也穿過吧檯下方，走到外面。

「一個小時可以嗎？」

他看也沒看鮫島一眼，小聲地在桃井耳邊說。

「好。」

桃井拿起放在菸灰缸裡的香菸，回答道。

「那我先出去了。」

說著，男人帶著男妓們往出口走去。店裡很暗，用便宜薄木板做的門和吧檯，都塗成黑色。

「不放心的話就上鎖吧，外面的招牌燈我會關掉的。」

「麻煩你了。」

「哪裡。」

男人壓根不打算跟鮫島說話。三個人走出去之後，桃井說，

「既然他都這麼說了，就鎖上門吧。」

鮫島點點頭，轉上那對門來說過於堅固的鎖釦。

店裡播放著有線廣播的歌謠。

「這間店挺有意思的啊。」

「這裡雖然是神奈川縣警的地盤，但是他們也不敢碰。」

桃井面無表情地說。

「為什麼？」

「這裡是毒取用來當聯絡基地的地方。」

毒取指的是毒品取締官事務所，跟警視廳不同，隸屬厚生省的管轄。

「那，那個男人是——」

「毒取的王牌。以前我抓過他，後來介紹給毒取。警方除了我以外，沒有其他人知道他的存在。」

「所以我是第二個囉？」

「如果你以後還能繼續當警察的話。」

鮫島在桃井身邊坐下。

「這是真貨，不介意的話要不要喝一點。」

桃井推過起瓦士的酒瓶。電車再次通過，瓶身搖晃著。

「好像有密告。」

「是買賣嗎？」

買賣是指為求自己保身用來交換的密告。

「不，好像不是。密告內容說，新宿署有個幹部被人收買了，收買的贓商生意做得不小。」

贓商就是指贓物買賣商。贓物買賣商會收買的警察，不是刑警課就是防犯課。

「他們認為那個幹部指的就是我——」

「密告還說，階級是警部。警部的話，只有刑警課長、我跟你三個人。」

「原來如此。」

「現在特命已經開始行動了。」

「是二課嗎？」

桃井安靜地點點頭。

幹部警察官的犯罪，會從人事一課長到警務部長、刑警部長，經過全官僚的管道，對搜查二課長下內部偵查的命令。

這時的步驟也都是固定的，二課課長先指派自己親信官僚中的年輕警部來負責，下面再派兩名左右的特命刑警。特命刑警通常是在搜查二課中負責庶務科或選舉，屬於巡查部長或警部補等級的非官僚組。不過，這些非官僚組都是以前幾名通過升等考試的優秀警官。

「你是官僚。如果你有嫌疑，會屬於特祕等級。」

桃井說。

警視廳裡的保密等級，分成五個階段。小心處理、密、高密、極密、特密。特密是最高級的保密事項，有時甚至連對總理大臣都要守密。

「問題在於另一點。」

桃井說。

「通知我這件事的人，並不是官僚。」

鮫島開始緊張了起來。官僚警察官的犯罪嫌疑，對警視廳來說確實是等同於特密的大事件。不管發生什麼狀況，都絕對不會將內情洩漏給非官僚警察官。而這件事讓警視廳的非官僚知道，就證明了這是有意要洩漏，希望事情會傳入鮫島或桃井等人耳中。

「這是圈套。」

「當然。但眼前最需要弄清楚的是，這個圈套是本廳自己設計的藍圖，或者是先由外部某個人畫下，再讓本廳搭順風車的。」

鮫島靜靜地吐出一口氣。

「如果只有本廳，我想他們應該有別的做法。搞出官僚犯罪事件，對他們來說波及效果太大了。」

「我也這麼想，這麼一來，就是搭便車了。你覺得是誰？」

「這……」

「設下這圈套的，一定有熟悉警察內部組織的人。密告好像是到監察理事官那裡去，當然，通知我的另有其人。」

監察理事官是人事一課課長，警視長等級的非官僚資深警官。既然以非官僚爬到警視長，那麼再過沒幾年就可以退休了。正因為快要退休，所以才會被推上監察理事官這個惹人嫌的位子。

一般的監察業務，會由各方面本部長下的方面本部監察負責❻，對轄下各警署進行抽樣監察、每月定期監察、處理素行問題等，但鮫島的案子顯然跟這些案子不同。

這跟服裝不整或者警官之間的外遇問題等，嚴重性大不相同。

鮫島看著桃井。

「難道是上次那個案子？你提起過光塚的名字吧？」

「可是，那只不過是他偶然巧遇的人啊，我不認為他跟濱倉命案會有關係。」

「這個案子跟哪裡有關？」

「新宿跟中野交界處的『釜石診所』這家婦產科。」

「光塚跟這裡有什麼關係？」

「現在還——」

桃井搖搖頭。

「最好快一點。視內部偵查的狀況，人事一課長會到署長那邊去。」

「可是就算查我，也查不到什麼啊。」

「既然上面懷疑你，事情就沒有這麼簡單。」

❻日本警察本部會將管轄區域內分成兩個以上，在其區域內的轄區警署和本部中間地位，設置方面本部，目的在於強化與轄區警署的合作以及因應廣域行動。因此，方面本部在立場上居各警署之上。警視廳共分成第一到第十方面，各設有本部長。由於警察署數量較多，所以方面本部數量也隨之增加。

鮫島深呼吸了一口氣。桃井在暗示，捏造證據的可能性也是有的。

「您認為可能在乘機趕走我嗎？」

「要看上面的人怎麼想，我也不知道上面在想什麼，不過——」

「不過？」

「就算是搭便車，如果外部設下的圈套實在太危險，他們也有可能乾脆抽手任由圈套發揮。」

「那麼就不會僅止於密告？」

「如果希望你不再插手搜查，光是密告，只能有牽制球的效果，對方應該希望能確實解決掉跑者。」

也就是說，還有下一著棋。但，到底會是那一著棋呢？

「總之，小心點總是好的，可是——」

鮫島點點頭。如果上面只把鮫島視為一般的刑警，那麼只要行動放得低調，稍微老實點，或許可能迴避掉圈套。可是對於千方百計想排除鮫島的高層來說，安靜不出聲，反而會增加被他們推入圈套的機會。

不管鮫島是不是瀆職警官，只要讓他們抓到逼鮫島離職的名目，就夠了。老實不作聲，就等於承認了嫌疑，這只是提供了對方攻擊的藉口。

「如果另外有密告者，因為過去的案子懷恨盯上你，那事情就嚴重了。」

鮫島點點頭。憎恨鮫島的罪犯肯定不少，可是，要侷限於能規劃出眼前這種局面的人，對象就大幅縮小了。

「這不是黑道的手法。」

桃井說。鮫島想起自己稍早也說過一樣的話，那是早上跟藪的對話。
「課長，可以請您查一查島岡文枝這個護士嗎？」
「島岡文枝？」
「她是『釜石診所』的護理長，兼任經營醫院這間公司的老闆。」
「還真不尋常。」
「應該是掛名的吧，那間公司另外有人提供資金。」
「要不要對『釜石診所』進行強制搜索？用其他案子的名義——」
鮫島搖搖頭。
「很難，找不到任何能發逮捕令的證據。」
「你懷疑那裡的什麼？」
「殺人。濱倉，還有跟美香代同居的久保廣紀。」
「為什麼要殺他們？」
「目前還不清楚，但是可以肯定，那間醫院一定有內情……」
桃井又點起一根菸，仔細想著。眼前的酒自從鮫島出現後，他完全沒沾過。
「不能跟上面做個交易嗎？我聽說，你手上有張王牌。」
「那些人可能就在等我提這件事。可是，要是我用了那張牌，就糟蹋了當初受託付的遺志。」
鮫島堅決地說。
「可是，你要是不這麼做，有可能不能繼續當警察啊。」
「我認為，所謂的警察，應該是在執行工作時能受人尊敬，而不是受人畏懼。因此，絕對不能在縱向構造中漫不經心變成不用大腦、宛如機械般的存在。即使我不能再當警官，總有一天我也會拿出這張王牌，好提醒所有警察官注意這一點。」

桃井安靜了一會兒，終於輕聲這麼說，

「——我雖然不希望看到事情變成那樣，不過，如果警察的高層裡，也有官僚有你這種想法，那日本的警察或許會跟現在完全不同吧。」

一點也沒錯，鮫島心想。但是，正因為鮫島是鮫島，他才沒有留在警察的高層機構，而像現在這樣待在轄區警署，而鮫島也喜歡這種在轄區警署隻身奮鬥的感覺。

比起出人頭地，當上警視、警視正的自己，他對於被稱為「新宿鮫」的自己，更感到光榮。

22

綾香來到山梨的醫院。她正在沉睡的茜枕邊，放著插上石斛蘭的花瓶。

乍看之下像長著翅膀怪物的花瓣，從花莖沉重地往下垂。

今天的綾香穿著純白的套裝，裙子的長度短得讓人覺得稍微大膽了些。不過，她對裙下伸出的雙腳線條，相當有自信。

綾香知道，車子駛在中央高速公路上時，光塚曾經好幾次從後照鏡裡偷看自己的大腿和雙腿深處。

上次來的時候，突然想到自己在茜的眼中是個大嬸，所以今天才選了這套衣服。

綾香在茜身旁併攏雙膝坐下，露出一半以上的大腿。

「小茜，這花很美吧，這叫石斛蘭。當然是蘭花啦，因為綾香決定，只會帶蘭花來給妳。」

綾香對茜說著話。沉睡的茜沒有像上次來時水腫得那麼嚴重。綾香伸出手，把手指插進茜每週會由護士梳兩次的頭髮當中。

塗了鮮豔橘色指甲油的手指，一圈一圈地將茜的頭髮纏在指頭上。

「綾香最近啊，過得很不順利，有很多人想欺負綾香。不過呢，綾香是不會認輸的。茜也知道吧，茜以前也常常欺負綾香，可是綾香都無所謂。」

那是什麼時候的事呢？應該是綾香被帶到茜家的第三個月吧。

茜把放在二樓陽台外牆上的五個盆栽全部推落。

子。

對，那一天，家裡只有綾香和茜兩個人。五月即將結束，一個天氣極好、非常舒適的日子。

白色蕾絲窗簾在敞開窗戶吹入的風中擺動，綾香坐在一樓客廳的沙發上出神地看著。風裡有綠色的香氣。在那之前，綾香住的公寓一開窗就有對面電鍍工廠的臭味，走廊上也總是飄蕩著混合廚餘和消毒藥水的味道。

每個月民生委員的阿姨都會來訪一次。

綾香並沒有聽到盆栽掉落到中庭的聲音。

她現在還覺得奇怪，為什麼聽不到呢？五個盆栽可都摔壞了啊。

當時可能在打盹吧。搬到陌生的家裡，跟以往沒見過幾次面的親戚一起住，讓綾香非常緊張。

對，自己一定是睡著了。茜不知何時來到客廳開始彈琴，琴聲讓自己睜開了眼睛。

——教我彈鋼琴。

第一次看見茜彈鋼琴時，綾香迫不及待地拜託茜。

這時，茜突然停下彈琴的手指，直盯著綾香。

她什麼也沒說，但是綾香馬上看懂她眼中浮現的惡意。茜露出開心的表情，拿起捲起的紅絨布，故意慢慢地攤在鍵盤上。

——快點嘛，教教我。

綾香又說。茜沒有回答，她仔細平整地攤開紅絨布，小心不拉出縐紋。

接著用力地蓋上鋼琴琴蓋。

發出偌大的聲響。看到呆住的綾香，茜浮現心情舒暢的笑容，慢慢從鋼琴前離開。

從那之後，綾香再也沒有請她教自己彈琴。

——小茜，妳教綾香彈琴啊。

茜的母親——

也就是綾香的姨媽並不知道這件事。

——綾香也想彈鋼琴吧？

這問題永遠沒有答案。綾香一直看著茜，茜也用她異常閃亮的雙眼，回望著綾香。

只有她們兩人在的時候，茜絕對不會自己開口跟綾香說話，就好像身邊根本沒有這個人一樣，她一直把綾香當成透明人。

就在茜把媽媽心愛的盆栽全部推落的那一天，綾香的地獄就此開始。

「小茜什麼都沒說，我也什麼都沒說。大家都一樣，什麼都沒說。」

綾香用指尖梳著茜的頭髮，一邊說著。

茜的母親大叫著。

——小茜！小茜！

聽到叫聲，茜瞥了綾香一眼。

——來了。

她走到客廳，這時綾香還不知道發生了什麼事。

——這是怎麼回事?!是誰做的?!這是媽媽很寶貝的盆栽啊！

——小茜不知道啊，我一直在彈鋼琴。

——那……

茜的母親沒再說下去。

就這樣，再也聽不到那兩個人的聲音。

茜為什麼要那麼做？綾香很快就知道了，茜討厭綾香。

關於碎掉的盆栽，沒有人來追問綾香。如果有人責罵，說不定綾香還有解釋的機會。

但是，茜的母親終究沒有來問綾香，「是妳嗎？」「為什麼要這麼做？」

那一天晚餐的餐桌上，大家都一言不發。但是很明顯的，茜的雙親都認定是綾香做的。

綾香無法忍受，晚餐吃不到一半就離開餐桌。沒有人留她，茜的雙親似乎認為綾香受不了罪惡感的譴責。

「蘭花的盆栽啊，我記得是漂亮的嘉德麗雅蘭吧。」

綾香對繼續沉睡的茜說。

隔天，茜就病倒了。

茜住院，綾香又是孤單一個人。

茜開始洗腎，母親每天陪著她。

住院不知道過了幾天後，茜的母親罕見地回家，等著放學回家的綾香。

——綾香，姨媽有件很重要的事要求妳幫忙。

突然變得生疏的姨媽，鐵青著臉說。

——什麼？

——妳知道小茜現在在住院吧，小茜的腎臟生來就很不好。

——嗯。

——醫生說，這樣下去茜根本沒辦法健康長大。

——可是現在不是在治療嗎？在洗腎吧。

——對，可是這樣還不夠。光是洗腎，小茜也不能繼續上學。

這時候，綾香還不知道姨媽到底要拜託自己什麼。

沉默了一陣子，茜的母親才終於艱難地開了口。

——綾香，妳的腎臟，可以分一個給小茜嗎？

那一瞬間，綾香還無法理解姨媽到底在說什麼。

——人的腎臟呢，總共有兩個，所以拿掉一個還是可以正常生活的。其實姨丈和姨媽也很想把自己的腎臟給小茜，但是醫生說不行，他說我們的腎臟跟小茜的不適合，但是說不定綾香的可以。

這時候綾香才終於了解了一切，為什麼自己會被一個跟原本家庭南轅北轍的富裕家庭收為養女。

她終於知道，在盆栽事件之前，姨媽和伯父為什麼會比親生母親待自己還要溫柔。

她更明白，為什麼茜會憎恨自己。

這些人想要的只是自己的腎臟而已。

現在想想，那樣的想法其實也過於短淺。

綾香的母親自甘墮落又任性，被丈夫拋棄之後，只為了滿足自己的自尊心，堅持把綾香留在身邊。只要喝醉酒就拿綾香出氣，就好像綾香奪走了自己的珍貴東西一樣。

她從不敢頂嘴，因為一回嘴就會有嚴酷的懲罰等著。

母親詛咒自己的丈夫、詛咒綾香、詛咒嫁到富裕人家的姐姐，老是去跟姨媽要錢。

要來的錢多半買酒喝掉，綾香只能用剩下的一點點錢，買來吐司麵包的邊邊，充飢度日。

姨媽或許是同情這樣的綾香，看到這個跟自己女兒差不多年齡的女孩，吃的穿的都沒受到妥善照顧，成天害怕自己喝醉胡鬧的母親，躲在三坪公寓的壁櫃裡睡覺，心裡產生了憐憫。

但是，聽到姨媽嘴裡說出希望自己能捐出器官的當下，綾香腦中並沒有想到這些。

她心想，原來一切都因為想要自己的腎臟。

漂亮的衣服，好吃的菜飯，第一次屬於自己的房間。這一切的一切，都是為了在自己肚子裡面，自己從未看過的這顆腎臟。

不知為什麼，她並不覺得可恨。

自己一定就是這種人吧。

綾香這麼以為。

為了別人而生，為了被別人踐踏——

自己就是這種人。

自己一定會死吧。茜會活下來，自己則會被掏光內臟死去。

現在想想，當時那份絕望實在可笑。不會有人因為捐出一顆腎臟而死，其實可以跟以往一樣，像個健康的人一樣活著。

但是綾香卻有這樣的誤解。

可是，她並沒有拒絕。

對於盆栽的事從未辯解不是自己所為的綾香，只有這一次機會，可以讓姨媽相信自己。

自從盆栽那件事以來，雖然姨媽待自己有點生疏，但綾香還是喜歡姨媽。這是能讓姨媽重新相信自己，唯一一次的機會。

——好啊。

綾香抬起臉，說。

——謝謝、謝謝妳，綾香。

姨媽雙手捧著綾香的臉頰，崩潰大哭。

兩天後，綾香為了接受捐贈者的適性檢查，住進了茜待的醫院。

她就是在這裡遇見文枝的。

23

兩天過去了。鮫島所處的狀況，表面上看起來沒有任何變化。雖然已經展開內部偵查，但還沒有派人跟蹤，也沒有以傳喚等非正式方法叫鮫島來問話的跡象。

但是鮫島心想，如果真的要開始問話，就表示上面已經獲得讓鮫島無法申辯的「證據」，到時候一定會被逼著不得不寫辭呈。

雖說自己只是個「下放的偶像」，但官僚警察官發生這類醜事，本廳應該會積極試圖要祕密處理。

對於設下圈套的人或者組織，鮫島想不到任何可能的對象。如果說到因為被自己逮捕入獄而懷恨的人，那至少有幾十個人。可是，會想到這種陰險又需要智慧的方法來擊潰鮫島的人，那就——

鮫島沒有頭緒。

現在唯一有可能的，就是跟「釜石診所」有關的人物。可是現在鮫島對於「釜石診所」是否有任何犯罪行為，還沒有掌握確切證據。

「釜石診所」對堀美香代的孩子所做的行為，也可以視為「謀殺」。可是這個案子勉強可以用「醫療過失」的名義告上法庭，在動機和其他證據等方面的資訊都太過薄弱，不太可能以「謀殺」成案。

如果跟「釜石診所」有關的某個人，想要陷害鮫島，那麼，裡面一定隱藏著意想不到的重大犯罪。而那犯罪的真相到底是什麼，鮫島無法想像。

調查「島岡企畫」的瀧澤，還沒有捎來任何聯繫。島岡文枝那邊，有桃井幫忙調查。

鮫島這兩天一直在想島岡文枝的事，那個資深護士，總讓鮫島覺得不尋常。

她對自己的職業和資歷相當有自信，甚至散發出威嚴。然而，除此之外，島岡文枝似乎還知道些什麼。

到底是什麼，鮫島無法清楚地表達。不僅是威嚴，她對自己所做的一切，有著絕對的自信，或者應該說，是一種安心感吧。

她看起來宛如抱持一種上天給了保證，類似宗教的心靈安定感。而且這種安定感還很扭曲，她本人雖然有著確切的自信，但是周身看來卻是相當岌岌可危，好比在一張細絲懸吊的床上，大動作活動著一樣。

等到那條細絲斷掉，島岡文枝的本質就會露出來。

問題就在於那根絲線，到底是以什麼形式、跟哪裡相連接。針對「島岡企畫」的調查，就是為了查明這一點。

晶開始巡迴演出。這雖然讓鮫島有點寂寞，但他同時也稍微放心了些，不管今後的局面如何演變，都不至於把她捲進來。

內部偵查勢必會延伸至鮫島來新宿署赴任後的所有活動，這要花上不少時間。看來現在還沒找上桃井，但很有可能快要逼近新宿署署長。

這兩天鮫島一直在背地裡找三森。

密告內容提到大贓物買賣商跟鮫島之間的交易，以現在的狀況來說，三森就是其中的贓物買賣商。

要讓鮫島落入陷阱，三森的名字當然也必須以施賄者的身分出現。

設下圈套的人物除了設計鮫島，還得設計三森。鮫島並不認為，三森會願意接受當這種形式下的犧牲品。

如果三森注意到自己被設下圈套，一定會拚命設法逃走，他也很可能知道設局的人是誰。

這雖然是危險的方法，但鮫島希望能跟三森一起跳脫這個陷阱。只要把三森拉到自己這邊，要破壞陷阱也就不難了。

當然，如果在內部偵查的過程中發現自己跟三森有所接觸，將會是對鮫島相當不利的證據。可是，跟三森的接觸不能拜託其他第三者，即使是桃井。萬一狀況更加惡化，桃井也會被連累成為「瀆職警官」。

設局的人除了密告之外，當然還會有下一步棋。可能是偽造的銀行存摺，也可能是證明賄賂的證詞。

無論如何，要證明瀆職成立，都必須有三森向鮫島提供財物的證據。

但是這兩天，三森都沒有被鮫島布下的網攔到。這個男人的動向原本就很難掌握，尤其是這幾天，應該是刻意銷聲匿跡。

如果三森出現在哪裡，鮫島應該馬上就會收到消息。但是，他完全沒接到事先約定好的飯店員工或者酒店店員打來的電話。

電話響起時，是凌晨兩點三十八分，鮫島習慣在電話響時一定會看時鐘。

這個時間他當然正在睡覺，枕邊的數位式鬧鐘，在黑暗中清楚地浮現出三位數字。

「——喂。」

拿起話筒，對方對接起電話的鮫島說，

「是鮫島先生吧。」
電話那端夾雜著激烈的雜訊，可能是從車用電話或行動電話打來的。
「是的，您是哪位？」
「我是三森，你在找我是嗎？」
鮫島起身，點亮了檯燈，
「你人在哪裡？」
「幹嘛找我？要抓我？」
「要抓你的不是我。」
「什麼，這是什麼意思？」
三森疑惑地問道。
「我想跟你見面談談，你跟我可能被設下圈套了。」
「那不是更不應該見面嗎？」
「本來是的。可是，我想知道這圈套是誰設下的。」
「我也不會知道啊。」
「要是這樣下去，我們兩個都會被抓去關的。尤其是你，以前有前科，應該會判長期吧。」
「開什麼玩笑！」
三森不輸給那沙沙雜訊，大聲叫著。
「我是說真的，你告訴我，到哪裡可以見到你？」
「等一等，我現在在車裡。」

「你一個人嗎？」

「不是，不過等一下就要放人下車了。」

「要約在哪裡？」

「你等一等，要過隧道，我再打給你。」

電話被掛掉。鮫島放回話筒，關掉點亮檯燈時按下的電話錄音開關。他利用語音留言的錄音功能，錄下了剛剛的對話。

電話再次響起。鮫島打開錄音開關，拿起話筒。這次收訊狀態好一點，聲音很清晰。

「你不是想威脅我吧？」

三森說。

「見了面你就知道，至少，要陷害你的並不是我。」

「你是一個人嗎？」

「一個人。」

「知道了，那這樣吧，你知道小瀧橋的十字路口吧？」

「知道。」

「面對高田馬場的左邊，有一棟蓋了一半的大樓。現在基礎工程剛完成，我把車停在後面，在那裡等你，那裡不會有人。」

工地現場——聽來不是個理想的會面地點，鮫島問，

「是你熟人的大樓嗎？」

「嗯，算是吧。」

「好，我馬上出門，大概十五到二十分鐘會到，你那邊一個人吧。」

「待會會放一個人下車，到時就是一個人了。」

「那待會見。」

鮫島放下話筒，站起來脫掉睡衣，換穿厚法蘭絨襯衫跟牛仔褲。把特殊警棒和手銬放進皮夾克的內側口袋。

三森主動打電話來，雖然嘴上裝作不知情，但是那個男人一定也察覺到某些危險的徵兆。

準備好之後，鮫島猶豫地收回了伸向電話的手。為了安全，這場會談的事還是別告訴其他人好。

萬一被內部偵查的特命刑警跟蹤，他沒有任何證據證明，這次會談並不是為了湮滅證據。

但鮫島在這時候能夠信賴的警察只有桃井一個人。可是，內部偵查的情報是從桃井那裡得知，再加上將這件事告知桃井的本廳友人，他們等於公然違反服務規定。要是之後的會談衍生成麻煩的局面，要請桃井證明其合法性，就必然得告發桃井和朋友違反服務規定的事實。

他不能這麼做。

三森跟設下陷阱者勾結的可能性，在這個階段還無法完全否定。

除了出門，鮫島沒有其他的選擇。

鮫島大約十八分鐘左右到達三森說的工地現場。這個時間往市中心路上的車子，幾乎都是下客之後的計程車空車。

工地現場周圍，吊在軌道上的細長板片，像窗簾般圍了好幾片，遮住周圍的視線。

鮫島開的ＢＭＷ在工地現場前方的單行道左轉。有處工地外圍的板片被拆下兩片，板片高度大約四公尺，一片的寬度約兩公尺左右。

蓋到一半的大樓面對入口處呈現一個小ㄇ字形。如同三森所說，七樓高的基礎工程已經結束，外圍密密地包覆著網眼極細的綠網。

入口邊有一間組合式鐵皮小屋，看起來裡面並沒有人。

鮫島把車開進未遮木板的開口中。深藍色的賓士車體反射著頭燈，賓士的引擎已經熄滅，燈也關了。

鮫島將ＢＭＷ停在賓士旁邊，下了車，賓士車裡看來沒有人。

工地現場沒有燈，但周圍大樓招牌的燈光，亮到足以讓他看清楚腳下。

可是鮫島還是回到車裡，從置物箱裡取出手電筒。熄滅ＢＭＷ的引擎，關了燈。

「三森。」

鮫島叫著。關掉引擎和車燈後，裹著綠色網子的大樓骸骨，讓人覺得不安的感覺步步逼近。

冰冷的寒氣從腳底爬上來，鮫島再次叫著，

「三森。」

沒有回音。他走近賓士，把手掌放在引擎箱蓋上，還是熱的。

頭上方發出了聲響。鮫島迅速仰頭，打開了手電筒。綠網在微風吹動下有點膨脹，應該是有東西摩擦到了。

鮫島試著尋找綠網的開口，三森很可能在大樓鷹架裡的某處。大樓已經完成水泥灌漿，雖然還沒裝上門窗，但是已經可以看出內部有幾十間房間。

進入大樓絕不是個明智的決定，這一點鮫島很清楚。但是，既然賓士停在這裡，裡面一定有人在。

找到綠網開口的鮫島，翻開網子進到大樓裡。還沒剪斷的鋼筋從內部的地板和牆壁凸出來，刺著鐵釘的木片也散放各處。

鮫島踩在還留有濕氣的水泥地板上。他從夾克內側抽出特殊警棒，如果有人埋伏在這裡面，想要教訓鮫島一頓，這確實是個絕佳的藏身地點。

「三森，你在不在？」

鮫島的聲音在新完工的天花板上迴響，繼續往上傳。通往樓上的樓梯，位於一樓樓面的中央。

鮫島注意不要踩到散落地面木片上的鐵釘，小心翼翼地爬上樓梯。他輪流照著腳邊和頭頂，登上樓梯。

爬上二樓，沒有人聲。鮫島繼續往三樓、四樓，很小心地爬上樓梯。

到達最高層的七樓，這裡一樣沒有人，再來只剩屋頂了。

鮫島爬上通往屋頂的樓梯。七樓為止周圍都包覆著綠網，但是屋頂上並沒有綠網。在地面上時不怎麼感覺到的冷風，颳在臉和脖子上。

來到屋頂上的鮫島關掉手電筒。一眼就可以看出屋頂上並沒有人，屋頂只要靠周圍大樓招牌的燈光，不用手電筒也可以自由走動。

鮫島站在樓梯轉彎處，環視著屋頂，這時他突然想到了什麼，走進大樓邊緣。從上面往下看，說不定可以看到藏身在工地現場的人。

屋頂的邊緣，還沒有裝設任何扶手之類的圍欄，只有沿著外緣一圈稍稍隆起的水泥而已。

鮫島極度小心不要被絆倒，走向屋頂邊緣。

賓士和ＢＭＷ的引擎蓋都在眼底。腳下的綠網在風吹動之下，就好像有生命的東西一樣翻動著。

鮫島睜大了眼睛。賓士車身旁跟ＢＭＷ相反的那一側，面向建築物側邊，有個黑色物體。

深藍色的車體，反射著白色和紅色的霓虹招牌。就在那旁邊，有一團類似黑色垃圾袋的物體。

睜大眼睛看了一會兒，慢慢可以看出白色的手和臉。

鮫島縮回頭，看著背後。從屋頂上望去，光線集中在往大久保車站的方向。再過去的夜空是褪了色的藍，那是新宿的街道。

他拿著手電筒仔細照著屋頂的地面，除了可能是工程使用的木片之外，連一點菸蒂都沒有掉下。

現在鮫島知道，自己完全跳進了圈套當中。

下了樓梯，回到地面。當他繞到賓士車旁時，沒有鳴警笛只亮著紅色警示燈的警車，正好從工地現場入口開進來，刺眼的頭燈照在他身上。

剛好現在到達。

車燈讓他確認了橫躺在地上，頭部染血的男人長相。

是三森。巡警下警車之前，鮫島摸了摸他的頸動脈。肌膚還有溫度，人已經斷氣。

24

鮫島在警視廳本廳一間沒有窗戶的小會議室裡。外面應該已經天亮，但他無從確認。

這間房間裡除了鮫島，另外還有三個人。其中最年輕名叫井口的警部年紀應該還是二字頭，指揮著其他兩個人。井口坐在負責記錄的巡查部長身旁，幾乎沒有說話。主要負責說話的是名叫白坂的警部補，年紀比井口稍長，大約三十出頭。

趕到小瀧橋工地現場的，是戶塚署的巡邏警車。小瀧橋剛好是各區的接界，一條路就分成新宿、中野、戶塚等各署不同的管轄。

巡邏警車接獲一一〇通報，趕往現場。

報警的電話是從公共電話打來的，內容是說該工地現場「有男人爭吵的聲音和慘叫」，通報者姓名不明。

鮫島並沒有馬上被拘留。他被現場管轄警署戶塚署要求同行，在該署接受偵訊。偵訊結束後，井口和兩個部下在外面等著鮫島，戶塚署署長站在井口等人身邊。天還沒亮就被叫醒，連被叫來的理由都還不知道，本廳二課要帶走鮫島，他也只好答應。

鮫島坐進井口等人開來的便衣警車。警車離開戶塚署之後，井口才開始自己介紹。

「我是井口芳樹警部，本廳二課。」

從年齡看來，應該是官僚沒錯。

「這兩位是白坂警部補和屋代巡查部長。」

「請指教。」

鮫島說著。握著警車方向盤的是屋代巡查部長。對話僅止於此，四個人在到達本廳之前，都沉默無語。

井口應該是接受搜查二課長直接命令的特命刑警小組長。實際的搜查由白坂和屋代負責，這兩人的報告將由井口傳達給搜查二課長。

提交給搜查二課長關於鮫島的調查內容，應該只會給刑警部長、副總監、總監這三個人看到。

鮫島心想，即使三森的死因有他殺嫌疑，一課也不會行動。

一課自課長以下全都是非官僚。雖然沒有被明確告知，但嫌犯既然是身為官僚的鮫島，非官僚就不能對鮫島出手。白坂和屋代兩個人雖然是非官僚，但一定是以頂尖成績通過升等考試的菁英。否則，也不會在二課。

當然，這兩個人都要謹守嚴格的保密義務。

簡單的說，這三個人就是負責對鮫島進行內部偵查的特命，要不然也不會這麼迅速地從戶塚署把鮫島帶回來。

井口把鮫島帶進會議室時，並沒有說到這是不是正式的偵訊。是否要留下當作紀錄，完全視今後的調查而定，井口個人並沒有作這些判斷的權限。

能夠決定的，只有刑警部長、副總監跟總監這三個人。

所以在這間會議室裡，鮫島既沒有跟律師討論的權利，如果他被當作嫌犯，在這裡連身為嫌犯應有的人權也不被承認。

「你跟三森修認識嗎？」

「認識。」

「你知道他在做什麼工作？」
「知道。」
「逮捕過他嗎？」
「沒有。」
「有想過要逮捕他嗎？」
「如果說到有沒有想過，那確實有，總有一天我會逮捕他。」
「你們為什麼認識？」
「他在我管區裡做生意，有很多機會見到面。」
「三森知道鮫島先生是新宿署防犯課的警部嗎？」
「知道。」
「你們兩個人有單獨見過面嗎？」
「沒有。」
「今天晚上是第一次？」
「今天晚上也沒見到。」
「但是你打算跟他見面？」
「對，我有事要見面跟他談。」
「談什麼？」
「我想知道，是誰對我和三森設下圈套的。」
「設下圈套是什麼意思？」
「我聽說有人要告發我，說我是個瀆職警官。」

「麻煩您再更具體地說明一些。」

白坂面無表情，但口氣很客氣。

「有條情報流出來，說警視廳新宿警察署裡，有個警部被贓物買賣商收買。」

「署裡還有其他警部嗎？」

「負責贓物買賣商的只有三名，刑警課長、防犯課長，還有我。」

「您為什麼覺得是自己呢？」

這話問得很巧妙。如果回答，因為特命注意到自己，那麼就不得不說情報來自哪裡。

「因為我在考慮調查三森。」

「什麼樣的調查？。」

鮫島深深吸了一口氣。如果把桃井和瀧澤放在天平上，瀧澤要來得輕。

「我有個朋友是東京國稅局的查稅官，他正在追查跟三森有關的逃稅案件。」

「請詳細告訴我們。」

鮫島說出被瀧澤叫出，要求幫助辨識三森，一起在飯店大廳等候的那件事。

「那時候您有跟三森交談嗎？」

「沒有，我想要是被發現不太好，所以沒有跟他打招呼。」

「這很不尋常吧。」

「不尋常？」

「因為查稅部通常不相信警察。」

「瀧澤也一樣。所以我告訴他，他要是不說出自己的目標，我不會幫忙。」

「瀧澤先生隸屬哪裡？」

「東京國稅局，查稅部，第五。」

「這件事讓您想到跟三森談交易嗎？」

「為什麼要這麼做？」

「如果透露查稅的情報，三森就算欠了一份情。」

「瀧澤的目標不是三森，而是秋葉原的電腦批發商。而且，我也不曾欠贓物買賣商人情。」

「那欠過誰的？」

「誰都沒有，對管區裡的任何人，都從來沒有過相欠的關係。」

「您曾經從三森那裡收過什麼東西嗎？」

「從來沒有。」

「除了現金以外，比方說啤酒券或者高爾夫會員證等等？」

「沒有。」

「您對三森開始進行具體搜查了嗎？」

「還沒有，瀧澤要我先等他們進行強制搜索。」

「您答應了？」

「答應了，因為這是讓瀧澤透露他目標的條件。」

白坂突然改變了提問的方向。

「被收買的警部人在新宿署，這條情報是哪裡來的？」

「本廳。」

「本廳的誰？」

「我不能說。」

「為什麼？」

「會給那個人添麻煩。」

「難道不是因為您知道有可能接受內部偵查嗎？其實根本沒聽說這種情報吧？」

「不，在聽到這條消息之前，我從沒想過有可能接受內部偵查。」

「聽到之後才想到的？」

「當然，眼前不是有你們在嗎。」

「所以你認為我們在進行內部偵查？」

「否則怎麼可能那麼快出現在戶塚署，戶塚署並沒有把我當作嫌犯對待。」

「什麼嫌犯？」

「殺人，三森修的命案。」

井口和白坂離開會議室，留下屋代和鮫島，他們兩個誰也沒開口。

白坂終於一個人回來，對屋代點點頭。屋代站了起來，走出去。

「有菸嗎？」

白坂從灰色上衣中拿出一包新的七星，說，

「請用，我剛買的。」

鮫島道了謝接過。自己的菸放在ＢＭＷ裡。

白坂個子高，肩膀也很寬，四方形的臉上戴著金屬框的眼鏡。

白坂坐在沒有使用的桌上，鬆了鬆領帶。

「你不抽嗎？」
開封的鮫島問道，白坂微微一笑。
「戒了，現在本廳流行戒菸運動。」
就這樣，他什麼也沒說，只是看著牆壁。
鮫島點了火。
「上面很頭痛呢。」
白坂突然開口，鮫島看著白坂。
「他們不知道，警部到底是不是真的做了。」
「你說三森？」
「嗯。」
「你覺得呢？」
「如果是會被錢收買的人，那在從本廳被丟到轄區警署時，應該就不想當警察了吧。」
「為什麼這麼想？」
「因為喜歡警察的工作，所以才沒有辭，不是嗎？」
「沒錯。」
「喜歡就表示你以此為榮，所以我認為你沒有被收買。」
「殺人呢？。」
「如果三森就是密告鮫島先生瀆職的人——那麼是有可能。」
「因為太生氣，所以我就殺了他？」
「嗯。」

「原來如此。」

「當然，還有一種最糟的版本。鮫島先生被收買，知道內部偵查即將開始，所以想滅了三森的嘴。」

「上面覺得是哪一種？」

「這我不知道。」

「會選擇他們想要的那一種版本吧。」

白坂看著鮫島，兩個人短暫地相視，先挪開視線的是白坂。

「太不小心了。」

他淡淡地說。

「你說我去見三森的事？還是殺了他這件事？」

「其中之一吧。」

鮫島在白坂身上沒有感覺到對自己的惡意，甚至可能還有些善意。不過話雖如此，高層對鮫島所作出的判斷，跟白坂一點關係都沒有。就這一點來說，位於白坂上層的井口應該也是一樣。

鮫島凝視著白坂的側臉，白坂回看了鮫島。

「我沒有做。」

鮫島安靜地說。白坂的表情沒有變，他反問鮫島。

「這是圈套？」

「沒錯。」

「誰的圈套？」

「不知道。」

白坂移開了視線，他的眼睛裡存在著答案。他在告訴鮫島，沒有機會。

「三森的死因呢？」

「鑑識判斷是墜樓死亡，還在等司法解剖的結果。」

有人輕敲了會議室的門。井口露出臉來，對白坂點點頭。白坂無言地離開。交替著進來的井口坐在鮫島對面。

鮫島看著對方的臉心想，這怎麼看都是個官僚。膚色白皙，臉型細長，看來不像警官，連西裝打扮都還不太適應，生嫩的感覺幾乎像個大學生。年紀大概二十六、七吧，這個年齡一定不知道鮫島「下放」到新宿署的理由。

井口輕聲乾咳了幾下，看來並不緊張。習慣被尊敬、重視的官僚警察官，只要身在警察機關裡，就不會緊張，緊張的永遠只有非官僚。

「您有考慮退職嗎？」

井口問。

「為了什麼理由？」

「什麼理由都好，比方說個人因素也可以。」

鮫島稍微想了想，回答，

「沒有。」

「方便讓我們調查府上嗎？」

「請便。」

「跟您借用鑰匙。」

鮫島拿出鑰匙圈。

「我會怎麼樣？」

「請在廳舍裡再待一陣子，最好就留在這裡。」

「要睡覺的話呢？」

「請在這裡睡。」

「想出去走走的話呢？」

「屋代巡查部長會跟您一起去。」

過了中午。除了上洗手間之外，鮫島一步都沒有離開會議室，始終在裡面待著。在這期間，都由屋代陪著他。

屋代的頭髮很短，看來很像是一課的刑警。雖然身材微胖，但還是很有男子氣概，不太說話，他似乎特別小心盡量不要跟鮫島說話。

鮫島被帶到本廳已經超過十二小時。在這當中有三十分鐘左右，他坐在椅子上睡了一會兒，上午九點和下午一點時各送來一次餐點。

下午五點二十分，井口和白坂回到會議室。

「鑰匙還給您。」

井口把鑰匙圈還給鮫島，並沒有提到是否沒收了任何東西。

「六點時藤丸警視監會過來。」

說完，井口便和白坂走出去。藤丸警視監是刑警部長，鮫島一年前在新宿署警官連續殺人案中，曾經在指揮特別搜查本部的藤丸手下工作過。

藤丸有策士之稱，在從前公安部的暗鬥中，也沒有明確表態支持哪一方。
六點了。屋代似乎看時間到了，刻意離開會議室，剩下鮫島一個人。
有人敲了門，打開。鮫島站起來，藤丸刑警部長一個人進來。
「坐吧。」
鮫島坐下。藤丸拉過椅子坐在桌前，雙手在桌上交握成一個拳頭。
「我聽說你沒有退職的意思？」
「沒有，我從沒做過任何逾越警察倫理的行為。」
藤丸無言地點點頭。他年紀應該已經五十好幾，不過頭髮還是依然漆黑茂密。跟體型比起來臉偏大，也因此給人矮胖的印象。
「也有不少警官因為行事輕率，而不得不離職的。」
藤丸說。
鮫島看著藤丸。
「跟三森見面，是你要求的，這也可以判斷為輕率的行動。」
「我必須知道是誰設下的圈套。」
「你難道不覺得沒有必要一個人去見他嗎？」
「如果請別人跟我同行，有可能給對方帶來麻煩的。」
「剛剛我跟桃井警部終於聯絡上，就在井口警部正要對你進行偵訊的時候。」
「您說終於，是什麼意思？」
「他好像出差去了，我也不清楚去哪裡。」
鮫島點點頭。

「你知道嗎？」
「不，不清楚。」
藤丸縮回下巴，點點頭。沉默了一下子，又開口說，
「大家都知道你是個優秀的警察。不過，這跟警察組織整體的紀律，是兩回事。」
「是的。」
「現在你還沒有殺人的嫌疑。但是，你處於可能涉嫌的狀況，這也是事實。」
「是的。」
「這就是所謂的行事輕率，你不認為嗎？」
「您說得很對。」
「你好像說過，有人對你設下了圈套？」
「對。」
「你認為這個人在警察組織內部嗎？」
「不。」
「是外面的人？」
「對。」
藤丸盯著鮫島，表情很嚴肅，他粗厚眉毛下的大眼睛瞪著鮫島的臉。
「如果……」
藤丸頓了一頓。
「如果你是個瀆職警官，那反而沒有問題。如果你是個素行有問題，一看就知道是個會被收買的人的話……」

藤丸的眼睛有一瞬間浮現苦笑般的表情。

「公安部或許很樂見你退職。那是你以前待過的地方，不過看來你在那裡並不受歡迎。可是，我想那些傢伙應該也不相信你會被收買。」

藤丸伸手進上衣口袋，掏出香菸點了火。他深深吸了一口菸。

「現在有一個內部的問題，跟一個外部的問題。內部的問題，就是三森修的死亡要不要以他殺事件交給一課處理。如果讓一課處理，就需要有你絕對跟事件無關的證據，可是目前還沒有這樣的證據。這麼一來，就必須由二課來處理。我們不可能讓一個有殺人嫌疑的人繼續當警視廳幹部警官，而裝作不知道。」

鮫島感覺到心逐漸冷卻。雖然早有覺悟，身為警察的人生，似乎要在此中斷了。

「有人認為，只要你還是警官，就不能成為一課的搜查對象。」

「不管是不是警官，只要是殺人嫌犯，都應該搜查。」

鮫島低聲說。

「——就算是官僚警官也一樣。」

「你說得沒錯。不過，還有一個外部的問題。不，這其實也算是內部的問題。」

鮫島看著藤丸。

「假設你既不是殺人犯也不是被收買的警官，就如同你說的，你是被人設下了圈套。不管事實如何，你在法律上到底有沒有罪，會交由法院來判斷。可是在你被起訴的那一刻起，警視廳就會罷免你。也就是說你個人失去了警官的工作，警視廳也失去了一名警官。這是怎麼回事你懂嗎？」

鮫島沒有說話，他不知道藤丸想表達什麼。

「不管你有罪或無罪，警視廳都會失去一位警官。而這並不是警官的錯，也不是警視廳的錯，都是因為那第三者所設下的卑鄙圈套，不過這些都是假設。」

鮫島吐了一口氣。

「這就意味著，被設下圈套的不只是你，還有警視廳。這是相當難堪丟臉的。設計你的罪犯會拍手叫好，心想，原來還有這一招。今後要是再被囉唆的刑警盯上，還可以再用這一招。而這種不太令人欣賞的妙招，可能很快就會在罪犯之間傳開來。」

藤丸停頓了一下。

「如果有這樣的意圖，那麼絕對不能讓對方稱心如意。不管怎麼樣，企圖陷害警官入罪、影響搜查的人，絕對不能放過，一定得確實剷除才行。」

藤丸在菸灰缸裡捻熄了菸。

「我跟你第一次見面，是在新宿署的警官連續命案吧。雖然說不上是最好的辦法，但你還是逮捕了犯人，那個時候我們也被逼到同樣的狀況。」

「警察的威信，是嗎？」

「對，你和我對警察、警官的想法，或許不太一樣。如果有一百個警官，或許就會有一百種想法吧。這個國家的警察可能還需要一點時間，來接受這所有不同的看法。不過，就算有一百種想法，其中萬萬不可以有的，就是讓罪犯對警察宣告勝利。就算暫時讓對方有逃亡喘息的時間，最後也一定要抓到才行。犯罪的基本在於預防，萬一不幸真的有人犯下了罪行，絕對要找出犯人，找出真正的犯人。這跟判決的結果，是不同的問題。」

「很多人都認為，警官被殺，是對警察機構的重大挑戰。」

「你知道這是為什麼嗎？」

「因為社會多半認為，不管警官是一個人還是多數人，都代表著警察機構本身。只要警官代表著警察機構，哪怕只有一個警官要面對一百個罪犯，警官也非贏不可。」

「一點也沒錯。不管你是怎麼想的，社會上的人就是這樣看待警察的。我們會把這種想法解讀為『信賴』，有了信賴就可以預防犯罪。」

「就是要讓大家認為，不可能勝過警察，是嗎？」

「你不同意嗎？」

「不是。但是這種想法的成立，必須建立在警察絕對不會犯錯的前提上。但是錯誤——是會發生的。因為我認為，警官也是人。」

藤丸很爽快地點了頭。

「你的想法沒有錯。但是如果把警官視為一般人，這和對警察的絕對信賴，就無法兩立。」

「站在官方的立場，您也認同這一點嗎？」

「所以我們才會經常把『不懈努力』掛在嘴上。」

鮫島吸了一口氣。藤丸表情一變，對他宣告了處置。

「關於這個案子，繼續由搜查二課調查一陣子。可能等到跟你有關的結論出來，再決定是不是要轉到一課處理，大概需要個兩、三天吧。」

「在這期間我會受到什麼處置？」

「停止你司法警察職員的職務權限，不執行拘留，就這樣。」

25

晚上八點多，鮫島回到住處，房間裡亂七八糟。井口和白坂剛來這裡搜索過。但鮫島完全無心整理，點起暖爐的火後，便躺在床鋪上。

看看電話。跟三森對話的錄音帶，已經被井口等人帶走。沒有放進新的錄音帶，所以電話留言沒有啟動。

他並不是沒想過，會以這種形式告別警察生涯。現在還不知道結果會如何。而且刑警部長和特命刑警們對鮫島的態度，竟然意外地帶著善意。

但是，鮫島很清楚，自己已經落入一個難以抽身的泥淖當中。假使三森之死是他殺——

應該確實是他殺沒錯——

警方若不逮捕嫌犯，就無法結案。三森之死跟新宿署有瀆職警官那樁密告不可能沒有關聯，而且如果警察對這次事件沒有採取任何處置，下次密告的對象就不會是警察，而是新聞媒體了。到時不管鮫島有罪無罪，都可能避不了「警察組織企圖隱瞞瀆職警官殺人事實」這樣的風評了。

警察幹部最害怕的，其實就是這種謠言。這會讓民眾對警察整體的信賴度降低，就結果來說，不管鮫島有罪無罪，都必須有某個幹部出來承擔責任。其實最希望鮫島無罪的，就是這些幹部們。只要能逮捕真兇，證明關於鮫島的密告都是空穴來風的謠傳，三森命案也是有計畫的策略，那就沒有任何幹部需要負責。

但是，目前連設下圈套的人物都無法鎖定的狀況下，這麼做相當困難。而且，還必須在媒體接到下次密告之前，抓到真兇才行。

比起這疑點本身到底是不是事實，更重要的是，必須有人對疑點的存在負起責任。產生疑點的那一刻，鮫島就會失去工作。姑且不論判決結果如何，他被逮捕的可能性都很高。要是不這麼做，警察就無法對社會宣示組織的「公義」和「自清」。不僅如此，警視廳裡還可能有人因此丟了官位。在新宿署裡，首當其衝的就是桃井和署長。

鮫島讓跟事件毫無關係的人，面臨著失去工作的危機。

他睡不著，也沒吃晚餐。不過既不睏也不餓，只覺得身體很重，做什麼都覺得麻煩。

電話響了，九點剛過幾分。

「喂。」

鮫島拿起話筒，是桃井。

「是我，發生什麼事了？」

桃井的聲音聽來很沉穩。

他想必接受了相當嚴厲的問訊，但是從他的話裡一點都聽不出這種跡象。

「我犯下了輕率的失誤，可能會給課長和署長帶來很大的麻煩。」

「我無所謂，署長他——雖然不至於哭天搶地，不過也差不多了。」

「您現在在哪裡？」

「署裡。」

「我過去找您吧。」

「不，你現在最好不要到署裡來。」

桃井很平靜地說，這說明了署長有多麼慌張。

「可是您在外面跟我見面很危險。」
「你現在是什麼狀況？」
「停止職務權限。」
「這些通知還沒有到我這裡來。」
「櫻田門有一群人也很緊張。」
「原來如此，之前見面的那個酒吧，你還記得嗎？」
「記得。」
「兩個小時後在那裡見面，我有話跟你說。」
「可是，您跟我見面——」
桃井打斷了鮫島的話。
「我今天去了千葉一趟，就是島岡文枝以前工作過的那間醫院，你不想聽嗎？」
「我過去。」
鮫島說完，放下話筒。
他穿了鞋，推開公寓大門。走下連接到外面道路的樓梯時，他看到一輛灰色轎車停在單行道上。
坐在前座的屋代仰頭回望著鮫島，駕駛座上是個沒見過的刑警，屋代打開門下了車。
「您要出門嗎？」
鮫島點點頭。
「去吃飯。」
屋代曖昧地點點頭。接著他深呼吸了一口氣，看著鮫島的眼睛。

「本官的任務在於接獲聯絡時，保護鮫島先生的人身安全。」
他沒有稱呼鮫島警部。
「保護？為什麼？」
「可能有媒體會出現。」
上面一定是命令他們，如果有人向報社密告，不要讓鮫島出現在媒體前，馬上把人帶離現場。
「我知道了。」
「您什麼時候回來？」
「可能會很晚。」
屋代猶豫了一下。
「——我輪值到午夜一點。」
「我不確定在那之前能不能回來。」
屋代很猶豫。萬一鮫島回來之前媒體就跑來，那屋代的警察經歷就會在此畫下句點。
屋代將聲音壓低。
「警部補說，鮫島先生是被陷害的，這真的是圈套嗎？」
「沒錯。」
他看著屋代的眼睛，平靜地說著。屋代深深吸了一口氣。
「您現在外出，就是為了證明這件事嗎？」
「對。」
屋代垂下眼。

「那麼……」

他用小到幾乎聽不到的聲音說。

「請暫時不要回來，這樣比較——」

「我知道了。」

「白坂警部補要我轉告您，有事隨時可以跟他聯絡。」

鮫島點點頭，屋代吐了一口氣。

「我會在車裡睡覺。」

他回到車裡，關上車門。

鮫島心想，自己真幸運，這裡也有願意相信自己的同事。

26

可能是出去做生意了吧，川崎車站後面的酒吧裡，今天晚上看不到男妓的身影。

店裡只有桃井和臉上有傷的酒保兩個人。鮫島推開門進來，酒保便說，

「我出去買點東西。」

鮫島從裡面上了鎖，坐在桃井身邊。

「喝吧，你臉上寫著需要喝酒。」

說著，桃井將加冰威士忌的杯子推過來。

「那我不客氣了。」

鮫島讓冰冷的威士忌在喉嚨深處頓了一頓，然後才送進胃裡。看到桃井的那一瞬間，讓他緊繃的情緒放鬆，手開始顫抖。

「你這表情好像差點沒命。」

「可能吧，當年可是驚險的撿回一條命。」

「現在又差點被殺了嗎？」

「是啊，只剩奄奄一息。」

「說來聽聽吧。」

桃井面向嵌著骯髒鏡面的吧檯後方酒架，鮫島開始說。桃井聽著，偶爾抽兩口菸。說完後，他閉上眼睛好一會兒，似乎在整裡腦中的思緒。

他終於開了口。

「在你到達現場的時候，三森已經死了是嗎？」
「我覺得應該是在我到了之後不久。可是，如果他是被推落的，我也沒看到犯人。」
「剛好錯過了嗎？」
「很可能。」
「你沒有想到三森可能在那裡被殺的可能？」
「嗯，不過——」
「不過什麼？」
「他雖然沒有表現出害怕的樣子，但是我想，三森心裡確實有某些不安。」
「三森身上的東西呢？」
「屍體附近什麼也沒有，車裡我沒有時間看。」
「不管把三森推落的是誰，都不可能是素未謀面的人。也就是說，三森打電話給你的時候，已經被跟蹤或者被威脅了。」
「聽起來不像被威脅的樣子。」
「那確實是三森的聲音沒錯吧？」
「我沒有跟他講過電話，所以也沒有十足把握。」
「三森當時說，他不是一個人是嗎？」
「對，他說過，好像正在送誰回去。」
「三森有沒有可能跟設圈套陷害你的人是同夥？」
「不知道。可是，如果是同夥，沒有注意到自己被當作犧牲品，也未免太奇怪了。」
「如果對方殺了三森，不只是為了陷害你呢？」

「您是說，可能還有其他的目的？」
「比方說，同夥間產生了糾紛，想要滅口，所以才用了這一石二鳥之計。」
「也就是三森可能牽扯到跟『釜石診所』相關的不法行為。」
「沒錯。」
「這麼說來，殺了他的人，是想要湮滅三森工作裡跟自己相關的痕跡。」
「應該不難吧，三森這個人做事情原本就不太留下證據。」
「三森的巢穴——」
「那就交給二課吧。」
桃井制止他。
「更重要的是，在三森被殺之前，到底是誰跟他在一起？」
「我沒聽到任何聲音。」
「如果三森比你早到達現場，就表示他在離現場小瀧橋不遠的地方，就把對方放下來了。」
「或者，沒有放對方下來。」
「為什麼？」
「他聽到我跟三森談話的內容，表示要陪同。」
「為什麼？」
「不知道。」
「如果那個人說要在小瀧橋殺了你，三森會有什麼反應？」
「會嚇壞吧，三森不會蠢到想殺刑警。他說不定會很生氣，要對方別把自己牽扯進來。」

「指定地點的是三森吧？」

「對……」

說完，鮫島又想了想。

「怎麼了？」

「其實他總共打了兩通電話來。好像是從車裡打的，第一次雜訊很強。然後他說要進隧道，先掛了一次。」

「第二次呢？」

「沒隔多久就打來了，不過聲音很清楚。」

「無論如何，三森打電話來的時候，都離小瀧橋現場不遠。」

「對，他指定見面地點是在第二通電話裡。」

「如果三森身邊的那個人是犯人，他可能是在第一通電話掛掉之後，告訴三森那棟大樓。」

「對了，我問他是不是熟人的大樓，他說，算是吧。」

「這件事二課知道嗎？」

「他們把錄下對話的錄音帶帶走了，我告訴他們錄了音。」

桃井點點頭。

「好，很好，那實際上你是幾分鐘後到達的？」

「十八分鐘。」

「從七樓下到地面上，花了多少時間？」

「那裡不好走，所以應該花了五分多鐘。」

「這麼說，再加上你爬上去的時間，表示三森在打完電話五、六分鐘後就到了現場。」

「不過，這只計算了單純爬上去再爬下來的時間，所以——」

鮫島看著桃井。

「第二通電話的時候，他人已經在現場了？」

「對。」

「可是他卻告訴你，待會要送人，這是為什麼？」

「表示那個地方離現場相當近。三森沒有理由說謊，如果他打算跟犯人一起埋伏偷襲我，大可一開始就說自己是一個人。」

「小瀧橋那附近由好幾個警署管轄吧？」

鮫島點點頭。

「對，這附近剛好是跟中野區的接界——」

鮫島停頓了一下。那裡跟「釜石診所」直線距離相隔不到一公里，在那個時段只要兩、三分鐘就足以來回。

「三森本來打算先經過小瀧橋，把身邊的人送回去。可是那個人說，沒有這個必要。可能是告訴三森距離很近，自己可以用走的之類的吧。三森並不想讓那個人參加他的談話，所以他在現場附近讓那個人下了車。接著三森停下車，爬上七樓。打算從上面往下看，等著你來，可能是想確認你是不是真的一個人來。」

鮫島點點頭。

「大樓周圍包覆著防護網，所以不爬上屋頂是看不清楚周圍狀況的。」

「下了車的人假裝離開現場，其實跟在三森後面上了屋頂，然後將他推落。」

「犯人應該是在旁邊聽到三森跟我約定見面的經過。心想，自己設下的圈套可能因此曝光，決定解決掉三森。」

「而你在不知情的狀況下，隨後出現在現場。」

「我從野方家裡開車來。如果犯人往『釜石診所』的方向走去，我是不會注意到的。」

桃井深深吸了一口氣，把右手伸進上衣裡，拿出老花眼鏡打開筆記本。

「島岡文枝在二十二年前曾經因為業務上過失傷害嫌疑而送檢過。」

「二十二年前嗎？」

「對，當時文枝在千葉縣一間私立醫院的洗腎中心工作。」

鮫島點起菸，桃井透過老花眼鏡看著筆記本上的文字說道，

「洗腎中心裡有一個名叫須藤茜的十四歲少女，是文枝負責的病患。須藤茜有先天性腎功能障礙，住院之前症狀出現惡化。醫院勸她進行腎臟移植手術，開始找捐贈者，也就是能提供腎臟的人。」

「能拿到這些紀錄還真有兩下子。」

聽到鮫島這麼說，桃井從鏡面後方挑著眼看了他，微笑著。

「搜查的方法不只一種。」

接著他的視線再次回到筆記本上。

「須藤茜的雙親因為血型等其他理由，不適合做為捐贈者。檢查結果出來的幾天後，須藤茜的母親帶了一個比茜小一歲的少女到醫院來。少女是須藤茜阿姨的女兒，已經同意捐贈器官。未成年者成為器官捐贈者需要許多手續，這個少女因為雙親去向不明，須藤茜的雙親

正在辦理收養少女當養女的手續。聽說這孩子原生家庭環境問題很多，根據當時民生委員的紀錄，她父親下落不明，母親酒精中毒，母親還因為賣春有被逮捕的前科。

總之，他們決定先讓少女住院，接受適性檢查。檢查結果發現她適合做為捐贈者，醫師們決定動移植手術。聽說這兩個少女不僅適合器官移植，外表也相似得驚人。」

「移植手術進行了嗎？」

鮫島問。須藤茜這個名字似曾相識，但是他想不起來究竟在哪裡聽過。

桃井搖搖頭。

「後來沒有動手術。預計動手術的前一天，島岡文枝跟須藤茜到醫院外散步，須藤茜坐在輪椅上。醫院附近有一條很長的坡道，兩人快要到達坡道上方時，有一台大卡車從旁開過，撞到島岡文枝。文枝因而跌倒，輪椅滑落到坡道下方，須藤茜無法停住輪椅，滾到坡道下停止後，又被其他卡車撞上，頭部受到強烈撞擊失去意識。雖然保住一命，可是卻成了植物人，陷入昏睡狀態，後來從那間醫院轉到其他醫院，現在在山梨縣的一間特殊醫院裡。知道女孩變成植物人的雙親，放棄了動移植手術的念頭。」

「文枝呢？」

「卡車司機不承認自己撞到文枝，可是文枝身上確實有跌倒時受的擦傷。那次事件後，文枝辭去醫院的工作，不知去向。」

「那另一個少女呢？」

「在女孩成為植物人後，須藤茜的雙親轉而把關愛投注在她身上。不過父親在十一年前、母親在九年前雙雙死亡。父親經營著一間小不動產公司，最後被收養的少女繼承了所有遺產，但是現在也下落不明。聽說曾經結過一次婚，丈夫也死了，之後就沒有消息。」

「她叫什麼名字？」

「你說被收養的少女嗎？戶籍上叫須藤綾香，舊姓藤崎，藤崎綾香。」

27

「靛藍色」招牌的燈光已經消失，但是嵌在門上的玻璃卻很明亮。

鮫島推開門，再幾分就半夜一點了。

「歡迎光臨。」

人在吧檯內側，跟坐在對面看似年輕夫婦的一男一女談笑的入江藍抬頭看著鮫島。她身穿棉質鮮黃色連身裙，裡面搭著黑色背心，宛如春天早一步來臨的裝扮。

店裡沒看到弟弟浩司和美香代。

「那我們先走了——」

男人說到，兩人站起身來，吧檯上放著兩杯很淡的威士忌加水。

藍那邊放的是球形的白蘭地杯。

年輕夫婦結完帳離開後，藍從店裡拉下遮簾，鮫島站在吧檯邊。

「這麼晚來打擾，很不好意思，我不會耽誤太久的。」

「不要緊的。浩司跟朋友去滑雪，我正好悶得慌，坐啊。」

藍用她嘶啞的聲音說道，穿過吧檯的彈簧門，再次坐在內側。

「美香代呢？」

「跟浩司一起去了。她好像不會滑雪，不過去了也可以放鬆一下心情。她男朋友那邊還是沒有消息？」

鮫島點點頭，拉開藍對面的椅子。

住宅區正中央罕有的小店周圍，相當安靜。
藍看著鮫島的臉。
「你看起來好像很累呢，要不要喝一杯？」
她舉起馬爹利的酒瓶。
「白蘭地嗎？」
「我請客，我看你這個人應該也是不到天亮就睡不著吧。」
說著，藍在杯裡倒進白蘭地。
「妳白天也開店，這樣身體怎麼吃得消啊？」
「我很耐操的，這一點濱倉也很受不了。其實就算他不工作，我要養他也是輕而易舉。」
藍笑著。
「這間店是妳的——？」
「對，是我自己的，我喜歡工作。濱倉從來沒有要求我工作，他說，我大可去打打高爾夫什麼的，做些自己喜歡的事。」
「妳這種女人很少見。」
藍伸手去拿玻璃杯。一瞬間，眼睛裡多了份銳利。
「只有被我看上的人才這樣。」
「姑且不管他做的是什麼樣的生意，他的確不是個壞男人。」
「他很清楚怎麼對付女人，簡直是天才。」
「很受歡迎吧。」

「應該吧。一般的玩家，如果有十個女人，頂多只能釣到六、七人，剩下三個人絕對不可能到手。有時候兩個人就是完全搭不起來嘛，所以再怎麼想方設法對方也不上勾。可是濱倉不一樣，他不會勉強人，但也不會死皮賴臉地求人。他總是安靜地待在一旁，不會給對方帶來負擔，很少有人像他這樣。不管上不上床，他絕對不會被女孩子討厭。雖然不是同性戀，可是他在精神上可以了解女人的生理。女人啊，即使一直都討厭這個人，有時候某一個瞬間也會希望跟對方上床。這種時候，他一定會在身邊，你懂嗎？」

「不懂。」鮫島說著，他啜了一口白蘭地，既甜又燙。

「我想也是，女人還會想跟他道謝，謝謝他跟自己上床呢。我想他手下的小姐一定都沒跟他睡過，可是每個人多少都愛著他。」

藍輕柔的話語隨著氣息吐出。

「所以妳才照顧她們嗎？」

藍瞥了鮫島一眼。

「因為她們很可愛啊，會愛上那傢伙的女孩們。」

「像老媽一樣。」

藍想了想，點點頭。

「可能吧，大概就是因為這樣跟他分手的。那傢伙不可能被人討厭，除非真的有很嚴重的事，要不然不可能有人懷恨修理他，沒想到他竟然會被殺……」

「其實當我聽到他的死訊時，心裡也這麼想。」

「他好像很相信你。」

「是嗎？我跟他連酒都沒喝過。」

「我看得出來。你知道，那傢伙很膽小的，所以他知道什麼樣的人可能會傷害自己，不管是男還是女。」

鮫島沒有說話。

「看你女朋友也知道。那孩子如果愛上一個人，就是愛他原本的樣子。看到她我就想，原來現在還有這種不輕易妥協的女孩子。」

「所以我才這麼辛苦啊。」

「少來了。」

藍笑了。

「你最近沒跟她見面吧？」

「這兩、三天。」

「有好一陣子見不到吧。」

「是啊。」

「所以吧，其實你希望一直跟她在一起的吧。」

「愛上一個人，不就是這麼回事嗎？」

鮫島發現，跟藍說話的時候，不知不覺變得很誠實。

「要看愛人的方法，老是那樣是吃不消的。」

「連妳這麼堅強的女人也是嗎？」

「因為我不在戀愛這件事上浪費精力，所以可以在每天的生活裡這麼耐操啊。」

藍從喉嚨深處發出笑聲。這一瞬間鮫島知道，從今以後，藍的生命裡再也不會出現其他讓她比濱倉更深愛的男人。聽到濱倉死訊時，她心裡該有多悲傷。

「關於客人那件事——」

「你說跟美軍有沒有關係那件事吧？我問了。大家都說沒有，不是說沒有外國客人，但好像沒有可能跟軍方扯上關係的人，多半都是有頭有臉的企業家。」

鮫島點點頭。

「須藤茜這個名字，妳聽說過嗎？或者是藤崎綾香。」

「須藤茜跟我這種人是不同的世界，藤崎我就沒聽過了。」

鮫島一時沒聽懂藍的話。

「妳說不同的世界，是什麼意思？」

「你說的不是那家新宿的美容診所嗎？」

聽到這句話的瞬間，鮫島腦中的記憶亮起了刺眼的閃光。

在新宿飯店最後一次跟濱倉見面時，當時曾經問起光塚的事。

高攀、須藤茜美容診所、入會金三百萬。

「原來是這樣……」

鮫島閉起眼睛，彷彿呻吟般地唸著。

可是，須藤茜不是變成植物人了嗎？難道她甦醒了？或者是其他人用了須藤茜的名字？

這絕不可能是巧合。這個圈套一定有熟悉警察的人參與其中。密告對象是監察理事官，就證明了這一點。果然是光塚沒錯，原本找不到光塚跟「釜石診所」之間的關係。

現在有了，須藤茜和島岡文枝。

必須查出須藤茜的真面目，而能夠給自己這個答案的人，只有一個。

那就是瀧澤。

28

文枝站在通勤尖峰時段人潮洶湧的月台最邊緣，因為站在這裡，可以看見所有穿過剪票口爬上樓梯的乘客。

前天晚上開始，她幾乎沒有睡，頭很痛。冬天刺眼的朝陽照到眼睛深處時，頭痛就更加劇烈。但是，她沒吃鎮痛劑，因為那會讓反射神經遲鈍。而且，綾香最後還是倚賴自己，這也讓她心情亢奮。

無法看見那個小混混驚訝的表情實在很遺憾，光塚一定沒想到三森會死。

殺了三森這件事，綾香應該沒有跟光塚討論。

三森確實有點不安。聽說低溫輸送用的容器比先前多三罐，他好像覺得很懷疑。所以三森從「釜石診所」搬出輸送用罐子時，文枝才去幫忙。這是為了避免心裡起疑的三森，在途中打開罐子確認內容。

說到害怕，釜石也一樣。當他看到藏在地下保存室那個年輕人的屍體時，釜石都快要吐了。她斥責釜石，看著他支解屍體、粉碎骨頭，裝進輸送罐裡。只要一打開罐子，就會知道這並不是平常冷凍保存的胎兒組織，可是這等於已經沒有一具完整的屍體了。

綾香應該會跟香港的分公司聯絡，把這三罐當作瑕疵品，在當地處理掉。

「釜石診所」從昨天開始進入兩星期的休診，釜石搭昨天晚上的飛機到盧森堡去了。

這是最後一次出貨。透過南美的組織，偶爾還是會接到美國那邊的待貨訂單。可是暫時不能送東西出去了，南美那邊一定還會有人口販子到東南亞去吧。到泰國或菲律賓的貧窮農村，找無意間懷孕卻大了肚子的女孩，買下她們腹中的胎兒。

「釜石診所」最受好評的，除了保存和運送技術之外，還有不需要特地空運這些出生在東南亞地區嬰兒的便利性。

將出生後沒多久的嬰兒解體、取出必要內臟再送出，需要具備有經驗的美容師和衛生條件妥善的醫療設備。可是在當地並沒有能提供組織協助的人和設備，所以，人口販賣組織只好讓嬰兒以「旅客」身分搭飛機，運到自己的國家。

但是，要讓多名嬰兒搭飛機旅行，不但引人注目，體力和抵抗力不夠的嬰兒也很可能死在旅途中。

即使嬰兒死了，錢還是會照付。也不乏一些賣了孩子的母親之後又反悔，想要回孩子。要是太過囉唆，組織就不得不封了這些母親的嘴。當地政府對於「懷孕中的孩子流產」或者「死產」等報告固然不怎麼重視，一旦成人女性行蹤不明或者意外死亡的事件頻傳，也不得不加強監視。

考慮到這些問題，「釜石診所」的胎兒數量雖少，卻有良好的保存狀況，而且又不用擔心追蹤調查，南美方面相當看重。另外還有一個優點，來自日本的這些貨品，幾乎不用擔心胎兒感染疾病。

不過，這一切都即將結束了。綾香現在已經不需要為了賺錢做這些買賣了。

對綾香來說，這不但是復仇，同時也是贖罪。須藤茜，二十二年前文枝親手讓她變成植物人的少女，綾香無法移植腎臟給她，因此，這是她對全世界的茜所做的復仇和贖罪。

那孩子知道命可以用錢買來。她知道兩個生命之間，有價值的不同、價格的不同。

把生命拿去賣錢，換取費用，是為了治療這孩子在十三歲時心靈所受的傷。

第一次見面時綾香的眼睛，文枝一輩子都忘不了。

那個男人爬上了連接月台的樓梯。這是車站最擁擠的時間，而且每個人都穿得很多，抵禦清晨的寒氣。在穿著臃腫的人潮中，文枝差點就錯過了目標。在醫院見面時，他臉上有著驕傲的表情，語氣雖然有禮，但總覺得有種輕蔑人的感覺。

但是今天早上這個男人，一臉剛睡醒的起床氣，看起來跟身邊的上班族們沒什麼兩樣。深灰色的大衣下穿著西裝，兩手插在大衣口袋裡。

文枝一直躲在商店後面，看著男人快步走向排隊的行列。塗了「ＤＩＣ」的棒針，放在左手上掛的手提袋裡。既然他手放在口袋裡，看來只能從領口下手了。

男人比文枝高出十公分左右。

電車開進往市區方向的月台。

該怎麼辦？文枝一邊猶豫，一邊站到男人那行隊伍的後方。隊伍很長，男人和文枝都站在接近由市區開出的電車月台附近。

電車停下，車門打開了。隊伍解體，蜂擁推向車門。已經塞滿電車的乘客，眼光裡帶著敵意，瞪視著企圖上車的乘客。

人們互相推著、擠著，散發著無言的恨意，設法讓自己的身體擠進車廂裡。電車搭載不了月台上所有人。

門好幾次快關上，又打開，終於吞進幾乎要撐破車身的數量，然後關上。

文枝耳裡聽到男人咂舌的聲音。車廂坐滿了，短短的時間裡，文枝背後也形成了一條長龍。

對了，那不如就這樣吧，文枝心想。

男人焦躁地抖著腳，看著商店，又看看手錶。

文枝知道男人在想什麼。男人剛好回頭，就站在他身後的文枝低下頭。

因為沒搭上本來要搭的電車，想到後面的商店買點什麼。可能是報紙、雜誌，或者是飲料。不過他一定是看到背後已經排了一長列隊伍，只好放棄離開隊伍排頭的打算。

男人抖著腳。文枝轉過頭，看看軌道另一邊。

這個時間往市區的電車一輛接一輛開來，不需要著急。

這不是來了嗎？在冬天朝陽的反射下，塗成紅色的電車長長的車體，沿著彎曲軌道駛來。

男人呼地吐出一口氣。下一輛電車逐漸接近月台，文枝感覺到來自背後隊伍的壓力。電車駛進月台最邊緣。鈴聲響起，又是一陣人潮推擠。

文枝也推了男人的背。她低下頭，用肩膀推向男人肩胛骨稍下方。隊伍快要散開，每個人都爭先恐後往前衝。

往前推。用比自己被推擠的更強力道，往前用力推。只要前面出現縫隙，人們自然會踏出腳步，文枝的背中也不斷感到壓力。

更用力，還要更用力推。

文枝不斷在心裡對隊伍後面的人喊著。男人腳步踉蹌，努力找回平衡，一邊用充滿怒氣的眼神越過肩膀回頭看文枝。

文枝用力往前踏出一步，用剛剛一度收回的肩膀用力撞向男人背後。

男人眨了眨眼。那眼睛有一瞬間出現狐疑的表情，下個瞬間，則轉為驚訝。

文枝用全身的力氣撞向男人。不用雙手，只用肩膀。因為文枝突然往前移動，所以整條隊伍因此散開，許多人紛紛失去了重心往前倒。

「哇！」

男人大叫著，慌亂的腳尖踩在空中。

男人從月台掉下時，身體一邊扭曲。他先是看著文枝，接著看著正在進站，即將輾上自己的紅色車輛。

文枝眼看著男人的背落在軌道上，還反彈了一次。

接著，所有視野都被紅色車輛占據。

文枝發出慘叫時，周圍的女學生和粉領族也紛紛大聲叫著。

29

電話響起時，綾香正走出浴室。可以俯瞰夜景的窗邊，放著她剛點的戴克瑞冰沙。

她沒接電話，先用毛巾包起潮濕的頭髮，她可以猜得到電話是誰打來的。

包起毛巾的頭髮，垂在浴袍背後，綾香這才拿起話筒，床頭櫃的時鐘顯示現在剛過凌晨零點。

今天是漫長的一天。每週有一天，從開店到關店為止，綾香都會待在「須藤茜美容診所」。有很多客人，特別是出手闊綽的貴客，會特別預約這一天，來接受綾香的「個人治療」。最後一位客人離開診所時已經十點多，在那之後，她依照慣例帶診所的員工去吃飯。回到飯店才不過二十分鐘前。

「是我，有話要當面跟妳說，我現在在過去。」

光塚急切的語氣，讓綾香故意把話筒拿離耳邊聽著，果然沒錯。

「你現在在哪裡？」

「四谷，剛跟熟人見了面。」

「那你聽說了吧。」

「總之，我現在過去，可以吧？」

綾香抬起眼睛，看著窗戶。宛如巨大墓碑上停著發出紅光蟲子的都廳大樓，跟身穿浴袍的自己身影重疊著。

「——好啊，不過你快一點。我今天很累，想早點睡。」

「我飆過去。」

光塚用按捺著怒氣的聲音說，然後掛了電話。

放下話筒，綾香站在窗邊。拿起戴克瑞的杯子，送到脣邊。

這是一天當中她最喜歡的時間。她可以想像自己彷彿是個女王，俯瞰著自己君臨的天下，優雅地享受著飲料，她品嘗著從碎冰縫隙中流入口中的香甜蘭姆味。

她喜歡都會的夜景。不是從餐廳或酒吧窗口看到的景色，她想要擁有只屬於自己的都會夜景。

她從沒想過，要跟誰一起欣賞夜景。她希望是自己一個人，就一個人放鬆地盡情欣賞這景色。

坐在沙發上，交叉著雙腿。儘管是每天看慣了的景色，還是讓她出神到忘了眨眼。

自己身影的後面，是一片光的漩渦。每一個光點當中，都有一個或者兩個人，也可能是一個家族。數目加起來應該有幾萬、幾十萬吧。而這每一個人，都以為世界是以自己為中心。每一個人都只想著自己，回想著今天，想像著明天，度過現在的每一刻。

光點如此繁多，但每一點都各自獨立，各有不同的想法，以自己為中心。

一想到這裡，就覺得這個城市沒有毀滅簡直太不可思議了。每個人心裡的絕望一定都比希望來得多，比起愛情，憎恨和厭惡絕對更龐大。

她不否定愛情。不過跟憎恨還有絕望相比，愛情和希望也只不過是暫時性的存在。

會被消失、會被遺忘。

不會消失、不會被遺忘的，只有憎恨跟絕望。

背叛、被背叛。愛的那一瞬間確實存在，然後那份愛終究會結束。到時候，在自己冷透

了的心靈一角，就會有另一個自己在耳邊輕聲說道，

「歡迎回來。」

總是這樣。冰冷的心，是常存的世界。而愛和信賴，就像是兩天一夜，或者頂多三天兩夜的小旅行。

最後，總是回到同一個地方。

凝視著夜景，含了一口杯中的酒。

太美了，這個瞬間實在太動人，自己一定要徹底守護住現在這一瞬間。一定，要永遠守住。

女王不會棄城。假使女王棄城，只可能在她死的那一刻。

但綾香知道，自己決不會死。

我已經死過一次。那時候沒有死，就意味著我有比任何人強的好運。除非我覺得不再需要，否則這好運一定會始終跟著我。

房間的門鈴響了。

綾香站起來，從防盜孔往外看。

身穿喀什米爾運動式西裝外套的光塚站在門前，胸前貼著徽章。

品味極糟的男人。喀什米爾的運動式西裝外套沒什麼問題，但是都已經這把年紀了，又不是穿制服，有誰會穿繡了徽章的西裝外套。

而且還在領尖釘鈕的襯衫上打斜紋領帶，都不幹警察了，還是改不掉運動員風的打扮。

打開門，她臉上迅速換上微笑。

「很快嘛。」

「我飛車趕來的。」

說著，光塚大步踏進房間裡。

門在他背後被關上。

「坐啊。」

綾香說。

這句話打斷了環視房間的光塚，他坐在窗邊的沙發上。

「妳喝酒了嗎？」

他眼睛看著玻璃杯，問道。

「是啊，打算要睡了。」

綾香的聲音冰冷。光塚看著綾香，臉上出現疑惑的表情。

綾香毫無表情地回看他。光塚的臉上，除了剛剛浮現的疑惑之外，還有焦躁、震驚，以及後悔。

光塚深深地吸了一口氣，他鬆開領帶，從外套口袋裡掏出香菸。

點了菸之後，他像是下定決心般開口說，

「是妳叫人下手的嗎？」

「你在說什麼？」

綾香反問，在光塚對面坐下。一隻腳壓在自己身體下，兩手繞到身後，抓住纏著頭髮的毛巾。胸前敞開，光塚的視線瞬間貫注在她胸前露出的起伏。

「別裝傻了，妳以為我剛剛去見誰了。」

「誰？」

她一邊用毛巾擦著頭髮一邊說。

「我在新宿署的朋友，他在警務課，對內務很熟悉。我請他去吃了一頓牛排，才問出來的。」

「問到什麼，有趣嗎？」

光塚深深地吸了一口菸，眼睛裡閃著強烈的憤怒。

「上次說的那個鮫島，被本廳帶走了。不過不是因為收賄的嫌疑，是命案的關係人。要解決掉三森這件事，妳一個字都沒提過啊。」

「我也很驚訝啊。」

「下手的是老太婆吧。」

綾香搖搖頭。

「我不知道，我還沒跟阿姨說到話呢。」

「妳不要太過分了！」

光塚的怒氣一口氣爆發。

「那個老太婆不正常，動不動就殺人！殺掉三森有多危險，妳知道嗎？警察一定會清查被害人的周邊，萬一那件事被抖出來，妳要怎麼辦?!」

「才不會被抖出來呢，東西已經全部運走了，就在那天晚上。」

「有留下紀錄吧。」

「沒有。」

綾香很肯定地說，光塚頓時不知該怎麼接下去。

「……妳為什麼這麼有把握？」

「因為紀錄在我這裡，不對，正確地來說，應該是曾經在我這裡。」
「妳說什麼？」
光塚眨著眼，無法理解綾香所說的內容。
「那天晚上早一點的時間，我跟三森見了面。」
「見面？妳跟他見面，不是一定會透過我嗎？」
「那天晚上不一樣。就像你說的，他感覺很不安，所以我去見了他，安撫一下。」
「在見了那老太婆之後嗎？」
綾香聽得出來，這個問題是出於嫉妒。
「沒錯。」
剛開始的一小時只有兩個人。三森說，他從以前就想跟綾香上床了，他一邊吮著綾香的腳趾一邊說。
歡場老手的三森床上技巧並不差。不過，比起三森全心全意希望取悅女人的性愛，光塚那赤裸裸表現出征服慾的性愛更適合綾香。光塚總是會用手銬，從後面進入她的身體。
「那時候我把他跟我們交易所有的相關紀錄，都要來了。藉口說跟香港分公司送來的數字不合，需要確認。」
「妳相信他給的資料就是全部嗎？」
光塚的眼睛浮現了嘲笑的神色。
「當然不是，所以我馬上又安排了下一步。」
「什麼？」
「到他的住處，把所有危險的東西都帶走，處理掉了。」

「誰？那個老太婆嗎？」
「是啊。」
「妳不是說沒跟她說話嗎？」
「就只說了這件事。她有沒有殺人，電話裡也不方便問。」
「不要裝糊塗了，就算把三森跟我們相關的材料全部銷毀，妳以為警察會相信殺了三森的犯人是鮫島嗎?!」
「你不是已經準備好證明這一點的證據了嗎？」
「但是我並不想用。」
「為什麼？」
光塚用力地搖頭。
「我本來不打算一口氣解決這件事。就算要毀了鮫島，也應該慢慢一步一步來。聽好了，本廳也不是笨蛋。況且鮫島跟一般小警察也不一樣，他是官僚。官僚一旦有瀆職的嫌疑，總監以下所有的幹部都會遭殃。在事情曝光之前，一定會進行徹底的調查。所以怎麼可能在密告電話之後，去藏什麼現金呢？這簡直就是在告訴對方，這是個圈套啊。」
「那你沒有去放囉？」
「妳以為我今天為什麼要跟以前的同事見面？因為我白天到他住的地方，看到有刑警在埋伏，現在已經無法接近他的住處了。仔細想想，還好沒有輕舉妄動，因為警察一定會徹底查清這個案子的。」
綾香的神色有點動搖，光塚無法把現金藏在鮫島住處，倒是意料之外的發展。
「仔細想想，我也太大意了。就算放了錢，上面沒有他的指紋，也無法證明其中的關係。」

「應該用匯款的，查出鮫島的帳號，匯到他戶頭裡。」

「已經太遲了。」

「那現在已經不能阻止鮫島了嗎？」

「不。」

「什麼意思？」

「他已經完了。接到一一〇通報的巡警，看到他在屍體旁邊。不管怎麼看，頭號嫌犯都是他。只要把這些消息洩漏給媒體，馬上可以整死他。」

「那簡單，馬上處理吧。」

「就算是這樣——」

「又怎麼了？」

「鮫島確實完了。可是，警察為了證明鮫島不是犯人，一定也會全力搜查。即使毀了鮫島一個人，也不能完全消除警方對那間醫院的懷疑。」

「因為上次那個查稅官？」

「那也有關係。」

說了之後，光塚注意到綾香的表情。

「妳、妳該不會——」

「阿姨說過，刑警跟查稅官好像認識。」

光塚睜大了眼睛，吐了一口氣。

「不會吧……」

他的聲音變成低喃。

「不是說好那邊交給阿姨去處理嗎？」

「開什麼玩笑，那個老太婆遲早會出紕漏的……到時候——」

「你不用擔心她，如果要把我抖出來，她寧可自殺吧。」

「妳這麼有把握？」

「對。」

光塚搖搖頭。

「妳們兩個，到底在想什麼？妳們該不會是母女吧？」

綾香微笑著。

「前世說不定真的是吧。」

「前世？去妳的，我開始想喝酒了。」

「離開之後你愛喝多少就可以喝多少。」

光塚挑著眼看綾香。

「妳是說不讓我在這裡喝？」

「先別說這個，你說新聞的消息，要怎麼洩漏出去好？」

「就說有椿命案，嫌犯可能是現任警官，但是警察卻沒有發布，光是這樣上面的人就會嚇得坐不穩。」

「那發出去以後會怎麼樣？」

「總之，鮫島一定會被免職，接著才會進行搜查。」

「那還有什麼要擔心的？」

「等等。」

光塚閉上眼，他需要想一想。

「屍體處理掉了，查稅官也死了。媽的，醫生人呢？」

「他不在日本，暫時不會回來。」

「既然這樣，只要三森這條線沒有走漏，剩下的就只有那個老太婆了。」

「我不是說了嗎？她不會有問題的。」

「可是那個老太婆要是有個萬一，妳就會同歸於盡的。」

「你還在懷疑她？」

光塚深深吸了一口氣，像是下了某種決心。

「我愛妳，但是妳並不愛我——」

「現在幹嘛說這個？」

「不，妳先等等。妳是個不會愛上任何人的女人，可能就是因為這樣，我才會愛上妳。就算妳跟三森上床，我也不會驚訝。問題是，不可能愛上任何人的妳，只有對那個老太婆無條件的信任。我不是在嫉妒。如果妳毀了，我也一樣完了。妳懂嗎？所以這些話我非說不可。」

「那你希望我怎麼做？」

綾香內心對光塚出奇的冷靜感到吃驚，問著。

「那個老太婆所做的事，毫無疑問是往十三層階梯⑦上爬。跟醫生一樣，應該讓她走遠一點。」

「不可能。」

綾香搖搖頭。

「為什麼？」

「她所做的一切，全都是為了我。要是我背叛了她，要是她有一丁點覺得我背叛了她，你覺得她會怎麼樣？」

光塚感到一陣發涼，閉上了嘴。

「她就像是一把刀，現在我可以握著她的柄。可是，只要她對我的態度稍微有點失望，就會把刀刃轉過來，手指會被切斷的。」

光塚的臉上沒了表情。

「看來只有解決掉她了。」

「如果你真的認為她危險的話。」

「妳真是個可怕的人。」

「為什麼？」

「妳把我撿回來，讓我有現在的派頭。我本來以為，那都是為了我以往做過的工作。不過，其實不是的。」

「我很感謝你，而且我也喜歡你，真的，我最喜歡你了。」

光塚閉上眼睛，幾乎在呻吟。

「我知道。可是，當妳把我撿回來的時候，一開始只是想當作對那個老太婆的防波堤。萬一老太婆不受控制，我就會讓她閉嘴，妳是這樣想的吧？」

❼西方登上絞刑台的階梯俗稱十三級階梯，典故出自「最後的晚餐」的出席者有十三人。

「夠了，別這麼說。」

「這又有什麼辦法呢？我只能這麼做，我一定會去做的。」

「為什麼？」

「為什麼？」

光塚重複著綾香的話，睜開了眼睛。

「為什麼呢？因為愛上了，因為想讓妳快樂，都是吧。」

「逃走不就得了。你以前可是刑警，找上以前的夥伴，把一切都說出來，說不定還會放你一馬吧，到時候我就會跟阿姨一起爬上那十三層階梯。」

「怎麼可能？我怎麼可能，對妳這麼做呢？」

光塚絕望地低喃，眼睛已經泛紅。

綾香向光塚展開雙臂。光塚站起來，像個孩子般奔向綾香的胸口。

綾香張開浴袍，他像個嬰兒般緊緊撲在綾香胸口。綾香的身體往後仰，嬌喘著，毛巾掉落在地面。

她仰望天花板，又將視線移到窗戶。

她看到一張女王的臉，正在向對自己宣誓忠誠的士兵微笑著。

30

「該起來了吧，眼睛都要融化了。」

聽到聲音，鮫島睜開眼睛。前方是陌生房間的天花板，自己胸口上蓋著毛毯。

還留著頭痛和醉意，他再次閉上眼睛，發出呻吟。舉起左手放在臉上，然後才睜開眼睛。

時間是早上十點多。

「真糟糕。」

他躺在一張真皮的大型長椅上，放下雙手可以碰觸到木質地板。

這是一間到處插滿了乾燥花，裝飾得相當時髦的起居室。入江藍靠在白木製成的桌邊，盯著鮫島看。

「我怎麼了？」

「你突然昏倒了，應該是很久都沒有睡了吧。」

「——是嗎？」

鮫島吐了一口氣。看樣子是自己在「靛藍色」的吧檯喝白蘭地時，突然醉倒了。

「這裡是妳的房間嗎？」

「沒錯，店的後面就是我家，我把你扛進來讓你睡在這兒的。別擔心，我知道你有女朋友，沒脫你褲子。」

藍微笑著。

「要不要喝咖啡？」
「好，真的很抱歉。」
藍噗哧一笑。
「少來了，道什麼歉哪？你又沒借酒裝瘋。」
「可是我給妳添麻煩了——」
「一點都不麻煩。一想到警察都睡了，我也比較能安心地喝。」
藍從咖啡壺將咖啡倒在白色陶瓷咖啡杯裡。
「拿去。」
「不好意思。」
鮫島把手靠在桌子上，拉過椅子來。因為直接穿著衣服睡著，現在覺得全身有點黏膩。
「等你清醒了就拿去用吧。」
看到鮫島在喝咖啡，藍遞過牙杯和新的牙刷盒來。
「去洗把臉吧，鏡子後面有拋棄式的刮鬍刀。」
鮫島搖搖頭。
「妳幾點睡的？」
「五點多吧，剛起來收拾了衣服。」
鮫島吐了一口氣。
「我差不多要準備早餐了，你想吃飯還是吃麵包？」
「不能再給妳添麻煩了——」
「我做一人份和兩人份都是一樣的，你要吃哪種？」

藍的口氣不容他拒絕。

「那吃飯吧，妳煮飯了嗎？」

「當然，所以其實你吃飯，我比較輕鬆一點。快去洗臉吧，浴室在那邊。」

「那我就不客氣了。」

鮫島走進裝飾了小掛毯的浴室，裡面相當乾淨，整理得井然有序。

本來以為主人長時間在店裡打理，這裡應該會更雜亂或者骯髒，但完全看不出一絲那樣的痕跡。

刷了牙、洗好臉，鮫島還刮了鬍子，頸部以上變得清爽萬分。他走出浴室，此時起居室已經飄蕩著充滿柴魚香的高湯味。

「你先看電視等等吧，早報在桌子上，有沒有什麼不吃的東西？」

藍從廚房和客廳的隔牆探出臉來問。

「沒有，什麼都吃。」

「納豆也吃嗎？」

「我很喜歡。」

「拜託，你不要用這麼客氣的語氣跟我說話。」

「——好的，可以借個電話嗎？」

「請便，就在那裡。」

剛剛躺的長椅子旁，一張小圓桌上放著無線電話機。

鮫島將毛毯整齊疊好，放在長椅子上，然後坐在旁邊。

「那裡睡起來很舒服吧。」

藍說。
「看來的確很舒服。」
「濱倉來住的時候，也經常睡在那裡。」
鮫島搖搖頭，翻開了手冊。得聯絡上瀧澤，跟他約定中午見面才行。
他按下瀧澤告訴自己的專線電話號碼。
但是接起話筒的並不是瀧澤。
「喂，這裡是查稅第五科。」
「敝姓鮫島，請問瀧澤先生在嗎？」
「呃……請等一下。」
對方的聲音有點倉皇，話筒響起一陣等候的音樂。
音樂終於結束，由其他人接了電話。
「您好，我是瀧澤的上司，統籌的伊藤。請問您有什麼事呢？瀧澤今天不在這裡，如果方便的話，由我來替您服務。」
「謝謝。我是瀧澤大學時代的朋友，目前在新宿署服務，敝姓鮫島。」
既然換了上司聽，鮫島也不能不表明自己所屬單位。
「鮫島先生……您是警察嗎？」
「是，不過現在因為有點狀況，所以沒有到署裡執勤。」
「這麼說，電話是從您家裡打來的嗎？」
「不，是從我朋友家打的。」
「是嗎……」

對方聽來好像有點猶豫。鮫島問，
「請問，發生了什麼事了嗎？」
「這個——其實，今天清晨我們接到通知，說瀧澤他發生了意外。」
「意外？」
「是的，應該是在通勤途中發生的。他在電車月台跌落，很不幸地——」
伊藤說到這裡，沒有再說下去。鮫島覺得背脊一陣冰涼。
「——他過世了嗎？」
「是的。」
伊藤用很勉強才能聽到的低沉聲音說。
「請問這樁意外是哪個單位負責搜查的？」
「我想應該是神奈川縣警的鶴見署。」
「您知道情況嗎？」
「詳細情況我也不清楚。總之，他站在月台的最前面，然後就掉下去了。」
「我知道了。」
「請問鮫島先生，您在新宿署的哪個單位呢？」
「我在防犯課。」
鮫島向對方致意後便掛斷了電話。
「怎麼了？」
藍一邊在桌上擺著碗盤一邊問。鮫島深呼吸，看著藍。頭還有一點痛，但是已經醉意全消。

「已經可以吃了。」
「謝謝，我開動了。」
鮫島說著坐到桌前。桌上擺著納豆、鹹鮭魚和炒蛋，味噌湯的料有白蘿蔔和炸豆腐皮。煮得偏硬的米，剛好是鮫島喜歡的口味，一動筷子，馬上就吃光了一碗。仔細想想，昨天在警視廳，幾乎沒有碰廳裡提供的餐點。
「你食慾挺好的嘛。」
看了之後，藍很高興地笑了。
「很好吃，妳應該開日式餐廳的。」
「別開我玩笑了，這種老套的菜色，誰要來吃啊？」
「是嗎？」
「要是便宜一點就另當別論，比方說小快餐店。不過，在這之後花跟飯錢差不多的金額喝咖啡，你不覺得實在很荒唐嗎？」
「原來如此。」
吃光了兩碗飯，肚子也的確飽了。
「濱倉也很會吃，他特別喜歡吃這種早餐，那傢伙不可能有病的。」
藍收拾著碗筷，乾脆地說著，她又倒了一杯咖啡給鮫島。
「可以再借打一下電話嗎？」
「你隨便用吧。」
鮫島打了電話到新宿署，指名要跟桃井說話。
「瀧澤死了。」

「什麼時候？」

桃井的聲音很沉著，就好像昨天晚上分手以來，他一直坐在防犯課自己的座位上一樣。

「今天早上，好像是從月台上跌落，被電車輾死的，現在正由鶴見署在進行搜查。」

「知道了，我去問問。」

「還有，我知道光塚和『釜石診所』的關係了。」

「是怎麼回事？」

「光塚現在是高級美容沙龍女社長的祕書——」

桃井似乎吸了一口氣。

「我真是太大意了，是須藤茜美容診所嗎？」

「沒錯。」

「所以島岡企畫的錢，就是那間診所出的嗎？」

「應該是。」

「不過，這間『釜石診所』到底有什麼祕密呢？」

「現在還不知道，我想試著去查查。」

「今天早上來了一封關於你的通知，現在你受到停職處分。」

「是，我知道，所以剛剛的事就請您當作沒聽到——」

「不行，不管你要做什麼，都一定要通知我。」

「可是，我不能給課長您添麻煩。」

「我可不是為了貪那點年金才坐在這張椅子上的。」

「那請課長您不要說出去，本廳現在不知道我的下落。」

「你昨天晚上沒回去嗎？」
「是的，我什麼都沒說，這陣子我不打算回野方那邊去。我會定期跟課長您聯絡。我和課長聯絡的事情請告訴二課的白坂警部補。這麼一來，萬一我遭到逮捕，就可以把對您的影響降到最低限度。」
「你覺得你會被逮捕嗎？」
「很有可能，如果對方想要徹底打擊我，他們還可以訴諸媒體。」
「你這樣做很危險。」
「我已經有心理準備了。」
「我只給你一個忠告。接下來不管你要採取什麼行動，都不要使用警察這個頭銜。否則，想要扯你下台的那些人，就算之後你能順利復職，也會拿這件事來干擾你。」
現在防犯課的房間裡，難道沒有人在偷聽這電話的內容嗎？桃井說的這些話，相當地露骨。
「我知道了。」
「還有，不要太依賴白坂警部補。不管他再怎麼相信你，也跟我一樣只是個小兵，兵就是兵，上面絕對不會把你的命運交託給一個小兵。」
「是的，謝謝您的忠告。」
「我會去鶴見署那裡問問。如果找到相關的情報，對你應該會很有利吧，但前提是，你要能提出自己的不在場證明。」
鮫島心想，一點也沒錯。最糟糕的狀況是，不僅三森的死，鮫島還得因為瀧澤的死被追究責任。到時候就需要入江藍的證詞了。可是一對一的證詞，效力是很薄弱的。想到這裡，昨天晚上在這裡倒下，實在是太不謹慎了。要是回到自己的公寓，那麼埋伏的刑警們至少還能證明自己不在場。

鮫島心想，自己現在正被逼到絕境，已經不是低頭就能避掉的狀況了。

由井口指揮的二課特命刑警，今天之內也會知道瀧澤的死訊吧。這件事，將把鮫島逼入前所未有的困境當中。

如果井口是個行事謹慎的人，或許會火速拘提鮫島。

鮫島所剩的時間有限。

31

看到告示的那一瞬間，鮫島吐了一口氣，閉上眼睛。

「因個人因素，暫時休診。」

距離上面寫的重新開診日，還有十多天。

讓他們逃走了。醫師和護士全都消失，就代表著在這家醫院所進行的犯罪證據全都處理掉了。

正因為已經清理得一乾二淨，所以「釜石診所」才進入休業的狀況。就算這時候強行搜索，想必也什麼都找不到吧。

在解決三森的時候，一定也同時把所有證據都湮滅得乾乾淨淨。

醫師和島岡文枝都不可能待在自己家中。既然沒有犯罪的證據，他們要到哪裡，旅行多久，都是他們的自由。

鮫島把手放在玻璃門上。明明知道白費功夫，但還是試著搖了搖。門裡上了鎖，一動也不動。

輸了，對手總是超前自己一步，鮫島完全無法預測對方的下一著棋是什麼。

而且，不知道下手的是光塚還是其他人，總之，只要是有危險的人物，都會被迅速解決掉。

濱倉、三森、瀧澤。

他不認為會是光塚下的手。他不願意懷疑這個曾是優秀刑警的男人，會接連犯下殺人兇行。殺人會被判多重的刑罰，曾經身為刑警的人，不可能不知道。

鮫島拖著步伐離開門前，往新宿車站的方向走去。

回到野方，屋代等人應該在等著自己吧。

難道自己已經沒有地方可去了嗎？

不，有的。

他看著眼前高層大樓突然靈機乍現。

須藤茜，只剩下去找須藤茜這條路了。

32

「請往這邊走。」

在醫師指示下，護士負責替鮫島引路。

這是一間統一為白色、給人無機質印象的醫院。從新宿車站搭電車，大約花兩個小時的時間。

寬敞的走廊其中一面全都裝上窗戶，朝向正面玄關和前院，從這裡也可以看得到等待鮫島的計程車停在前院。

醫院的外觀看起來就像靜養中心一樣，是由財團的不動產公司所管理，蓋在廣大別墅地區的外圍地帶。要進入別墅地區，必須通過設有閘門的管理事務所前。

到了旅遊旺季的夏天，別墅區外圍的街道，總是擠滿了嬉鬧的避暑遊客。這裡比輕井澤更適合年輕人，距離又近，算是個避暑聖地。

透過桃井知道須藤茜轉到這間醫院的鮫島，在ＪＲ車站前買了花束。他在大門透過管理事務所的對講機告知了醫院名稱。

「請問您要來探望哪一位？」

對方這麼回問著，鮫島很驚訝。

「我找須藤茜小姐。」

「請稍等一下。」

過了幾秒鐘，閘門的柵欄安靜地上升。

來到醫院的正面玄關，告知櫃檯的女性自己前來探病。
須藤茜現在正在進行洗腎。鮫島在候診室等了一個鐘頭左右，護士終於現身前來帶路。
先不提建築物本身透露出冷冰冰的感覺，內部裝潢其實奢華得令人驚訝。候診室放著真皮製的大型沙發組，還有好幾台大螢幕電視。
候診室的窗外可以看見山頭雪白的南阿爾卑斯連峰。
醫院裡很安靜。雖說是醫院，但這過度的安靜，反而讓鮫島覺得奇怪。
「請問這裡總共有幾位患者住院？」
「房間有三十間。」
護士一邊走一邊回答。
「三十間？那裡面有幾間單人房呢？」
「全部都是單人房，請往這邊走。」
來到走廊盡頭的一間病房，護士敲了敲門，打開。
「須藤小姐，有人來探望您了，今天是位先生喲。」
護士先往病房裡探了探頭，鮫島相當驚訝，看著她的背影。
須藤茜已經是植物人的狀態了。
沒有人回答。
「請進。」
護士閃過身，讓鮫島進入病房。這一瞬間，他不禁暫時停止了呼吸。
簡直像間溫室。六坪大小的病房，除了床鋪之外幾乎全是蘭花。
紅、白、紫各色各樣的蘭花，大部分都是盆栽，密密麻麻地擺在病房裡。

從病房的入口走來，就好像走在蘭花田的小徑當中。走道的幅度大約只跟病床同寬，延伸到置於窗邊的病床，病床上連接著許許多多醫療機器。

「真沒想到——」

鮫島低聲說著。

「她妹妹每次都會帶來。因為病房裡的溫度很穩定，所以蘭花可以保持很久。要澆花可是一大工程呢。」

護士看著鮫島笑了。

「聽說是因為須藤小姐最喜歡蘭花……很驚人吧。」

這麼大量的蘭花，鮫島連在花店裡也很少看到。

不知道是因為蘭花釋放出的氣息，還是刻意為了病人而調整，總覺得病房裡的溫度明顯地比走廊高。

「她真的是很愛護姐姐呢。」

鮫島無言地走近床鋪。

膚色白得令人難以置信的女性躺在病床上。簡直像玻璃棒一樣，清澈透明又纖細。一切都是這麼的纖細，彷彿只要稍微施加一點點力氣，就會被折得粉碎。

高挺的鼻梁有著貴族般的氣息。如果眼睛睜開，可能會給人難以接近的印象吧。

「她在這裡已經六年了吧？」

「對，這邊一蓋好，她馬上就住進來了。」

自從須藤茜跟島岡文枝一起發生意外的那間千葉醫院，這是第三家醫院了。第二間醫院在八王子，她在那裡住了十六年。

二十二年來，須藤茜就這麼不斷沉睡著。二十二年前到底發生了什麼事，已經無法從她口中聽到了。

但是，就算導致她陷入沉睡的原因，確實是某人有意造成，也無法追究刑責，追訴期早就已經過了。

鮫島深呼吸了一口氣，他看著須藤茜的臉，不知不覺中屏住了呼吸。

他回頭看身旁的護士。醫院方面接到突然有人要來探病的要求，或許有點遲疑，但是院方加上有護士隨行的條件，並沒有拒絕鮫島。

「島岡文枝這個人，有來探望過她嗎？一個大約五十歲左右的中年婦女。」

「島岡——這個……據我所知好像沒有吧。」

膚色白皙、個頭嬌小的護士搖搖頭，接著她跟鮫島一起俯看須藤茜。

「她長得真是漂亮呢！有一些醫生還稱呼她為埃及豔后。」

「她妹妹也很漂亮嗎？」

鮫島不經意地問。

「是啊，不但漂亮，感覺又很幹練，很時髦。」

「很時髦？」

「她每個月一定會來一次，而且她的雍容華貴一點都不輸給她帶來的花。妹妹要來的日子，醫生也都興奮極了……」

「不好意思，我問個奇怪的問題。請問這間醫院裡，還有其他像茜小姐這樣的病人嗎？」

護士有點驚訝地看著鮫島。

「您不知道嗎？我們醫院的病人，全都是和須藤小姐同樣症狀的人。」
「也就是說，大家都一直沉睡著……」
「是啊，所以我們這裡還有家人能夠一起過夜的病房。有護士協助，家人也可以幫病人洗澡，剪頭髮、剪指甲等等……」
鮫島吐了一口氣。
「這種醫院多嗎？」
「不，全國大概只有這裡和另外一家了吧。」
「可是讓病人這樣睡在單人房裡，費用一定很貴吧？」
「是啊，當然不便宜。所以，如果不是家境夠寬裕的人，是沒有辦法申請的。」
「簡直像飯店一樣嘛。」
「一點也沒錯。」
鮫島又低頭看著須藤茜一次。難怪候診室要裝潢得那麼豪華，這間醫院的設備並不是為了患者而設計，而是為了定期來探病的親屬們。
住在這間醫院的患者不可能在走廊上走動，或者從窗戶往外眺望，也不會屈指細數出院的日子。除非有奇蹟發生，否則他們將永遠在由機器管理的環境中，一言不發、一動也不動地永遠沉睡著。
從這一點看來，躺在眼前的這個女性跟蘭花盆栽非常相似。只要澆水，就能繼續生長。等到有一天壽命將盡，她才會停止呼吸。
唯一不同的是，蘭會開花，但她卻沒有綻放的機會。
這時候，鮫島感覺到，帶著蘭花到這間病房來的人藏著一股深層的惡意。須藤茜的妹妹不可能愛著自己的姐姐，蘭花，是她對須藤茜憎惡的象徵。

這是一種復仇嗎？

如果是這樣，那又是為什麼要特地花龐大的費用把人安置在這裡，還準備了這麼多的花？這只有怪異二字可以形容的復仇，到底是被什麼驅使的？

藤崎綾香。

鮫島的背後，爬過一陣莫名的戰慄。鮫島彷彿看見那位美麗雍容的女企業家，絕對不在人前顯露、深沉無底的內心深處。

33

鮫島回到新宿時，已經是晚上七點多。所有的霓虹燈都已經點亮，這是新宿變得更像新宿的重生時刻。

眼前的光景，就彷彿整條街剛從沉睡中睜開眼睛。

在看過須藤茜的樣子後，鮫島的心中產生了強烈的衝擊。

警察這個職業，讓他目前為止看過許多受到傷害，甚至被逼致死的人。

但這些都是結果，結果會帶來衝擊。可是，對於失去的生命，在產生悲傷或者憤怒後，這種心情很快會轉變成哀悼。死亡確實是一件殘酷的事實，但是死亡本身也是一種完結。

可是須藤茜的樣子，從這個角度看來還沒有完結。

須藤茜的狀態，到底算不算死亡？鮫島並不明白醫學上的判斷。不過，如果這可以算某種程度的死亡，那麼這種死亡並沒有完結，而是被刻意維持著。

死亡繼續持續著。

讓自己的親人住進那間醫院的人，一定都希望自己的孩子、父母親、兄弟，能有萬分之一的甦醒機會。對他們來說，親人的姿態並不是死亡，而是沉睡。

但須藤茜不同。

鮫島並不認為藤崎綾香支付須藤茜的住院費用，是為了希望她甦醒。

須藤茜處於這樣的狀態，可以讓藤崎綾香獲得快感。這就像是獵人萬般珍惜自己捕獲的獵物標本一樣。藤崎綾香看著不可能睜開眼睛的須藤茜，沉浸在幸福當中。

這就證明了她心中扭曲的意念。須藤茜在藤崎綾香心中已經死亡，但是為了自己的喜悅，藤崎綾香卻不讓她的死亡終結。為了能夠永遠在手中把玩、品嘗、回味。

鮫島走向跟濱倉見面、巧遇光塚的那棟高層飯店。

接下來，該去見另一個須藤茜——藤崎綾香了。

卸下警視廳警官的頭銜，以個人身分出現的鮫島，是不是能夠讓成功的女企業家挪出時間來見面，鮫島並沒有把握。

但是，現在跟事件有關的人，而且能夠掌握住行蹤的，只剩下藤崎綾香和光塚了。

如果濱倉說得沒錯，現在光塚應該貼身跟著綾香。假使這兩人就是設下圈套陷害鮫島的人，那麼對於鮫島的存在，應該抱持著恐懼和不安。

這是一個賭注。對現在的鮫島來說，他並沒有職務權限，也沒有足夠的時間能夠驗證這份不安。但是對於設下圈套的一方來說，如果圈套已經設下，而獵物還依然四處走動，那一定會企圖採用更強硬的手段。

更強硬的手段——鮫島只能藉此逼迫將濱倉、三森、瀧澤等人逼入死境的人物出現在自己眼前，別無他法。

鮫島從高層飯店的大廳打了電話給桃井。知道打電話來的是鮫島，桃井說，

「你現在在哪裡？」

鮫島說了飯店的名字。

「我在大廳，剛剛從山梨回來。」

「山梨？是那間醫院嗎？」

「是的。」

「你可以等我三十分鐘嗎？我現在過去。」

「這樣很危險吧？」

「沒時間想這麼多了。」

桃井說完便掛了電話。

坐在大廳的沙發上，叼著菸的鮫島，思考剛剛桃井話裡的意義。

媒體可能已經開始行動了吧，有人向警視廳的記者俱樂部密告。

鮫島冷靜地想，自己還剩下多少時間？

說不定不到四十八小時。即使公關負責人對記者的問題一笑置之，巧妙地避開，敏感的記者可能也會針對三森之死這個案件去詢問戶塚署。到時候記者就會發現，戶塚署長奇妙的指示，以及搜查二課不尋常的行動。

記者可能會蒐集所有相關資料，這次他們不會找上公關負責人，可能會直接丟給人事一課，或者警務部長副總監。到時候就無法佯裝不知了。

屆時警方會不會以要求媒體「協助」的形式，在有限的時間內管制新聞報導，將是最關鍵的一點。就算進行管制，等到期限一到，就不能不餵給記者們獵物。

如果警方判斷只有鮫島適合扮演這個獵物，那戲就只能唱到這裡了。

不到三十分鐘，桃井就出現了。果然，記者俱樂部接到密告的電話。

「接下來是戶塚署吧？」鮫島靜靜地點頭說道。

「應該是吧。上面或許會下封口令，不過封口令反而會加強記者們的好奇心。」

「你有跟白坂警部補聯絡嗎？」

「有，我告訴他你打了電話來，他說無論如何都想知道你在哪裡，要是繼續這樣下去，你的處境會愈來愈糟。」

鮫島苦笑著。

「鶴見那邊怎麼樣？」

「還沒有確切證據能證明到底是意外還是他殺。早上的尖峰時間月台相當擁擠，綜合目擊者的證詞，他看起來雖然像是被推下去的，不過並不清楚是誰推了他。發生事件的當時，月台上都是急於通勤的人。大部分在被警方進行問訊之前，都已經改搭公車或計程車上班，離開了車站。就算嫌犯仍在其中，也很難找出來。不過如果我們找出嫌犯，再請目擊者來辨認，那將可以成為有力的證據。」

「特別是如果那個人當時並沒有非在現場不可的必然性，就更可疑了，是吧？」

「沒有錯，你說的是誰？」

「現在可能的人有兩個，光塚正或島岡文枝。『釜石診所』目前正在休業。」

鮫島說完，桃井的表情變得嚴肅。

「也就是說，即使強制搜索也沒有用囉？」

「如果沒有找到釜石醫生或者島岡文枝的話，並沒有意義。」

「從什麼時候開始休業的？」

「前天開始。」桃井仰望著天花板。

「讓他們先逃了嗎？」

「釜石或許先逃了，但如果島岡文枝是殺害瀧澤的犯人，她很可能還在這附近。」

桃井點點頭。
「須藤茜怎麼樣？」
「現在是植物人狀態，她的病房裡到處都是蘭花。」
「蘭花？」
「對，就像是個溫室一樣，感覺非常奇怪。」
桃井的臉彷彿在探尋著什麼。
「怎麼了？」
「二十二年前千葉醫院的那個案子，知道當時狀況的護士說，她回想起須藤茜的病房裡好像總是放著蘭花，因為須藤茜的母親很喜歡蘭花。」
「蘭花可能是對須藤茜的復仇。」
「復仇？可是須藤茜好像一直是植物人狀態吧？」
「對，不過這的確是復仇。被須藤家領養的藤崎綾香，可能因為大她一歲的須藤茜，精神上受到了相當大的折磨，最後還為了須藤茜被逼著要捐贈器官。而拯救她的，就是島岡文枝。」
「為什麼？」
「這一點還不清楚，可能是出於同情吧。但不僅是單純的同情，文枝為了藤崎綾香，決定要殺害須藤茜。結果，須藤茜並沒有當場死亡，陷入了沉睡。」
桃井輕輕地搖頭。
「犯人應該是文枝吧。如果她二十二年前願意為了藤崎綾香這麼做，現在殺害三森和濱倉，根本算不了什麼。」

「但是現在的狀況還沒有辦法拿到逮捕令。」
「還需要什麼？只要抓到文枝，應該就有辦法。至少，她會承認自己殺人的事實。」
「前提是能夠抓到她，但是她和藤崎綾香之間的關係是查不出來的。她一定會保持沉默吧！」
「那麼，可以請您把目前為止的經過告訴白坂警部補嗎？請他先把島岡文枝帶到署裡，進行初步調查。」
「不試試看也不知道。」
「不過這是一課的工作。」
「那麼就請您先跟井口警部或者藤丸警視監談談。」
「要一課出動，必須要有你完全清白的證據。」
「我知道。」
「可惡！」桃井小聲地說。
「現在只有一個方法。」
「是什麼？」
「就是讓島岡文枝主動找上我。」
「要怎麼做？」
「對藤崎綾香施壓，讓她以為我行動自由會對她造成威脅。如果文枝知道這一點，一定會動手的，哪怕她現在避不見面。」
「那你要在哪裡行動？你現在又回不了自己家。」
「這一點我已經想到了。」鮫島說。

34

這天晚上，綾香很開心地回到飯店房間。「須藤茜美容診所」的經營很順利。近來景氣衰退，以年輕女性為對象的許多同業經營狀況日漸惡化。綾香心情好的理由就在這裡。她今天傍晚知道消息，一間以新宿為據點，比「須藤茜美容診所」歷史更悠久、客層也有重複的老店，支票被退票了。

這麼一來，新宿就完全是綾香的天下了。「須藤茜美容診所」開業後不久，綾香在一次同業的聚會中，曾經跟那裡的老闆見過一面。

年過六十，妝容濃豔的女人，手上戴著好幾個戒指，臉上的妝厚得像牆壁的油漆一樣。經人介紹後，綾香有禮地向對方打了招呼，那個老太婆臉上浮現了輕蔑的笑容。

——怎麼了？最近真是有好多其他行業的人加入我們這一行呢！妳以前在哪間店工作啊？

綾香原本以為這句話是在問自己，有沒有在美體沙龍工作的經驗。但並不是，這個醜陋女王想問的是，綾香以前是不是從事過特種行業。

——像妳們這種行業出來的，化妝技巧真的都很好呢。不過，我們這一行可是很辛苦的。

憤怒和屈辱讓綾香全身僵硬。

——不知道妳有沒有認真地思考對顧客的責任？如果要開店，是不是該選個自己比較熟悉的行業呢？

支票退票的消息，是往來的脫毛器販賣業者透露的。這麼一來，女王大人蓋在田園調布、宛如宮殿般的房子也要拿去作擔保了。

綾香心想——如果那個房子被拍賣，她倒是有意思買下。

既然是那位女王大人的房子，想必房子裡一定也滿是品味糟糕的繁複裝飾品。把這一切都給拆了，換上自己喜歡的家飾，該是件讓人心情多舒暢的事啊。飯店的房間還是繼續住，另外再買一個可以稱為家的地方，似乎也不壞。

綾香已經看穿，其實業者的這些情報，是女王大人企圖試探她有沒有意思買下店面的戰略。如果能夠連同美體沙龍的備品等等，以頂讓的方式出售，會比單純出售中古大樓價錢來得好。女王大人一定是這麼想的。所以她才會看準了在同業間生意比較好的綾香。利用往來的業者讓這些消息傳進綾香的耳中，她可能認為在下次退票之前，還有辦法爭取時間吧。

不過綾香可一點都沒有意思要買那棟位於歌舞伎町入口的破大樓，同樣在新宿，她並不想和那個區域沾染上關係。

「須藤茜美容診所」不做小孩子的生意。以想吸引公司菁英員工目光的粉領族，或者幹過不良少女的酒店小姐為客層，也賺不了幾個錢。這一行之所以沒賺頭，都是因為瘦身沙龍等等太過貪心，想要吸收年輕女客人的惡性競爭產生的結果。

綾香可沒這麼愚蠢。她不想勉強自己開那麼多家店，成為醜陋女王。只要以有錢又有閒的上流夫人為對象，就足夠了。這才是真正的女王該有的姿態。

她比平常早回來，沖完了澡，手裡拿著戴克瑞冰沙。

解決掉國稅局的男人，也完成了向新聞社的密告，文枝本來不想離開住慣了的公寓。但是綾香說服她，在鮫島這個刑警完全被視為犯人之前，她最好先藏身一陣子。

——我會給妳帶來麻煩的。

文枝從綾香緊急安排的週租式公寓打電話來。

——不要緊的，阿姨，妳不要在意。這件事兩、三天就可以解決掉。到時候，我們兩個再好好的去泡個溫泉吧！找個可以慢慢泡湯，吃點好吃海鮮的地方。

綾香說。

光塚的擔心並不是杞人憂天。文枝因為環境的突然變化，感到相當不安。綾香也察覺到了。

文枝心裡有兩個世界。一個是身為資深護士，踏實過活的中年獨身婦女；另一個是只要覺得需要，就能平靜輕奪人命的殺手。這兩個世界在文枝心中共存。對阿姨來說，殺掉濱倉、三森或者國稅局的查稅官，跟打死廚房的一隻蟑螂或許沒什麼兩樣吧。她一定不敢相信，這些事情會讓她被指責為罪犯。

阿姨依循著自己的良心而活。但那是阿姨的良心，而不是別人的良心。每個人都是這個樣子的。看到被丟在路邊的小貓覺得同情而帶回家餵牠牛奶的男人，可能為了自己的事業，毫不在意地把一家小工廠逼得全家自殺。他對小貓會覺得心痛，可是對上吊的老年人一點都不感到同情。為什麼呢？因為他做了自己認為該做的事。

所以，當文枝被告知她必須藏身的時候，就算她的理智知道其中的理由，可是心裡一定會混亂、不安。

現在阿姨一定孤零零的一個人，心裡想著，「為什麼我得待在這種地方呢？」想到這裡，綾香就覺得胸口有點難過。

對不起，阿姨。對不起，阿姨。

電話突然響了，綾香嚇了一跳。

看看時鐘，還有十分鐘就十一點了，她站在窗前拿起話筒。

「須藤小姐，這裡是櫃檯，現在有一位叫鮫島的先生想要見您。」

頓時，一股足以讓胸口絞痛的恐懼刺向綾香。

鮫島。為什麼？為什麼他會出現在這裡？

「我把電話轉接給他。」

櫃檯的人很有禮貌地說。

不，我不想和他說話，我沒有話跟他說！

但話筒已經遞過來了。

「喂？不好意思這麼晚打擾您，敝姓鮫島。」

光塚，得和光塚談談才行。

「喂。」

綾香的聲音這時已經恢復平靜，聲音裡雖然有股接到陌生人電話時的猶豫和懷疑。但大致上來說還算鎮定，好，這樣就沒問題了。

「其實，關於須藤小姐的朋友島岡文枝女士在新宿『釜石診所』的事，我有些事想請教您，不會耽誤太久時間的。」

鮫島的聲音相當低沉而鎮定。語氣雖然有禮，但對方顯然相當有自信。這男人手中到底握有什麼證據？

「島岡……？我想我不認識她。還有你剛剛說的醫院，我也不是很清楚。」

「是嗎？我因為想見島岡女士，所以到了山梨一趟。」

山梨？他為什麼去山梨？

「你剛剛說你去了山梨？」

「妳的姐姐——其實應該是妳的表姐，現在住的醫院。」

這一瞬間，綾香覺得自己腳下的地面彷彿頓時崩塌了。這男人說他見到了茜，這麼說，他什麼都知道了。

綾香深呼吸了一口氣。冷靜點，這男人不能對我怎麼樣，就算他什麼都知道，他也沒有任何證據，頂多就是說些話來刺激自己而已。

「你見了我姐姐是嗎？」

「是的，她的病房裡有很多漂亮的蘭花。」

「你有什麼權力！你有什麼權力！」這些話一直在綾香腦中打轉。但是，只要這麼說，男人就會洞悉自己的不安。

「鮫島先生，你現在在大廳嗎？」

「是的。」

現在正是知道這個男人處於什麼立場的好機會，正好可以知道他到底被逼到何種地步。當然，兩人獨處是很危險的，不能讓他到房間來。如果鮫島知道對自己設下陷阱的就是綾香，不知道他會有什麼反應。

「我知道了。這其中可能有什麼誤會，今天我很累，可能沒辦法跟你聊太久……」

「十五分鐘就夠了。」

鮫島很果斷地說。因為他的語氣太過堅決，反而讓綾香不禁放下了心。

「那請你在樓下的咖啡廳等一下，我準備一下馬上就下樓。」

「有勞了。」
說完，鮫島便掛上了電話。
放回話筒，綾香回到窗邊，點起一根菸。
光塚，先得跟光塚聯絡。
她按下了讓光塚隨身攜帶的行動電話。跟光塚分手，大約是一個小時前，應該還沒有回到家吧。
「喂？」
光塚回答。話筒那頭可以聽到不知是卡拉ＯＫ，還是廣播節目的年輕女歌聲。
「是我。現在鮫島在樓下，說想見我。」
「妳說什麼！絕對不能去見他！」
「可是，他說他去過山梨了。」
「山梨？妳是說醫院嗎？」
「對。」
「我現在就過去，妳等等。」
「你現在在哪裡？」
「在四谷，二十分鐘左右就可以到。」
「我不能讓他等這麼久。」
光塚的不安，反而讓綾香覺得自己冷靜了下來。
「妳答應要見他了嗎？」
「對，就談十五分鐘。」

「笨蛋！妳不要太小看刑警了！」

「我想他是一個人來，他從頭到尾都沒有表明自己是刑警。」

「總之我現在就過去，妳等著。」

光塚自顧自地說完，掛掉了電話。

沒問題，我不會輸的。

綾香放回了話筒。

我要見鮫島，去會會我最大敵人。

反正一定是個粗魯沒品的鄉下男人吧。我怎麼可能會輸給那種人？既沒有錢，在這個社會裡又屬於另一個階級。一個毫不起眼的中年男人。而且他現在甚至要從自己的階級上跌落下來。

仔細想想，他不過是個跟自己住在完全不同世界的人。只要不經意地讓對方看清這一點，一定可以讓他嘗到落敗的滋味。

這樣就好，這樣就夠了。

綾香這麼想著，完全恢復了沉著的態度。

要把自己打扮得漂亮一點，讓自己的眼神夠有力，因為我是美麗的。

綾香走進了浴室。

35

綾香將已經卸下的妝又淡淡地補了一層，來到樓下。她猶豫著該穿什麼衣服。套裝好像太刻意，不過，從過去的經驗中，綾香知道，跟男人談生意的時候，穿裙子會是讓情勢對自己有利的工具。

當然，不能穿過短的裙子。如果對方看出自己露骨地想利用女色誘惑，反而會帶來反效果。深色的絲襪，再加上坐下之後會隱約露出膝蓋的長度，最是恰當。

她對自己的雙腿特別有自信。

綾香挑選了一件寬鬆的V領毛衣，加上灰色的緊身裙。沒帶皮包而拿了化妝包，裡面裝著錢包和香菸。吸不吸菸，等到親眼觀察對方是什麼樣的人之後再決定。

位於大廳的咖啡廳，坐滿了三分之一左右的客人。

大部分都是穿套裝的成熟男女。綾香站在咖啡廳入口，坐在附近的男人們幾乎都把眼睛轉向綾香。

「歡迎光臨！須藤小姐。」

熟悉的服務生帶著殷勤的笑容前來迎接。

「您在等人嗎？」

「對。」

綾香微笑著對他說。

「是位先生，我想他應該只有一個人在。」

「好的。」

服務生點點頭，像是已經知道綾香的客人是誰，他指向五步之外的觀葉植物盆栽後方座位。

「是不是那位客人呢？」

坐在那個位置上的男人站了起來。

對方沒有繫領帶，身穿格子襯衫和深綠色的休閒褲，個子很高，體型算是瘦的，蓄著長髮。

男人的臉輪廓鮮明，眼神銳利，而且相當清澈。

「您是須藤小姐嗎？」

男人用低沉的聲音問道。語氣聽來很鎮定，身旁放著皮夾克。

綾香輕輕點了頭。這跟她想像中的不太一樣，男人比綾香想像的還要年輕，年紀大約三十出頭，看來甚至比綾香小，不過態度卻一點也不輕浮。看起來年輕，是因為服裝和髮型，身上穿著的東西雖然沒有多昂貴，可是配色和組合卻能讓人感到主人的特色和品味。頭髮在後頸部分特別長，帶給人獨特的印象。

與其說警官，他更像個設計師或攝影師，外表實在不像一般的刑警。

「您是鮫島先生嗎？」

「是的。」

鮫島點點頭。

「麻煩您了，請坐吧！」

他指向自己對面的椅子。鮫島的動作沒有一絲無謂的優雅，這些動作並不是刻意表現出來的，但他也並不顯得粗魯、沒有教養。這個男人顯然受過高等教育，在經濟寬裕的環境中教養長大。

看起來雖不是個花花公子，不過應該也不乏對象。

綾香悄悄地深呼吸。簡而言之，她在鮫島身上感覺到了男人的魅力，這個男人身上有著光塚之輩完全無法相比的存在感。

「您要喝什麼嗎？」

鮫島筆直地注視著坐在自己對面的綾香，問她。

「新鮮柳橙汁。」

鮫島點點頭，仰頭看著站在一旁的服務生，服務生立刻開始動作。

綾香的心裡開始出現疑惑以及焦躁。這裡是我的城堡、我的飯店，但是，這個男人所表現的沉著與鎮定，彷彿是我來到了他的地盤上。

她再次注視鮫島的眼睛，這次她感覺到的是冰冷與疼痛。鮫島的眼睛，直接望向綾香眼睛深處，那裡面沒有一絲不安或動搖。那是一個對自己所做的事以及自己即將要做的事懷抱著確信的眼睛，其中沒有任何的曖昧或者虛偽的同情。

鮫島的眼睛深處，有著跟纖細外表不同的真正男子氣概。那對眼睛並不屬於一個未曾嘗過失敗滋味的人，那是一雙經歷過苦痛與悲傷的成人眼睛。儘管如此，其中確實也包含著厭惡妥協與安逸的堅定信念。

綾香的心底感到後悔和恐懼。她領悟到，不能與這個男人為敵。

「我就長話短說了。請問您本名是藤崎綾香嗎？」

「是的。」

綾香感到自己的聲音變得僵硬。對方並沒有威脅自己，是自己自然而然地屈服在對方手下。

「十三歲時，須藤茜小姐住院的醫院，藤崎小姐也同時住院了吧？」

「是的。」

「理由是做為腎臟移植的捐贈者。」

「您都已經調查過了吧？」

綾香忍住想閉上眼睛的衝動說著。鮫島並沒有翻開任何的筆記本或手冊，一切都記在他的腦海裡。

「可是移植手術最後並沒有進行，這是為什麼呢？」

「你也看到我姐姐的樣子了吧？」

「沒錯，我想向您請教到底發生什麼事了。」

隱瞞或者說謊都是無謂的，綾香拚命動著腦筋說，

「那是一場意外。被護士帶出門的姐姐，被卡車撞了。」

「正確地來說，被卡車撞的並不是妳姐姐，而是推著妳姐姐輪椅的護士吧？」

「應該……是吧。事情已經很久了，而且對我來說是很難過的回憶。」

「我可以體諒。」

鮫島的話讓綾香敏感地一驚。可以體諒?!這個人知道些什麼？

「當時的護士是島岡文枝女士，您還記得嗎？」

「不記得了。」

「是的，島岡女士現在在附近的『釜石診所』工作，您知道嗎？」

「不知道。」

「妳們一直沒有見面嗎？」

「沒有，你為什麼會這麼問呢？」

「經營『釜石診所』的，是一間叫『島岡企畫』的公司。可是身為護士的島岡女士，為什麼能夠成為個人醫院的經營者？我對這一點非常感興趣。」

「這種事你問我，我也……」

「但是，光塚先生您認識吧？光塚正先生。」

「是，他是我的助手。」

「光塚先生的朋友，三森先生的名字，您聽說過嗎？」

「三森先生？這個嘛……」

「是嗎？您經常到山梨的醫院去探病嗎？」

「請問……」

綾香加強語氣，該是自己反擊的時候了。

「鮫島先生，您到底是出於什麼理由，來調查我和我姐姐的事呢？難道我做了什麼犯法的事嗎？」

「沒有。」

鮫島很乾脆地說。

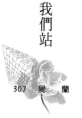

「完全沒有。」

「那，為什麼——？」

「我有一個朋友名叫濱倉。在兩個星期前，就在現在我們兩人坐的這個位置上，我們站著聊過幾句。那個男人跟『釜石診所』之間起了一點糾紛，隔天濱倉就過世了，死因是『散布性血管內凝血症』這個特殊的疾病。又過了幾天，跟『釜石診所』起糾紛的患者，她的男友深夜造訪『釜石診所』，從此下落不明。我本身是新宿署的警察，對這個案件相當感興趣，因此到『釜石診所』去拜訪，見到了島岡女士。那時候，很偶然地，遇到我大學時期的朋友，現在擔任國稅局的查稅官，他正好從『釜石診所』出來。當然他並不是以患者的身分去拜訪，而是以查稅官的職務到『釜石診所』去調查。我這個朋友正在追查我剛剛提到的三森這個男人。三森的工作是買賣贓物的贓物買賣商。我認為，三森和『釜石診所』之間存在著某種關聯。也就是說，『釜石診所』裡，進行著某種犯罪行為，而三森也參與其中。但是，三森最近在某棟大樓的工地跌落死亡，而調查『釜石診所』背景的查稅官，也在上班途中，從電車月台掉落軌道死亡。」

「您到底想說什麼？」

「死太多人了，不管是意外或是他殺。比方說，三森和查稅官的死因，很明顯地相當可能是他殺，目前警視廳也已經開始調查。跟『釜石診所』有接觸的人，一個接著一個地死亡。站在警方的立場，我們不能視而不見。此外，如果到目前為止，所有人的死都出於一個人之手，那麼老實說，這個人做得有點過火了。關於死於『散布性血管內凝血症』的濱倉，到底是疾病還是他殺，專家目前還沒有結論。可是，在人潮擁擠的月台上跌落鐵道的查稅官，一定可以找到某些證據。他是不是被人推下去的？又是被誰推下去的？有沒有照片？是不是這個人呢？——我們會運用各種方法，縮小搜查的範圍。但在這之前，更重要的是，跟『釜石診所』牽涉到的許多人的死亡，只要其中有一件被斷定為他殺，針對其他的命案，警方也會徹底地重新開始搜查。事實如何，到最後一定會查個水落石出。不僅如此，到底為什麼會發生這些命案？為了誰？換句話說，到底是為了保護什麼，才需要置人於死？這些我們都會查個清楚。」

「這跟我沒有關係。」

綾香很乾脆地說，她沒想到自己的反應竟會如此地無力。

但很驚訝地，鮫島竟然點了頭。

「我今天跟您見面，也打從心底希望最好真的是如此。藤崎小姐，您有社會上的地位和名譽，不應該牽扯到這麼多人的死。更重要的是，身為一個女性，您相當具有魅力，我實在不願意去想像，像您這樣的人會牽涉到命案或者贓物買賣等犯罪行為。」

「所以您願意相信我了？」

綾香對聲音裡帶著哽咽的自己覺得狼狽。

「我很想相信妳。」

鮫島平靜地說。

「不過只有一件事讓我覺得很遺憾。剛剛我所說的所有犯罪行為，有一個人絕對和這些事情有關。而這一個人，藤崎小姐目前為止都堅持您不認識，可是我卻無法相信。」

綾香瞪著鮫島，鮫島平靜地回望她。綾香心底再次湧現恐懼，這個男人已經盯上了阿姨，盯上了文枝。

「你剛剛這句話，嚴重地毀謗了我的名譽。」

鮫島沒有回答，只是不斷凝視著綾香。

「您利用自己的立場，到我這裡來胡言亂語，如果有必要，我也只好採取法律途徑了。」

「無所謂。」

鮫島說。

這個男人真是頑固。

他自己被逼到什麼樣的絕境，一句話都沒有提。到底是虛張聲勢還是真有把握，綾香實在無法判斷。他在虛張聲勢，一定是的。

「我想我們可能不會再有機會見面了，請你讓我和我姐姐能平平靜靜地過日子吧！」

綾香站了起來，鮫島也站了起來。

「非常謝謝您能跟我見面。」

鮫島說，綾香看著他的眼睛說，

「我很後悔。」

這是第一次她願意說出真心話。

36

鮫島一直目送綾香直到她去搭電梯。

她有很堅定的自我，直到最後，都沒有失去自制。自己放出去的箭，到底能射到多深，他其實並沒有把握。

在咖啡廳收銀台結帳時，鮫島一邊張望著附近。

出乎自己意料的，藤崎綾香剛剛一個人現身。這麼說，他一定就在附近。沒看到。

取出一萬圓鈔票付了咖啡和柳橙汁的費用，鮫島拿了找零正邁步要走。走了幾步，他停下腳步。

光塚站在電梯間的柱子旁。放出強烈視線的眼睛，直勾勾地盯著鮫島。

鮫島無言地回望。光塚身穿亮褐色的軟質西裝，腋下夾著手拿包，臉上一副嚴肅的表情。

那嚴峻的表情跟現職刑警一點都沒兩樣。這是憑直覺進行搜查的刑警認定嫌犯「有罪」時，下定決心一定要抓到證據的表情。

鮫島心想，自己臉上現在一定也有一樣的表情。

兩人的距離差不多十五公尺。

光塚背後的電梯叮地一聲打開門，一對互相攙著手的白人老夫婦走出來。

光塚突然轉身，搭進打開的電梯裡，按下按鈕。

門關上之前，鮫島再次跟光塚四目對視。

門靜靜地關上。鮫島輕輕地吐出一口氣，邁步離開。

穿過旋轉門，來到大廳。飯店玄關前的環狀車道，停著好幾輛計程車空車跟黑頭轎車。

轎車的四扇門全部從裡面打開。

從駕駛座走下來的是屋代巡查部長。白坂警部補從前座、井口警部和另一位鮫島沒見過的便服刑警從後座下了車。

四人安靜地走過來，包圍住鮫島。

「請您跟我們到本廳走一趟。」

井口開口。

鮫島在白坂和陌生刑警兩人的包圍下，坐進後座。井口移動到前座。

便衣警車開動後，鮫島問道，

「請問您聲請逮捕令了嗎？」

白坂瞥了鮫島一眼，沒有回答。過了一會兒，井口回頭。

「還沒有。但是對鮫島先生來說，現在的狀況非常不樂觀。」

「是因為瀧澤的案子嗎？」

「不只這樣。鮫島先生目前在停職中，卻跟不該見面的人見了面。」

「你是指誰？」

「您剛剛見面的那個人。」

「那我倒要請問，現在警察對她有進行任何搜查活動嗎？」

「現在她還沒有任何嫌疑。」

「有，教唆殺人。」
屋代驚訝地看著鮫島。
「如果今後你們要限制我行動的話，我希望你們先求證一件事。」
「我們沒有那個權限。」
井口說，鮫島用有點憤怒的語氣說，
「對，你們或許沒有，但是你們已經侵害了我的權利。」
井口端正的臉孔浮現了怒氣。
「我們到底侵害了您什麼權利呢？容我不客氣地說，鮫島先生您是不是才忘了自己身處的立場呢？」
「我沒有忘。我的權利，就是防止自己變成莫須有罪名嫌犯的行動自由。」
「您要怎麼防止？去威脅相關人員嗎？鮫島先生採取的行動非常危險。只要走錯一步，警視廳所有警察就會信用掃地。」
「誣陷清白的警官為嫌犯，才更是信用掃地。」
「胡說八道。我不得不認為，鮫島先生您這麼說只是設法讓自己的立場稍微有利。」
「問題並不是你怎麼認為，而是這一連串殺人事件的真兇到底是誰。我可以給你們查出真兇的線索。」
「如果真的有這種線索，那在法庭上提出來比較有效。」
井口用冰冷的語氣說。
「到時候就來不及了。」
鮫島以相當嚴肅的語調反駁。

「要譴責我的行動，你們隨時都可以進行。可是獲得抓到真兇的機會，放過一次就再也不會回來了！」

井口沒有回答。

找到鮫島的下落，表示警方對桃井已經展開監視行動。

「為什麼沒有馬上拘捕我？」

鮫島問白坂。

「我不明白您這句話的意思。」

白坂表情僵硬地說。

「我人在這間飯店，你們應該很早以前就知道了，不是嗎？」

白坂沒說話。

「你們監視我，觀察我到底想做什麼。看我有沒有做出能證實自己嫌疑的舉動，我剛剛坐的那桌附近，一定還有現在沒出現的其他搜查員在埋伏著吧。」

大家都一言不發。鮫島感覺到，二課出場是為了聲請逮捕令。

可能在這之後，井口就會跟負責檢察官一起討論起訴鮫島的可能性。

載著鈍重的沉默，便衣警車開進了警視廳的後門。

鮫島再次被帶進之前用過的那間小會議室。

白坂和那名鮫島不認識的刑警留下來監視。

過了大約三十分鐘。

鮫島拚命忍耐，他幾乎要被憤怒、焦躁還有不安脹裂了胸口。他多想放聲大叫，跑到走廊上用力抓住警視廳廳舍所有人的肩膀，痛罵他們的錯誤、愚蠢，以及最糟糕的頑固頭腦。

他心裡也預料到眼前的局面。正因為如此，他才執著於警官這個職業。對鮫島來說，執著也是一種戰鬥的形式。

可是現在，無力感油然而生。儘管早知道，真正面臨的時候，還是會有種近似絕望的無力感。

警察現在需要奇蹟。只有在這個奇蹟之前，警視廳跟鮫島的利害關係才是一致的。所謂奇蹟，就是找出一串異常命案的嫌犯並非警視廳警察官的證據。不管對警視廳還是對鮫島而言，這都是奇蹟，因為他們的時間所剩不多。

對報導媒體的管制，已經逼近了時限。二十四小時之內，勢必得公布做為犧牲品的人名。

三十分鐘後，會議室的門打開，鮫島站起來，是藤丸刑警部長和人事一課課長宗形警視正。

「你們先出去。」

宗形說道，白坂和另一名刑警離開了會議室。

鮫島繼續站著，看著藤丸和宗形，兩人臉上的表情都很凝重。

「記者俱樂部裡敏感一點的已經開始有動作了。」

藤丸輕輕吐出一句。接著他吸了一口氣，對鮫島說，

「請你寫辭呈。」

人事一課課長安靜地看著鮫島，這兩個人是同一間國立大學柔道部的學長學弟。

「──辭呈馬上就會被受理吧。」

鮫島過了片刻之後開口問。宗形看了藤丸一眼，說，

「原則上會在我這裡保管二十四小時。」

「我知道了。」鮫島說。

藤丸端詳著鮫島的臉，

「井口警部說，你好像希望他們去調查一些事？」

這是最後機會了，鮫島心想。

「關於今天清晨在鶴見私鐵車站跌落死亡的國稅廳查稅官死因。」

「怎麼了？」

「事件發生在清晨上班的尖峰時段。我希望能在明天同一時段，請搜查員拿著照片去周圍調查。」

「這沒辦法，那裡屬於神奈川縣警的管轄。」

宗形很快就接口，鮫島看著藤丸，藤丸也用嚴肅的表情回看著他，

「誰的照片——」

「部長……」

宗形企圖制止。

「是誰的照片？」

藤丸繼續追問。

「一個叫島岡文枝的護士。至於照片，新宿署的桃井警部手邊應該有相關資料。」

「桃井警部的處分，也朝停職的方向在研究中。」

宗形嚴厲地說。

「拜託您了。」

鮫島的眼睛沒有離開藤丸身上。

「清晨進行一次周邊問訊。之後等你退職，再上法院接受調查，到那時候應該已經有萬全的調查。」

藤丸回答。

「拜託您了，我並不想辭去警察的工作。」

宗形倒吸了一口氣，顯得相當意外。藤丸表情依然不變地回答，

「知道了。」

接著他看看宗形，命令他，

「這件事請一課行動。」

宗形的臉色大變。

「搜查一課嗎?!現在請他們，他們也不會行動啊，不可能的。」

「那就請機搜出動，要用到習慣處理命案的人。如果鮫島退職，一課遲早要行動的。」

宗形頓時閉上了眼睛。

「我知道了。」

「不需要跟神奈川那邊聯絡，周邊訊問只做這麼一次，有人問起就裝傻吧。」

警視廳和神奈川縣警的關係並不算融洽。要是事前跟神奈川聯絡，可以想見對方一定會囉唆地要求書面資料等出手阻擾。如果立場相反，警視廳也會一樣這麼做。

宗形臉上片刻出現了不悅的神色。可是他好像很快轉念一想，萬一事情公開，矛頭最先指向的還是藤丸。

「知道了，我馬上請一課課長來。」

藤丸點點頭，接著他對鮫島說，

「今天晚上要請你住在這裡，還有，不准跟記者接觸。要是違背這些命令，你所要求的調查就當作沒這回事。」

「我知道了。」

鮫島說。藤丸再次點點頭，用眼神催促宗形。

宗形先離開了會議室。藤丸把手放在厚實的木門上，回頭說，

「老實說，你是個燙手山芋，可是我認為，你同時也是個好警官。應該是吧。不管結果如何，我的想法都不會改變。」

鮫島覺得胸口一陣熱。

「十分感謝。」

藤丸的表情一點都沒變，打開門，走出了會議室。

37

聽到敲門聲時，綾香正失神地坐在窗邊的沙發上，眼前是出門前喝的戴克瑞冰沙幾乎融盡的玻璃杯。

綾香將手裡的香菸放在菸灰缸上，走向門，從防盜孔看了走廊。

光塚神色凝重地站著。綾香打開門，他話也不說就走進來。

綾香沒有馬上回沙發，她面對著光塚。

「妳跟他見了面。」光塚簡短地說，綾香點點頭，「你說得沒錯，這個人很可怕。」

接著她把額頭抵在光塚肩上靠著。

光塚猶豫了片刻，將綾香擁入懷中。

「那個男人充滿了自信。」綾香低聲說。

「他的臉上就好像寫著，我會永遠追著妳不放。外表好像很溫順，其實不然，一點都不……」

「我也看到了。」

光塚聲音沙啞地說，兩人都輕聲細語地說著話。

「那傢伙確實有兩下子，看他的眼睛就知道。可是，他已經沒辦法了，走投無路了。」

「他盯上了阿姨，他知道全都是阿姨幹的。讓茜……讓茜變成那樣的，也是阿姨——」

「不要緊，他只有一個人，沒有人會理會他說的話。」

「我不知道，好可怕，那個男人、那個刑警，跟我所想像的完全不一樣。」

從鮫島帶來的恐懼中解放之後，綾香覺得自己現在似乎對光塚更坦白。

「我說過了，那傢伙是官僚啊。」

「什麼是官僚？」

「通過公務員上級考試的人。他東大畢業，頭腦很靈光，是個標準的菁英。」

「可是看起來不像啊。」

「他算是那裡面的異數，頭腦明明很好，個性卻很彆扭。要是老實一點，馬上就能爬到署長位子，卻硬是要跟上面唱反調，甘願當個小警察。」

「沒錯，你之前好像也這麼說過，都是我沒有好好聽你說的話。」

「他還說了些什麼？」

「幾乎都是他一個人在說話。他說，他知道『釜石』跟我的關係。他還說，他知道三森和上次那個叫濱倉皮條客的事。他跟濱倉是朋友，所以才會調查這件案子，他說他們曾經在這裡見過面，就在濱倉死前那一天。」

「那一天……對了，原來那天他也在這啊。」

「你知道嗎？」綾香仰起臉。

「知道，我也看到他了。到你房間來之前，我剛好看見濱倉。原來是這樣，可惡！」光塚突然叫著。「怎麼了？」

「那時候我在樓下咖啡廳跟三森見面。就是上次那件事，我看他有點不安，想讓他安心，沒想到鮫島都看到了，他可能在監視三森吧。」

「對啊，他說那個死了的查稅官盯上了三森。」

「但這就奇怪了。」

「哪裡奇怪？」
「查稅官不會跟警察聯手的，他們一向不相信我們——我是說警察。」
「鮫島說，那個查稅官是他大學時的朋友。」
「難怪啊。」
光塚低聲唸著。隔了半晌，他說，「糟糕。」
「果然不妙嗎？」
「這要看上面重視哪一邊，是鮫島，還是公開後會對警察不利的消息。」
「你覺得會是哪邊呢？」
「不管怎麼樣，都不能坐以待斃。就算他被革職，如果以殺人罪嫌被起訴，接下來就會在法院審判時徹底調查。到時候他就會針對自己所知的消息去求證，作為對自己有利的證據。」
「該怎麼辦才好？」
綾香在恐懼籠罩下，凝視著光塚。她雙手包覆著光塚的臉頰，深深望著他的眼睛。
「我到底該怎麼辦才好？」
光塚猶豫著。
「再這樣下去我會輸嗎？我會被警察抓走嗎？」
光塚的表情顯示他拚命在尋找方法。
「關於『釜石診所』已經沒有任何證據，病歷也全部處分掉了吧？」
「對。」
「那那邊應該沒問題，三森的資料也沒了，那個蒙古大夫就叫他暫時不要回日本，叫他

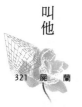

再待一個月左右，他應該會很高興吧。所以剩下的問題，就是那些命案了。」

「——所以，問題還是在阿姨身上囉？」

「對，連接妳跟『釜石診所』之間的，只有那個老太婆。所有不能曝光的事，全部都掌握在那個女人手裡。」

「要是阿姨被抓了會怎麼樣？」

「要看她抖出多少事。當然，如果她全招了，我們就完了。」

「如果她不說呢？」

「那就要看警察查老太婆查到什麼程度。」

「鮫島知道有『島岡企畫』這間公司。」

「既然如此，就不能硬是裝作沒關係。不過，那個女人殺的，只有威脅到『釜石診所』的人而已。跟我們一點關係都沒有。所以，只要那個女人不說，妳……」

光塚的話突然在這裡停下來，他注意到綾香表情的變化。

「有嗎？有跟我們有關係的命案嗎?!」

「成城的喜多川你還記得嗎？喜多川油脂的女董事長。」

「喜多川？啊，記得，那個想要男人想瘋了的老太婆，她還想勾引我……」

「她到處跟那些有錢朋友說，我們診所沒有效。甚至還找上門來要我們還錢，我還給她了。但是她還不滿意，繼續說我們的壞話。其實真正的理由是她看上了在我們店裡工作的男孩子，因為對方不聽話，所以她才這樣洩憤。」

「所以……」

「我也沒辦法啊，那個女人身邊有好多我們的客人，而且口耳相傳介紹來的客人也正在增加，所以我拜託了阿姨……」

「用了那個藥嗎？」

「對。」

光塚片刻露出了失神的表情。

「妳只要碰到麻煩事，都去找那個老太婆。那個女人瞞著我一個接一個地殺人，太荒唐了，這實在太離譜了……」

搖搖頭。他看起來束手無策。

「把阿姨——」

綾香話說到一半，安靜了下來。光塚沒有說話，直盯著綾香。

「讓阿姨到很遠的地方去吧。」

「那個老太婆哪裡都不會去的，妳不是也說過嗎，妳們就像母女一樣。不管怎麼樣，那個老太婆都不會離開妳的。」

接著，他突然感到一股寒意。

「那個老太婆，該不會把藥留在家裡吧。」

「這應該不用擔心……可能會有其他東西，她這個人什麼都要留。」

「什麼！要是警方對老太婆家進行強制搜索，事情就嚴重了，老太婆還在上次那間週租公寓嗎？」

「嗯，我白天跟她通過電話，她確實還在，只不過有點緊張。」

「先讓老太婆離開東京。」

「要怎麼做？」

光塚的眼神無力，

「只剩下妳現在心裡想的那個方法了，叫老太婆到遠處去，如果她不願意的話……」

「也只能這樣了。」

光塚移開眼睛，眺望著窗外的夜景，

「如果不想被關的話。」

「我們會被判死刑嗎？」

「如果一切都曝光，老太婆肯定是死刑。妳呢——不知道。可能判死刑，就算不是死刑，至少也是無期吧。」

「無期？」

「無期徒刑，我至少關十年跑不掉。」

綾香靜靜地點頭。

「對，應該會這樣判吧。」

「不管怎麼樣，老太婆都沒救了。走，也是地獄，回頭，也是地獄。」

他像是下定決心似地看著綾香。

「這件事我來，我想妳應該下不了手吧。」

「但是這樣一來，你也會被判死刑的。」

光塚搖搖頭，「聽好了，只要老太婆一死，至少這一連串命案就找不到實際兇手，如果沒有那個老太婆的證詞，妳、我跟命案的關係，就永遠無法明朗。到時候警方也不至於讓鮫島背所有案子，所以警方和檢方應該會就此不了了之吧。即使鮫島被判無罪，也不可能再當警察。這次事件將會成為警方的汙點，將來也不會有人特地重翻舊帳了。」

「所以說我們會得救？」

「機率很高。但是千萬不能拖拖拉拉，一定要比警察早一步解決掉老太婆，我現在就出發。」

「等等，現在的阿姨即使看到你去也會有戒心的。而且，如果在東京殺了她，屍體怎麼辦？就這樣丟著嗎？」

「也對，最理想的還是自殺，或者失蹤。」

「對啊，最好先把阿姨帶到遠一點的地方。」

「可是不能去接她，如果有人埋伏就會露出馬腳了。」

「我用電話讓阿姨一個人行動。請她離開東京，到一個安全的地方跟我們會合。」

「妳也要來？」

「我去。」

綾香閉著眼睛。只要我去，只要我在，說不定阿姨會願意為我而死。

──好啊，就照妳想要的辦。

她幾乎要聽到文枝這句話。

「要到哪裡？」光塚用乾澀的聲音問著，像是已經作好了心理準備。

「最好是熟悉地緣關係的地方，而且我們出現也不顯得突兀的地方。」

「還必須是請阿姨過去也不奇怪的地方。」

兩人互看了一眼。

「就是那了……」光塚說。

38

目前為止的人生中，最長的夜晚終於破曉。上次在這間警視廳小會議室，雖然時間短，還能小睡片刻。

可是，這次鮫島卻完全沒能闔眼，直到天亮。

他腦中思緒不停。

想著一直以來身為警官的生活，身為一個人的人生，以及身為一個人民保母該有的樣子。

一旦放棄當警察，宮本將遺書託付給自己後死去的遺志，就再也沒有機會能讓任何人知道。

要發表這份遺書，即使不當警察，也可以透過週刊或報紙等方式公諸於世。可是一旦成為一個有殺人和收賄嫌疑的警察，會有多少人願意傾聽自己的意見呢？

宮本的那封信，自己一直保管著沒有交給任何人，是不是錯了呢？

鮫島不理會任何脅迫、懇求或者收買，始終藏著這封信，並不是為了不去傷害別人，而是怕傷害到警察組織本身。

這個國家的警察的確有很多矛盾和缺陷，但是，有好幾萬人就在這說不上公平也得不到滿足的職場當中，咬緊牙關獻身於嚴苛的任務。他們並不是因為希望獲得更高階級或者讚美而這麼做，讓他們留在這肉體上、精神上都太過殘酷的崗位上的最大理由，還是使命感。

過度的使命感，確實會讓人感到某種霸氣，也會引來權力的誇耀。但是在不斷下著雨的冬夜，呼著白色氣息，快步踏著冰凍腳尖取暖，渾身濕淋淋地在戶外長時間站立，絕不是出於對權力的嚮往。

在任何人都想別過頭去的流血意外或暴力事件現場，忍受著惡臭跟嘔吐的感覺奮戰，惕勵只有短淺睡眠因而疲憊不堪的身體，堅持尋找證據，也不是因為逮捕犯人後，肯定會獲得別人的尊敬或信賴。

驅動他們的，完全出於一份使命感，認為這份工作對社會而言是必須的，而自己也應該從事這份工作。

即使警察的工作，並不受到警察以外任何人的認同，他們也一樣懷抱著驕傲。這份驕傲是對自己的驕傲，一旦失去，警察就會淪為空有權力的人。

警察可以武裝，有時也會以法律認同其所行使的暴力。因此，要是誤以為自己握有權力，無窮盡的腐敗就會由此孳生。

警察裡並非沒有人產生這種誤解。一粒老鼠屎可以壞了一鍋粥，任何組織裡都會存在喪失尊嚴，或者產生錯誤思想的人。

腐敗的警察多半不是對警察這個職業絕望，而是對警察組織本身絕望，這種不滿造成了腐敗的原因。

公開這封信，說不定會引起這種對警察組織的絕望。

在現場執勤隸屬命令系統末梢的眾多平凡警察，正是支撐警察組織，讓這個龐大機器得以運作的人。但是，信的內容只會引起他們對指揮系統根基產生不信任，並沒有其他功用。

信的公開，可以從根柢讓該離開的人離開。確實，這麼一來或許可以多多少少淨化組織的中樞，矯正惡習。可是，對於絕大多數的現場警察官來說，卻會帶來更多的懷疑和絕望。

這種情形就跟鮫島現在的立場很類似。鮫島是因瀆職和殺人而髒了手的警察這個風評，其實不管是不是事實，都會降低社會對警察的信賴。

萬一這件事爆發，哪怕鮫島的嫌疑只有一丁點，警察就必須抱著凜然的決心加以處分。

一想到這件事，自己不公開那封信到底是不是正確的行為，鮫島確實感到自己的信念產生了動搖。

如果發現警察組織隱匿警官嫌犯的存在，並且企圖湮滅證據的事實，瞬間就會喪失對警察的信賴。

不管鮫島是否清白，都一樣會發生。

對於宮本的信，自己是不是也做了同樣的處理？由於太過擔心現場警察的士氣低落，自己心裡或許有個念頭，想抹去曾經發生的事實。

這並不是一個能夠簡單回答的問題，但也是一個總有一天不得不面對的問題。

答案只有一個。公開這封信，讓該負責的人負起責任。同時，也必須改變產生這種問題的環境。

但就自己一個人，真的能夠辦到嗎？

不，在擔心那件事之前，不管有多困難，現在自己到底還有沒有實現的機會呢？

無論問誰，這個問題都不會有答案，也無法尋求任何建議。

天亮了，瀧澤死亡的通勤時段到了。

這個時刻過去，到了九點、十點。

沒有出現任何人來通知鮫島任何事。輪班監視鮫島的二課刑警們，也什麼都沒說，可能他們自己也毫不知情吧。

十一點多，鮫島走近薄窗簾拉開的窗邊。鐵柵欄的縫隙可以看見照射在微弱陽光下的共同廳舍。整齊有序、散發著威嚴的這些建築當中，每個人都在工作。工作的內容雖然不同，但每一件渺小作業集大成之後，就能驅動這個國家。

公務員，領稅金過活的人，但又對自己的工作抱持驕傲的人。支撐國家、支撐國民。我們看不見國家，但看得見國民。這所有一個一個的人民，就是國民。這裡的每個人都是為了國家的每一個人而工作。不管再乏味、再枯燥的作業，都擔負支撐著每個人的任務。

但人終究還是要為了自己的人生而走。期待自己和自己身邊的家人和朋友這小小圈子的幸福。可是幸福並不是只有收入、地位和權力。問問自己，自己的存在、自己一路走來的這條道路，有沒有脫離出於自我意志決定的規則。若能確認沒有脫離規則，也能帶來一種幸福感。

鮫島是為了自己才當警察的。他相信沒有背離自己人生的規則，是他的驕傲，也是他的幸福。所以現在他並不想放棄當警察。堅定維持一個自己所相信的警察形象，可以獲得驕傲和幸福。他不想放棄。如果是被強行剝奪，他更加不能接受。

他想奮戰。無論如何，他都要為了自己的尊嚴和幸福而戰。

十一點四十八分，小會議室的門開了。

宗形和桃井站在門口。鮫島無言地看著他們兩人，桃井反手慢慢關了門。

宗形表情僵硬地說，

「抱歉讓您久等了。我直接說結論，你的職務權限停止解除了。詳細情形請桃井警部告訴你。十二點開始有午餐會議，我先告辭了。」

宗形轉向監視鮫島的兩名刑警，

「辛苦了，可以回你們自己單位了。」

刑警和宗形離開會議室。

鮫島依然站著，跟桃井四眼相對，桃井吐了一口氣，

「先坐下吧。」

鮫島坐下，桃井也拉過一張鐵椅子。

「結果出的是一課的村內那一班，你也認識吧。」

「是。」

村內以前待過新宿署刑警課，之後被機搜看上，調到搜一去。他對新宿很熟，所以他在機搜時鮫島曾經跟他見過幾面。這個人不多話，搜查一向不惜粉身碎骨。

「他們發現島岡文枝了。村內那一班今天早上全體出動到周邊問訊，有兩個昨天發生事件時就站在她旁邊的乘客，看到文枝的照片指認出來了，也確認文枝確實站在瀧澤正後方。文枝的住址是板橋那間公寓，掛名島岡企畫負責人住處，在法務局有登錄。警方馬上進行強制搜索，雖然沒有找到她本人，但是沒收了一些遺留物品。」

「有些什麼？」

「手拿包。好像是三森的東西，應該是她從小瀧橋帶回來，還沒來得及處理，塞在壁櫃最後方。」

鮫島吐了一口氣，果然是島岡文枝下的手。

「現在已經對文枝下了逮捕令，先暫時以殺害瀧澤的嫌疑。」

「我得跟村內談談。」

桃井點點頭。

「上面現在還希望盡量不要把事情鬧大。除非抓到文枝為止，否則都無法了解事件的全部真相，所以現在只有村內那一班在行動，他說，希望能有你幫忙。」

鮫島閉上眼睛。

「幸好是村內先生。」

「就是啊，如果不是村內，你可能就被排除在調查人員之外了吧，而且，即使找到島岡文枝的目擊證人，其他人可能不會進行到強制搜索這一步。畢竟是突然接到的工作。」

鮫島點點頭，桃井說，

「表面上你是在幫忙找出島岡文枝殺害三森的確切證據，畢竟三森曾經在你的管區裡。」

「我知道了，那現在應該先做什麼？」

「先找出文枝的下落。根據當地調查的結果，她從前天開始就沒有回家，現在應該刻意躲了起來，但這絕不是文枝一個人能想得出來的計畫。村內想知道她有可能去的地方，你有沒有線索？」

「『釜石診所』呢？」

「那邊已經查過了。等到三森那個案子的嫌疑確定，應該也會強制搜索吧。」

鮫島吸了一口氣，想著。

「『釜石診所』的院長怎麼了？」

「好像出國旅行了，要是強制搜索查出了什麼，就會在成田逮捕他。」

「剩下的就是藤崎綾香了。」

「可是沒有證據可以證明她有直接關聯，這方面的狀況村內都還不知道。」

「我跟村內先生見一面。」

鮫島起身。

「如果藤崎綾香讓文枝離開東京，除非公開搜查，否則就很難找到人了。」

「公開搜查是不可能的，上面絕對不敢跨出這一步，除非抓到文枝。」

「但如果綾香把文枝解決掉的話……」

聽到鮫島的話，桃井也露出嚴肅的表情點點頭。

「真相就會永遠被掩蓋在黑暗當中。」

39

對文枝來說，潛入醫院這個工作相當輕而易舉。綾香在昨天深夜聯絡文枝，文枝一覺也沒睡，精心擬定計畫。可能因為這樣，現在頭痛得厲害。

上午八點半，文枝看準ＪＲ新宿車站最擁擠的時段，搭上從東京出發的普通列車，普通列車又換搭了急行，前往山梨。

由急行換乘當地電車，到達山梨高原車站時，已經是下午將近三點了。

文枝聽綾香說過，醫院晚上也可以進去探病，已經幾年沒見到茜了呢？

綾香為什麼到現在才打定主意，她在電話中並沒有告訴文枝。

——等這件事辦完之後，就像上次說的，一起去泡溫泉吧。我也會過去那裡跟妳會合，我們搭慢車去吧！從山梨穿過長野到群馬，那裡還有草津溫泉，還是乾脆跑遠一點，到湯澤去好了。好期待喔！阿姨，我們兩個人一起去，妳說好不好？

綾香像個孩子一樣興奮，她亢奮的樣子讓文枝感到一絲不安。

那孩子一定出了什麼事，不想讓我發現，而且一定是不好的事。

可是，聽到綾香說可以離開週租公寓，讓文枝鬆了一口氣。那裡真不是人住的地方。文枝的家並不大，可是週租公寓又是另外一回事了。每樣東西都是剛剛好的小尺寸，連一點浪費或多餘都沒有。這裡就像飯店的房間，但又沒有管理得那麼好，赤裸裸的生活和非現實奇妙地混雜著。同一樓住的幾乎都是外國人，長相和體型酷似日本人，但卻講著完全不一樣的語言。那些人分散在公寓各處，到了晚上，就會聚集在文枝附近的房間，打開門熱鬧談笑著。文枝心裡不安，把門鎖上，放著棒針的袋子片刻也不敢離手。能夠離開那裡，對文枝來說真是個大好消息。

——我再也不用回來了吧？

——嗯，當然不用啦。對不起，阿姨，讓妳受委屈了。

——去小茜那邊之前可以先回家一趟嗎？我想拿些換洗衣服，之後要去溫泉嘛。

文枝說完，電話那一頭的綾香沉默了下來。文枝正要開口說，算了，沒關係，就在這一瞬間，綾香低聲地說，

——對不起，阿姨。請不要回去，現在有點麻煩……

她的聲音好像在哭，文枝確認了自己不安的預感。

文枝忍住，沒在電話裡追問。見了面就知道。只要見了面，我馬上就知道那孩子現在需要什麼。

高原車站附近色彩繽紛卻混亂的廉價禮品店，裡面幾乎都是國中或高中生會喜歡、愚蠢至極的玩偶、抱枕和鑰匙圈等玩具。文枝拿著車站發的觀光地圖，進了一間咖啡廳。咖啡廳裡已經被十多歲的年輕孩子們給占據。怎麼看應該都還是高中生或國中生的年紀，怎麼不上學呢？今天明明是上課日啊。

她配著咖啡一口氣吞下頭痛藥。休息一會兒，頭好像比較不痛了。現在吃藥，是因為距離到醫院之前還有一點時間。

觀光地圖上寫著，距離車站路程十五分鐘左右的地方有間美術館。傍晚之前就到那裡去打發時間吧。綾香告訴了文枝有哪些可以用的名字。不過，對文枝來說，只要能穿過閘門就

足夠了。

只要醫院還是間醫院，文枝就知道裡面會是什麼樣的構造。她有在大醫院工作幾十年的經驗，只要踏進去一步，就不可能擔心迷路。

傍晚六點，文枝搭上在車站前叫的計程車，穿過別墅區的閘門。快五點時開始下雨，天氣漸漸變冷。計程車司機抱怨著今年的多雨，還預測到了半夜雨可能會變成雪。文枝罩著毛線帽，還戴上了口罩。

車停在閘門前的司機，回頭問文枝，

「您探病的對象是哪一位？」

「下村浩一郎。」

文枝說出的名字，原封不動地被轉述送進對講機。閘門打開。下村浩一郎是住在茜隔壁病房的患者。一個二十三歲的年輕人，企圖引排氣管自殺，結果把身子搞成得住進這間醫院。父親是知名建築師，連文枝都知道他的名字。有名人的親屬，在醫院裡總是容易成為話題的對象。護士告訴綾香，他母親差不多每個月來看他一次，但父親好像幾乎從沒出現過。

二十三歲就想自殺，到底遇到了什麼事？跟不來探病的父親之間有什麼芥蒂嗎？大概就這麼回事吧。既有名又有錢，這種人多多少少都會有只能向自己人吐露的煩惱。在這一點上，神是公平的。這個世界上絕對不存在著沒有煩惱、沒有痛苦的人。

計程車穿過別墅區時，文枝發現必須修改一下當初擬定的計畫。醫院蓋在別墅區最深處。本來文枝打算在醫院稍前方下計程車，偷偷潛入醫院，不告訴院方自己來訪。

但這樣的話，回程就得用走的出去了。

別墅區在太陽西下後的冬天，是一片深濃的黑暗。在強烈頭燈照亮下，只看得到葉子全落光的樹木，和防風板緊閉的建築，以及宛如銀色箭頭般的雨而已。

文枝感到強烈的寒意。因為她想起來，現在即將造訪的醫院，並非以治療傷病為目的的地方。在這樣的夜晚，蓋在別墅區深處，一個不知道有白天和夏季，完全被寒氣支配的醫院，是為了被遺忘而存在。

將絕對不可能睜開眼睛的親人安置在那裡，負擔龐大的住院費用，藉此緩和罪惡感。那被驅趕到心靈角落，或者乾脆遺忘的罪惡感。

不過，文枝可以理解患者家人這種心情。親人當中有人患了重病，就好像不斷走在一條漫長又看不見盡頭的隧道裡一樣。家人除了產生同情和焦躁，很不可思議地，還會對自己仍然健康感到憤怒。奮戰對抗疾病，需要無比的勇氣，也必須要具備跟平常生活中絕不會有的毅力。

住院生活拉得愈長，患者和家族慢慢會了解，即使醫師和護士從旁協助，他們基本上還是跟自己立場不同的人。能夠在戰爭最前線跟患者和家族並肩作戰的醫師或護士並不多，結果能醫治患者自己身體的，終究還是患者自己。這些事醫師和護士並不會在患者剛住院就馬上告知，因為患者可能會覺得自己被放棄。

家屬想從重病親人壓力獲得解放的心情，要責備，或者理解，其實都很簡單。換句話說，這是只有當事人才會有的心情，也只有當事人才有對這態度的決定權。

讓親人住進這間醫院後，有些家人片刻都沒有忘記，也有些家人就像是將貴重物品鎖進安全保險箱後一樣，完全拋諸腦後。無論如何，其他人對此都無權置喙。

而茜對文枝來說，則是另一種問題。現在在文枝心裡，只有當時對茜的感覺。那是二十二年前的茜，美麗、高傲、易怒，公主般的茜。

文枝不知道綾香對茜是什麼樣的心情。綾香定期去看茜，但卻又對這件事隻字不提。文枝已經二十二年沒看過她了。在見到現在的茜之前，別說綾香的心情了，就連自己的心情會是什麼狀況，她都無法想像。

而文枝心裡有數，她接下來要做的，都是為了綾香，為了順從綾香的心願所實行的最後一次殺人。

那孩子應該再也不會開口拜託，要自己為了她殺人了吧。那孩子已經沒有這個必要了。就連大樓推落的那個男人，也不是因為那孩子拜託，而是文枝自己的判斷。男人的目的是綾香的身體。他以為達到目的之後，綾香就會對自己唯命是從。那男人不懂，綾香絕不是個會對跟自己上床的男人百依百順的女人。

當然，自己不是因為這樣而殺了他。男人答應要跟那個叫鮫島的刑警見面，她直覺不能眼睜睜放著不管。鮫島很危險，這點光塚也強調了好幾遍。

其實文枝也不希望讓那個光塚活命，說不定光塚將來也會想利用那孩子。她告訴過綾香好幾次，千萬不要愛上光塚。不過，光塚是那孩子自己找來，做為左右手的男人。那孩子曾經說過，想在新宿這個地方當一個更加成功的企業家，需要一個像光塚那樣的男人。

——有光塚在，很多事都很方便呢。比方說不需要見的人，或者不想見的人，都可以交給光塚處理。社會上這麼多人，有很多人會故意欺負我，或者放些奇怪的謠言呢……

那孩子可能終究會放棄自己，選擇光塚。從最近那孩子對自己的態度，隱隱約約可以察覺到。

綾香的客套，讓文枝覺得寂寞。她希望綾香永遠能向自己撒嬌。只要是為了那孩子，需要忍耐什麼樣的痛苦，自己都能承受。

計程車開到醫院正面玄關，付錢時司機問。
「需不需要等您啊？打電話叫車也很快的——」
文枝思考了一瞬間，
「那就麻煩你等我吧。三十分鐘或一個小時吧，可以嗎？」
她反問司機。
「沒問題。」
司機點點頭。
下了計程車的文枝，凝視著醫院入口。嵌著彩繪玻璃的窗戶，在內部燈光照射下，閃耀著紅、藍、黃色。看來就像一棟教會的建築物，這跟文枝以往所看過的任何醫院，都不一樣。
蓋這間醫院時，設計者一定知道它的目的。所以這裡的氣氛看來不太像醫院，反而更像靜養中心，而且還是宗教團體經營的靜養中心。
文枝推開大玻璃門。門沒有上鎖，一片寬闊蕩然的空間開展在眼前。最後面有個像飯店櫃檯的檯面，穿著白衣的男人出神地坐著。櫃檯前放著一套皮製沙發組，旁邊有座暖爐，裡面真的燒著柴火。
文枝筆直走向那櫃檯。前方有座白色大螺旋梯，對面的牆壁上裝飾著大型宗教畫。建築物內很溫暖，也很安靜。站在櫃檯前，可以感覺得到火焰的溫暖。
「您來探病嗎？」
白衣男子抬起頭。
「對，是的。」

文枝點點頭。
「患者的大名是？」
「下村浩一郎。」
「您是親屬嗎？」
「我是他姑姑。」
「請在這裡寫下您的名字。」
男人推出一本大大的皮革封面筆記本，金色的筆放在打開的頁面上。
文枝用帶著毛線手套的手拿起筆，寫下「下村文子」。
「您要過夜嗎？」
「不，大概三十分鐘左右就回去。」
「好的，我知道了。」
男人點點頭，按下櫃檯下的按鈕。背後的門打開，出現一位在白衣外披著開襟外套的年輕護士。
「我來探望下村浩一郎。」
「好的。」
少話的護士點點頭。安靜地穿過櫃檯出來，帶領文枝，
「請這邊走。」
膠底涼鞋登上了螺旋樓梯。文枝無言地跟在後面。
二樓跟一樓截然不同，是一條什麼都沒有的漫長全白走廊。上樓後馬上先看到一間大候診室，放著大型電視和豪華沙發組。

護士完全無視於無人的候診室，逕自在走廊上前進。文枝對於護理站不在明顯地方，感到很奇怪。那應該在走廊中央，從任何病房都能馬上趕到的地方才對。

文枝開口問了往走廊後方繼續前進的護士。

「請問……」

護士無言地轉回頭。

「護士們都在哪裡呢？」

「妳是指護理站嗎？」

「對。」

「就在剛剛經過的那道門裡。」

「啊？喔。」

這麼一說她才注意到。走廊兩側像飯店一樣排著許多扇門，每扇門上都有抽換式的名牌，寫著住院患者的名字。而只有其中一扇門並沒有名牌，只嵌著玻璃窗。文枝一邊走遠一邊望向那扇窗。牆邊緊密地排列著心電圖的螢幕。這畫面裡顯示的，不是奇蹟，就是安靜的死亡。

護士停在走廊左邊從後面數來第二間的門前。

文枝發現到自己感覺到的莫名異樣是什麼了。通常在這個時間，住院病房大樓會飄著各種冰冷食物的味道。因為這是回收提供給患者餐食的時間。不過，這條走廊上完全沒有食物的味道。

護士敲敲門，打開。

「下村先生，有人來看你了。」

她往房裡這麼說。即使知道這麼說裡面也不會有回應，護士還是會這麼叫患者。這是他們給自己的規定，為了不忘記患者不是物體，而是人。

當然，裡面不會有任何回應。

「請進。」

護士按著門，讓文枝進去。文枝穿過身邊，她自己則停在走廊上沒進去。

窗前拉上厚厚窗簾的病房很明亮，溫度比走廊稍微高一些。

接近窗邊的床鋪上，躺著這個房間的主人。從文枝的位置只看得見年輕人的黑髮。

文枝站在房間中央，仔細地觀察內部。隔壁茜的病房一定也是相同格局。

她走近床鋪。相當瘦弱的年輕人安靜地睡著。他的眼睛下有黑眼圈，即使閉著眼睛，看起來也很神經質。

文枝尋找著屋內的攝影機。這種醫院裡在俯瞰患者床鋪的位置裝設攝影機也不奇怪，雖然病情很少會有劇烈變化，不過這麼做是因為醫生和護士的人數有限。

沒有，她想起綾香的話。

——那裡最重視患者和家人的交流，所以來探病的家人如果願意，可以在患者的房間裡過一晚。

沒有設置攝影機，一定是為了維護訪客的隱私吧。

文枝就這樣站了一會兒，凝視著年輕人。枕邊放著文庫本和度數很深的眼鏡。眼鏡鏡片上覆著一層灰塵，顯得白霧霧地。

好一會兒，她終於背向年輕人，走向病房的門。她打開一道細細的門縫，剛剛領路的護士已經不在。

她有不發出腳步聲在走廊上走路的豐富經驗。迅速走出走廊，接近最後面的那間房間。看著名牌「須藤茜」，她握著門把，打開了房門，滑步進了房間。

首先是一股令人暈眩的強烈花香。文枝安靜地關上門，轉過身來呆站著。

病房裡擺放著滿滿的蘭花，花田裡突兀地擺著一張床。文枝有好一陣子動也不動，看著眼前的光景。

她終於了解綾香對茜的心情。膝蓋微微地顫抖，感覺到自己胸口湧起某種抗拒接近床鋪的情感。

她害怕見到茜，不想看到茜的臉。

振作點！文枝斥責自己。但是，雙腳卻不聽使喚。

文枝將右手伸進跟皮包一同掛在左手上的布袋裡，用力握著棒針，步履僵硬地走近床鋪。

茜就在那裡。文枝停止了呼吸。

一點都沒變的茜，就在這裡。

文枝永遠忘不掉第一次見面時綾香的眼睛。文枝在那之前遇過好幾個苦於重病的孩子，也看過好幾個孩子嚥下最後一口氣的樣子。孩子比大人更快、更能清楚接受自己面對的現實。痛苦侵襲自己的身體，並且終究會奪走自己身體的事實，他們比任何大人更能坦然接受。這些孩子無一例外，都有著清澈美麗的眼睛。這些眼睛的美麗，沒有其他東西足以相比。不管在世界任何地方、任何人，都無法勝過已有受死覺悟幼小孩子的眼睛。他們的眼睛期待能看到世界上所有東西，直到不得不閉上的最後瞬間，都迫切想將所有看到的影像烙印在眼底。他們所擁有的時間實在太短，想看的東西實在太多。所以他們的眼睛裡一點陰翳都沒有。哪怕只有些許、哪怕只多一個，也必須多看看這世界，留在心裡才行。

看到十三歲綾香的眼睛時，文枝心想，這個少女一定也身患重病。不過，她清澄眼睛裡有的，卻不只這些。

綾香眼裡有著跟將死孩子眼睛的美完全不同的其他東西，那就是絕望，以及孤獨。綾香並沒有詛咒任何人，也不怨恨這個世界。

了解綾香絕望和孤獨真面目的線索，就是眼前的茜。

當文枝知道綾香住院的目的不是為了治病，而是為了做為器官捐贈者取出內臟時，她先是覺得驚訝。綾香並沒有生病，但是，她為什麼可以擁有如此美麗的雙眼？

要跟綾香說話很困難。綾香到文枝工作的醫院來時，已經是個封閉了自己心靈的孩子。她的胸中有個巨大的冰塊，她蜷縮在那中心部，盡量避免觸碰到那冰冷的表面。

相較之下，等著動手術的茜言行舉止都有如公主。乍看茜時，文枝也同樣感到驚訝。家有病弱兒童的雙親，往往因為太溺愛自己的孩子，造成孩子的性格過度任性。茜就是這種典型，而性格扭曲得如此嚴重的女孩，文枝還是第一次見到。

心靈緊閉的少女，心靈扭曲的少女。而這兩個人的長相又是令人驚訝地相似。唯一明顯不同的，只有那對眼睛。

綾香被絕望和孤獨封閉的眼睛清澄美麗，茜那對稍微看不順眼的人動輒展現惡意攻擊的眼睛，總是釋放著冰冷的怒意。她的怒氣往各種方向釋放，朝向這個世界的所有東西。

這兩個人都充分享有上天賜予的美麗。

那是同情嗎？

一開始，文枝以為綾香是因為害怕面對器官捐贈手術，才封閉了心靈。如果是這樣，那麼緩和她心裡的恐懼，也是護士文枝的工作範圍。可是，隨著綾香封閉的心靈逐漸敞開，文枝也遠遠超過了自己職業上的範圍，轉而成為撫慰綾香心靈的人。

遭受雙親嚴苛的對待，在被收養的姨媽家，又體驗了劇烈的絕望和恐懼，綾香置身於完全的孤獨當中。文枝想告訴綾香，她並不孤獨。可是，要讓她相信這一點，就必須證明文枝確實站在綾香這一邊。

文枝走進綾香心裡，直到完全無法回頭的深處。什麼都不做，就等於拋棄對方，這種行為將會把一度企圖從絕望裡站起來的綾香，推入更深的絕望中。一旦文枝抽手，綾香一定會有遭到背叛的感覺。她一定會後悔，自己曾經敞開了心靈。

言語已經無法證明什麼──文枝了解這一點時，卻一點抗拒都沒有地選擇走上支持綾香的道路。罪惡感、恐懼、猶豫，都不存在這條路上。因為到了這個地步，這已經不是為了綾香，而是為了給自己留下身為一個人的證明。

文枝早已學會，在醫療技術的界限上，如何接受患者死亡的事實。因為這就是文枝的工作，即使有不甘、痛苦或悲傷，都應該要加以消化。

可是，文枝無法容許綾香的心接受死亡。因為綾香心靈的死亡，跟醫療技術界限完全無關，有可能靠文枝的力量阻止。如果不阻止，文枝有預感自己的心似乎也會跟著死去。

文枝對綾香既沒有預告，也沒有承諾。她只是執行。

文枝的手放開後，茜的輪椅快速滑下坡道，撞上停著的綠色卡車側面，文枝一直在坡道頂上看著這一幕。

聲音很大。那是輪椅被輾壞的聲音，這同時也是告知，從這一刻開始，文枝和綾香的人生齒輪即將緊密互相咬合的聲音。

文枝低頭看著茜。這孩子皮膚本來就很白，現在更是連表皮下的血管全都能清楚看見的透明肌膚。

文枝嘴裡十分乾澀。明明沒有必要說任何話，舌頭卻覺得不能不說些什麼，在嘴裡打了結。

文枝的右手緊握著棒針的柄，幾乎要弄痛了自己。她的眼睛怎麼都離不開茜那雪白又美麗，依然是十四歲公主的臉龐。

胸口竄過一股刺痛。茜就這樣，躺在這裡。一直這樣、一直這樣、一直這樣、一直這樣……

死，已經不具有任何價值。在這孩子白細的手腕上，刺下塗了「ＤＩＣ」的棒針，已經沒有任何意義。

不過這是那孩子的希望、那孩子的心願。我要站在她那邊。文枝下定決心，不管發生什麼，不管面臨什麼狀況，都不能背叛那孩子。文枝深呼吸了一口氣。就好像是快溺水的人終於把頭探出水面上時一樣，從喉嚨發出聲響。

喀啷，背後響起某些聲音。文枝全身僵硬，她迅速轉回頭。是那個男人，他一個人，背對病房門前站著。

40

島岡文枝睜大了眼睛，驚訝和不安讓她的肩膀劇烈地上下擺動。

「你為什麼在這裡？」

嚴厲的聲音，像在譴責對方做錯事的語氣。

「你為什麼會在這裡！」

文枝的聲音很尖細。

「因為我認為只要在這裡，妳或者藤崎綾香就會出現。」

鮫島說。

「為什麼，為什麼?!」

鮫島盯著文枝的臉，往前踏了一步。須藤茜的病房跟鮫島等人所在的護理站旁空病房相比，要溫暖許多。

攝影機放在患者和探病家人絕對不會看到的位置，設置在空調通風口內部。醫院的院長說明，這是一種「體貼」。監視患者病情的攝影機絕不可少，但裝在眼睛明顯看得到的地方，會給探病的人不愉快的感覺。從這裡也可以看出，對醫院擁有強力發言權的，不是患者，而是家屬。

「妳的逮捕令下來了，罪名是殺害大藏省國稅局查稅官瀧澤賢一的嫌疑。」

「我什麼都不知道。」

文枝搖搖頭。

「請先跟我們回警視廳再說，請跟我們走吧。」
「你開什麼玩笑，我才不跟你走。我哪裡都不去，你胡說些什麼啊。」
鮫島冷靜地看著文枝。
「島岡太太，我們已經知道現在躺在這裡的須藤茜小姐跟妳，還有跟藤崎綾香小姐的關係了。」
「你知道什麼——不要過來！」
文枝嘶喊著。因為鮫島又往前走了一步。
鮫島背後的門打開。搜查一課的村內和兩個部下，站在鮫島身邊。
「你們這是做什麼，一群男人圍著我，到底想幹嘛！」
「島岡太太。」
鮫島說，盯著文枝右手伸進的手提袋裡。
「請妳不要抵抗，妳已經沒有地方可去了。」
「我去哪裡跟你們沒有關係，你們休想攔我。」
兩位刑警大步走上前，文枝從手提袋裡抽出右手。
「小心！」
鮫島大叫。文枝緊握著竹製的毛線用棒針，前端已經變成黑色了。
「那個棒針前端可能塗著劇毒，稍微刺到就會沒命。」
刑警們全身僵住。
「媽的！」
村內咂舌了一聲，掀開上衣前襟，猶豫著要不要使用手槍。

「後退，都給我後退！」
文枝發出尖銳的高音。刑警們後退到棒針搆不到的位置。
「我要走了，我才沒時間聽你們說這些荒唐的話。」
「妳跟人有約嗎？」
鮫島說。
「什麼？你在說什麼。」
「妳跟藤崎綾香有約是嗎？她現在下落不明，應該是打算跟妳一起逃到哪裡去吧？」
「那孩子為什麼得逃？那孩子是正正派派的企業家！」
「可是她是妳殺人的共犯……」
「她什麼都沒做！那孩子什麼都沒有做！」
文枝激烈地搖頭，力道大到讓她的毛線帽脫落，落在躺在病床的須藤茜胸口。
「不要開玩笑了！你們想對那孩子做什麼？那孩子做錯了什麼？我絕不允許，絕對不准！」
「既然這樣，就請跟我們到警視廳慢慢談吧。」
「我才不會中你們的計呢。」
文枝臉上浮現淺笑，揮著棒針。企圖閃避的一個刑警滑了一下，身體撞到固定在茜床鋪的機器上，發出很大的聲音。趁著文枝往那邊看的瞬間，另一個刑警撲向文枝。刑警抓住她的右手，文枝用幾乎不像中年女性的力氣甩開。
「放開我！放開！」
鮫島抽出特殊警棒。

「把它打下來！」

村內說，並且回頭向敞開的門扉大吼，

「支援！」

立刻就有五、六名前來協助山梨縣警察官衝進病房。

蘭花的盆栽紛紛翻倒，花瓣散落在地。

「小心！那個棒子上有劇毒！」

村內提醒制服警官。警官也仿效鮫島，抽出警棒。

文枝被警官包圍，一步一步往後退。她輪流看著位於中心的鮫島，和躺在床上的茜。

「是妳，是妳讓她變成這個樣子的。」

鮫島說。文枝瞪大的眼睛裡，出現了某種變化。

「對！是我幹的。但你們不會懂的，絕對不可能懂的。」

文枝的臉泛紅。她眼裡閃著光，一開口就口沫橫飛。

「妳為什麼要這樣袒護她?!她到底可以給妳什麼？」

「給我什麼？你真的一點都不懂。」

文枝笑了。

「我不要那孩子給我什麼，是我能給那孩子什麼。」

「荒唐！妳到底是她的誰？妳是她媽媽嗎？」

「你不知道吧。無所謂，沒有人會懂，尤其是你們，更不會懂的。」

她剛說完的那一瞬間，其中一個制服警官就用警棒打了過來，文枝慌亂間抬起左手去擋，骨頭折斷的聲音隨之響起。文枝皺著臉，劇痛讓她氣喘不已。

另一根警棒掃向文枝的膝蓋。文枝應聲倒在床舖上。排在後方櫃子上的花瓶掉下，碎片散落一地。另一個警官用警棒毆打。文枝把右手放在下方，用折斷的左腕虛弱地保護著右手。鮫島推開警官，抓住文枝。墊在兩人身下的須藤茜身體搖晃著。鮫島用雙手抓住文枝的右手，抽了出來。

文枝的身體頓時無力。鮫島用力地按著文枝右手腕內側，她的拳頭鬆開，棒針掉下。

「抓到了！」

「手銬、手銬！」

文枝的右手腕被銬上了手銬。鮫島把文枝拉起。

「啊……」

文枝用沙啞的聲音呻吟著，閉上的眼睛溢出了痛苦的眼淚。

文枝慢慢睜開眼睛，她變紅的眼睛茫然地望著鮫島。

文枝的嘴角浮現了曖昧的笑。鮫島一驚。

文枝大衣的前襟敞開，毛線開襟外套下穿著白襯衫。鮫島打開開襟毛衣，文枝任由他擺布。

襯衫右胸稍下方，出現一小塊紅色的血漬。

「糟了，快叫醫生來！」

鮫島大喊。

「她刺了自己的身體。」

笑容僵在文枝的嘴脣上，她癱軟地靠在鮫島身上。鮫島支撐著文枝的身體，望著她的臉。

「振作一點！妳這是做什麼啊！」
文枝彷彿完全沒聽到他的聲音，眼睛眨都不眨一下。
醫師在警官陪同下跑了過來。
「怎麼了？」
「她在自己身上刺了毒。」
「毒？什麼毒？」
「不清楚，只知道她體內的血管會產生血栓。」
「從沒聽過有這種毒啊。」
一邊說，醫師一邊替文枝把脈。護士將擔架床送進病房。鮫島跟醫師還有其他警官合力，把文枝的身體放上擔架床，她的臉色迅速變得鐵青。
「不太樂觀。」
醫師說著，敞開文枝前襟，用聽診器聽著。
「請再多告訴我一些關於那種毒的資料。」
「我不知道，不過她應該知道。這是一種會引起『散布性血管內凝血症』的毒。」
「『散布性血管內凝血症』？」
醫師不可置信地高聲說。聽診器抵在文枝身體各處，望向護士，迅速指示著應該是藥名的詞彙。
「這個人叫什麼名字？」
「島岡文枝，她是護士。」
「護士?!島岡太太，島岡太太！妳聽得到嗎?!」

醫師叫喚著文枝。文枝半閉的眼瞼開始痙攣。
「現在要替妳注射肝素，島岡太太，妳聽得見嗎？」
「……不……行……了，啊……好難受……」
文枝呻吟著。
「妳知道中和這個毒的方法嗎？中和的意思妳知道吧？啊？島岡太太？」
「……不知道……啊……」
醫師夾雜著焦躁的表情看著鮫島。他在文枝手上連續注射了好幾根護士送來的注射劑。
「怎麼樣了？」
村內問。
「還能怎麼樣？這種毒聽都沒聽過，該怎麼治療，根本一點都沒方向啊！」
醫師難掩焦躁地說。
不管誰來看，都可以明顯看出文枝的狀況正在惡化。鮫島蹲在文枝耳邊，
「島岡太太！島岡太太！」
文枝的眼睛稍微動了動。鮫島沒有把握，她能不能看到自己。
「我是鮫島。聽得到我嗎？請妳聽好了，藤崎綾香現在人在哪裡？」
「啊啊……」
「藤崎綾香，現在，在哪裡?!」
一個詞一個詞，都清楚地切割開。
「綾香？妳是綾香嗎？」
「已經意識不清了。」

醫師喃喃說道。

「對，綾香小姐，她現在人呢？」

「這裡……這裡……」

文枝動著右手，手腕還銬著手銬。

「這裡……」

幾乎要喘不過氣的文枝，胸口劇烈地上下起伏。她右手的手指指著既不是胸也不是腹部的地方。

「這裡……」

接著，她深深吸了一口氣，發出拉著長長尾音的呻吟聲。醫師咂舌一聲，衝向文枝身體。文枝的身體彎曲得像弓一樣。

醫師移動了好幾次聽診器，用手指扳開文枝的眼皮，用力咬著嘴唇。

最後終於吐出一句。

「斷氣了。」

鮫島低頭看著文枝。眼睛半閉的狀態下，文枝一動也不動。手銬在露出的白色腹部上發著光。鮫島拿出鑰匙，解開了她的手銬。

文枝已經沒有生命的指尖在身體上搖晃。卸下手銬後，手指剛好停在一雙乳房當中。從年齡看來，這乳房令人驚訝地雪白、豐滿。

41

「這裡就可以了。」

鮫島說著，讓山梨縣警的警車停了下來。一下車就發現，路上覆滿一層薄薄的白雪。放眼望去整個世界都散發著白茫茫的光線。大約一個半小時之前，原本的雨就開始變成雪。

一回頭，發現兩台警視廳搜查一課的便衣警車，停在自己搭的警車後面。關掉頭燈，眼前閃閃發亮的針葉樹樹枝上堆滿的雪，模糊在一片泛白幽暗裡。

眼前出現一棟原木小屋風格的建築。小屋立起防風板，但從縫隙裡透出些微的光線。四十分鐘前左右，在附近巡邏尋找目標的縣警警車發現了停在建築後面的車，確認車牌號碼後，發現是四谷一間酒店店長的車。就在五分鐘前，前往那間酒店的桃井來了聯絡，說是店長離開店裡，車借給了常客。

別墅的建地大約三百坪左右，管理事務所表示，別墅主人是東京連鎖藥局的社長。為了確認這件事，打了電話過去，接電話的社長夫人回答，備份鑰匙交給偶爾會用的朋友，這個朋友是她常去的美容診所分店長。分店長承認，有時候會帶自己店裡的美容師，在主人不用的日子到別墅去玩。今天早上被自己工作的美容診所常務董事叫去，說是要借用鑰匙。

社長夫人和分店長事先都被封了口。

鮫島看著原木小屋前院積著沒有足跡的完整雪堆，心想，島岡文枝知道這個地方嗎？

應該不知道吧。文枝讓計程車在醫院玄關等著，但醫院和原木小屋之間，距離只不過五百公尺。

當鮫島知道藤崎綾香和光塚今天早上並沒有上班，他就深信兩人打算「解決」文枝。綾香要求文枝殺了須藤茜，引她離開東京，計畫在這附近找個沒人注意的地方見面，殺了文枝。

文枝的手提包裡發現一張寫著類似電話號碼數字的紙，號碼跟管理事務所登錄的原木小屋電話一致。

文枝應該是指示她，等到工作結束之後，找個安全的地方打電話到這裡來。

鮫島吐了一口氣。氣息變成濃濃的白霧。踩在乾淨的雪地上，走近原木小屋。要求自願同行❽，首先必須要打碎綾香那美麗的面具。有了文枝的失敗經驗，鮫島堅持一個人去見綾香和光塚，村內也答應了他的要求。

厚實櫟木板做成的門上，裝設著青銅的門鍾。鮫島敲了門。轉過頭，在高大樅樹遮掩下，從原木小屋看不見三台警車。

門鍾沉重的聲音迴響在四周，裡面沒有回答。管理事務所有原木小屋的備用鑰匙，鮫島借來這份鑰匙。村內認為鮫島要是出了什麼事，都算是自己的責任，硬是把手槍塞給鮫島。手槍插在休閒褲的皮帶上。

鮫島再次伸向門鍾，裡面響起了低沉的聲音。

「是誰？」

「新宿署，鮫島。」

鮫島說著。門的對面一片沉默。

❽原文為「任意同行」，犯罪嫌疑人出於自由意志同意隨同警方同行。亦即犯罪嫌疑人若不願意，得以拒絕同行。

「我手上有備份鑰匙，隨時可以開門。」
「有什麼事？」
「島岡文枝。」
「島岡文枝怎麼了？」
「先開門再說，你打算一直這樣說話嗎？」
「就算有備份鑰匙，你也沒有權力擅自開門進來。」
「你以為我為什麼知道這裡？你也幹過警察，應該知道自己現在是什麼狀況吧。」
喀嗄一聲，門鎖解開了。鮫島打開門，身穿高領毛衣和深灰色休閒褲的光塚站在眼前。光塚面無表情地盯著鮫島，眼睛有一瞬間稍微轉動，望向鮫島的背後。
「藤崎綾香也跟你在一起吧。」
「那又怎麼樣？」
「我有話跟她說。」
「沒什麼好說的。」
鮫島不管他，逕自踏入原木小屋內。光塚擋在他面前，手放在鮫島腰際。鮫島看著光塚的眼睛。光塚的手好像碰到了熱燙的東西般，快速抽回。隔著夾克，他觸碰到鮫島插在腰間的手槍握把。
「怎麼回事，那是什麼？」
「別擔心。這是別人硬塞給我的，我沒打算用。」
光塚懷疑地瞪著鮫島。不過，他還是往後退了一步。
挑高的客廳有著漂亮的木紋。靠近中央的地方立著兩根粗壯的柱子，支撐著天花板的屋梁。後方的牆壁上掛著好幾支飛繩釣用的釣竿，旁邊是一座大型石油溫風暖爐。藤崎綾香雙手交叉在胸前，站在暖爐邊。身穿長裙披著一件長版開襟毛衣。

綾香用稍顯不安的眼睛凝視著鮫島。

鮫島繼續往前進，站在兩人中間。光塚關上門。似乎有點猶豫，停在原地不動。

原木小屋很溫暖，讓從外面進來的鮫島滲著汗。

「兩個半小時之前，『釜石診所』登記資料上的經營者，護士島岡文枝出現在附近的醫院，也就是妳姐姐住的那一間醫院。」

鮫島凝視著綾香的眼睛說著。綾香沒說話。

「島岡文枝因為殺害國稅局查稅官的嫌疑，已經發下逮捕令。另外，我們搜查她住處的結果，發現一個手拿包，可能是在小瀧橋建築工地跌落死亡三森修的私人物品。從裡面的筆記本，發現了光塚你家的電話號碼，還有『釜石診所』的號碼，跟藤崎小姐妳的行動電話號碼。」

綾香的臉色蒼白，嘴唇抿成一橫線。光塚動了，走過鮫島身邊，來到綾香旁站著。綾香舉起右手，抓住光塚的左手肘。

「——那又怎麼樣？」

光塚低聲說。眼睛就像要燒起來一樣，看著鮫島。

「明天即將會搜索『釜石診所』。另外，如果認為有需要，我們計畫透過國際刑警組織，逮捕人在歐洲的釜石醫師。」

「這跟我們又沒有關係。」

鮫島吸了一口氣。

「島岡文枝她——」

綾香突然抬起眼睛，她想知道文枝的命運。

「她假扮成探望其他患者的訪客，進入了醫院，用的是須藤茜隔壁病房患者的名字。文枝入侵了須藤茜的病房。那間醫院的所有病房，都在大家不容易發現的地方設置了監視攝影機，所以埋伏的警察把文枝的動向一清二楚地看在眼裡。」

綾香開了口，慢慢地說，

「我姐姐她怎麼了？」

鮫島搖搖頭。

「島岡文枝帶著塗有劇毒的竹棒，她可能有意要用這來對付妳姐姐。但是，實際上她在妳姐姐的病房待了將近十分鐘，只有她們兩個人，卻沒有任何動作，她連一根指頭都沒有動。」

綾香吐了一口氣，看著光塚的側臉。光塚用僵硬的表情等著鮫島下一句話。

「為了抓住她，我和警視廳搜查一課的刑警，還有山梨縣警官在那之後進入病房。她激烈的抵抗——」

綾香的嘴唇開始顫抖。

「——她……藤崎小姐，島岡文枝一直把妳稱為『那孩子』。她還說，絕對不允許我傷害妳——」

「住口！」

光塚大叫。

「你太卑鄙了吧！」

「卑鄙的是誰?!我只是在陳述發生的事實。如果這會讓藤崎小姐覺得痛苦，那就表示妳跟島岡文枝之間，確實存在著妳曾經對我否定的親密關係。」

綾香大大地睜著眼，盯著鮫島。她用乾澀的聲音說，

「你繼續說。」

鮫島深呼吸了一口氣，開了口，

「她說，妳姐姐會變成現在的狀態，都是自己的錯。她還說，我們一定不會了解，她為什麼會這麼做。我問她，為什麼要這樣袒護妳，妳到底給了她什麼？」

綾香深深地吸了氣，沒吐出來。

「她還這麼對我說，臉上帶著微笑，不是妳能給她什麼，她說『是我能給那孩子什麼』。」

藤崎綾香的眼睛浮現了淚水。

即使在這種狀況下，她那淚眼盈眶的臉，鮫島也覺得很美。

「我問她，藤崎綾香是妳的什麼人，她沒有回答。在那之後她激烈地掙扎，被警察打斷了手骨。」

綾香閉上眼睛，斗大的淚水滴落。

「最後，她用塗了劇毒的竹棒，刺向自己的胸口──」

綾香的眼睛頓時瞪大。

「──當時的狀況很難判斷她是故意還是意外。不過，我認為她是故意把劇毒往自己身上刺的。我們叫了醫生來，在這期間她漸漸喪失意識。我問她，妳在哪，藤崎綾香在哪裡？我在她耳邊大叫著。她不斷叫著，綾香、綾香。到了最後，她說，這裡。說了好幾次，這

裡、這裡，指著自己的胸口。」

綾香的身體開始劇烈地顫抖。為了停止顫抖，綾香用力抓住光塚的手臂。光塚依然瞪著鮫島，同時尋找著綾香的手。鮫島看到兩人的手指緊緊交纏。

「……阿姨……阿姨……」

綾香低聲唸著。

「光塚，你本來打算在這裡解決掉島岡文枝。跟藤崎綾香共謀，滅了文枝的口，對吧？」

「你在胡說什麼！」

「不要再裝傻了。要不然，為什麼到目前為止都行蹤不明的島岡文枝，會出現在山梨呢？文枝因為接到藤崎小姐妳的請求，才會大搖大擺地現身。可是文枝她自己也很猶豫。為什麼是現在？為什麼非殺須藤茜不可？文枝已經對須藤茜下過一次毒手，現在已經沒有其他得殺她的理由了。這就是文枝在那間病房裡十分鐘，而什麼都沒做的理由。」

綾香的臉上已經失去任何表情。鮫島觀察到她的視線，問道，

「妳為什麼會這麼震驚？妳到目前為止不斷利用她。光是我知道的，她就已經為妳殺了三個人，實際上的數字應該遠多於此吧。到了最後，一發現自己有危險，妳甚至打算連島岡文枝都殺了。這樣的妳為什麼會這麼震驚?!因為知道島岡文枝死了？因為知道那個指著胸口，說妳在這裡的島岡文枝死了嗎？」

「媽的！」

光塚揮掉綾香的手，衝向鮫島。這一衝撞，讓鮫島的背撞在柱子上。他一口氣喘不上來，一瞬間，鮫島全身無法動彈。光塚的右手插入鮫島夾克內側，打算抽出手槍。鮫島用膝

蓋踢向光塚腹部，光塚呻吟著離手，鮫島又對著他的下巴飽以幾拳。

光塚倒在地上。鮫島說，

「設計圈套陷害我，阻止我接近『釜石診所』的，是你的主意？還是這個女人的點子？竟敢用這種骯髒的手段！」

「你這傢伙！」

光塚衝向鮫島懷中，兩人扭打著倒在地上。光塚抓著鮫島的雙耳，用頭撞向鮫島的臉，強烈的衝擊讓鮫島一陣暈眩，但他還是揮開光塚的手，用手肘還了一記。鮮血四散。這是鮫島的鼻血和光塚裂開的嘴唇流出的血。鮫島揪著光塚的衣領將他拉起，同時從腰間抽出手銬。

光塚的眼神渙散。

「你知道這是什麼嗎？」

鮫島一邊喘息，一邊把手銬湊近光塚鮮血淋漓的臉。

「這個……就是曾經銬在島岡文枝右手上的手銬。不過……藤崎綾香，她指著胸口說妳在這裡，就這樣死了，所以我拆下手銬。我告訴自己，一定要把這手銬、銬在你手上，我發誓。」

光塚緊緊抿著唇，他企圖揮掉鮫島的手。鮫島二話不說，用手銬敲向他的額頭。這是充滿了怒氣的一擊。光塚應聲倒地，再也一動不動。

42

光塚正以傷害和妨礙公務現行犯被逮捕，藤崎綾香答應自願同行，兩個人分別由不同的警車被移送到東京警視廳。在隔天的偵訊，藤崎綾香承認教唆文枝對須藤茜犯下的殺人未遂罪。光塚正始終保持沉默。

「釜石診所」的院長釜石義朗因違反醫師法被通緝，人在布魯塞爾機場被抓到。從他的供詞證明，島岡文枝殺害波布林也就是久保廣紀的事實。另外，也證實釜石和文枝共謀，蓄意讓並無異常的患者胎兒流產，將其冷凍保存後，透過三森「出口」的真相。釜石承認所有工作都是出於須藤茜美容診所社長藤崎綾香的指示。釜石的醫師執照早在十八年前就已經被吊銷。

關於以「釜石診所」為舞台進行的胎兒買賣，因為釜石的供詞而真相大白，但是，至於藤崎綾香對可能由島岡文枝下手的數件命案是否有教唆事實，光塚一貫保持沉默，綾香也依然不承認，預料距離全案釐清還需要一段時間。

至於瀧澤賢一以及濱倉洋介命案的實行犯，檢方判定為「嫌犯死亡」。

鮫島帶著晶，來到「靛藍色」。美香代結束滑雪假期，再次回到「靛藍色」。

鮫島把目前已經知道的事實，告訴入江藍和美香代。晶緊抱著哭泣的美香代。

藍說，「這麼說，你差點丟掉刑警這個工作囉。」

「是啊，尤其是住在這裡的那個晚上，特別危險。」

晶一邊抱著美香代，一邊用銳利的眼光瞪著鮫島。藍發現到她的視線，說道，

「氣氛很不錯呢，沒想到這傢伙竟然醉倒了。」

晶無言地向鮫島伸出中指。鮫島搖搖頭問藍，

「濱倉的墳墓在哪裡？」

藍聳聳肩。

「還沒決定，骨灰在我這，你知道有什麼好地方嗎？是大街上好，還是鄉下好……」

「靛藍色」安靜了一陣子。浩司說，「鄉下比較好，濱倉先生已經厭倦都會了。」

「也對。」藍笑了。

「我看那傢伙如果放在大街上，即使到了那個世界也會跟女人繼續糾纏不清吧。」

「山梨怎麼樣？」鮫島說。他想起從須藤茜病房看到的山頂積雪的南阿爾卑斯山。

「山梨嗎？不錯啊。看在什麼地方，上高速公路還滿快的。」浩司說。

「說得也是。」藍點點頭。

鮫島想起了須藤茜。從某些角度來看，須藤茜的存在可以說是這次事件的開端。而須藤茜自己，在不知情的狀況下，就這樣沉睡了二十二年。

現在她還依舊沉睡著，在蘭花的包圍下。

可是那間病房裡的蘭花，以後將不會再增加。最後，花將會一朵一朵地枯萎凋謝，總有一天所有的蘭花將會從病房裡消失。很奇怪地，一想到這裡，鮫島就莫名地覺得安心。

本作品純屬虛構，與特定個人、團體等概無關聯。

——作者謹識

□集滿4個印花贈品（二款任選其一）：

A：【推理謎】LOGO皮質燙銀典藏書套一個
（黑色，25開本適用，限量1000個）

B：【推理謎】吉祥物『獨角獸』圖案皮質燙金典藏書套一個
（咖啡色，25開本適用，限量1000個）

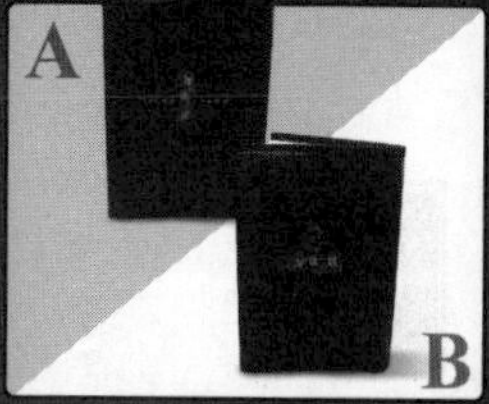

□集滿8個印花贈品（二款任選其一）：

C：【推理謎】LOGO皮質燙金證件名片夾一個
（紅色，11.5cm x 8.6cm，限量500個）

D：【推理謎】吉祥物『獨角獸』圖案環保購物袋一個
（米色，不織布材質，41.5cm x 38.6cm，限量1000個）

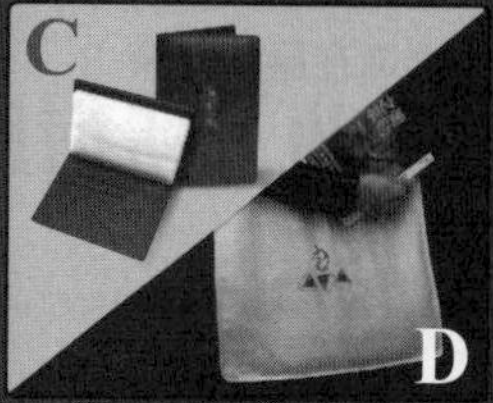

□集滿12個印花贈品（三款任選其一）：

E：【推理謎】LOGO不鏽鋼繩鑰匙圈一個
（限量500個）

F：【推理謎】吉祥物『獨角獸』圖案馬克杯一個
（白色，320cc容量，限量500個）

G：【密室裡的大師特展】限量專屬T-SHIRT
（黑色，限量150件。尺寸分為XXL、XL、L、M、S，各尺寸數量有限，兌換時請註明所需尺寸，如未註明或該尺寸已換完，則由皇冠直接改換其他尺寸，恕不另通知，並不接受更換尺寸）

【注意事項】
◎本活動僅限台灣地區讀者參加。
◎贈品兌換期限自即日起至2011年12月31日止（以郵戳為憑）。
◎贈品圖片僅供參考，所有贈品應以實物為準。
◎所有贈品數量有限，送完為止。如讀者欲兌換的贈品已送完，皇冠文化集團有權直接改換其他贈品，不另徵求同意和通知。贈品存量將定期在【22號密室】官網上公佈，請讀者在兌換前先行查閱或直接致電：（02）27168888分機114、303讀者服務部確認。
◎皇冠文化集團保留修改或取消謎人俱樂部活動辦法的權利。辦法如有更動，將隨時在【22號密室】官網上公佈。

國家圖書館出版品預行編目資料

屍蘭・新宿鮫III／大澤在昌著；詹慕如譯. -- 初版. -- 臺北市：皇冠, 2011[民100].4
面;公分.--(皇冠叢書;第4106種)（大澤在昌作品集;03)
譯自：屍蘭 新宿鮫III
ISBN 978-957-33-2788-2(平裝)

861.57　　100004134

皇冠叢書第4106種
大澤在昌作品集 3

屍蘭・新宿鮫III

作　　者—大澤在昌
譯　　者—詹慕如
發 行 人—平雲
出版發行—皇冠文化出版有限公司
台北市敦化北路120巷50號
電話◎02-27168888
郵撥帳號◎15261516號
皇冠出版社(香港)有限公司
香港上環文咸東街50號寶恒商業中心
23樓2301-3室
電話◎2529-1778　傳真◎2527-0904
出版統籌—盧春旭
責任編輯—許婷婷
版權負責—莊靜君
外文編輯—蔡君平
美術設計—王瓊瑤
行銷企劃—林泓伸
印　　務—江宥廷
校　　對—邱薇靜・施亞蒨・許婷婷
著作完成日期—1993年
初版一刷日期—2011年4月

法律顧問—王惠光律師

讀者服務傳真專線◎02-27150507
電腦編號◎532003
ISBN◎978-957-33-2788-2
Printed in Taiwan
本書定價◎新台幣 320 元　港幣 107 元

謎人俱樂部贈品兌換卡

我要選擇以下贈品（須符合印花數量）：☐A ☐B ☐C ☐D ☐E ☐F ☐G 尺寸：______

1	2	3	4
5	6	7	8
9	10	11	12

本人同意皇冠文化集團得使用以下本人之個人資料建立該公司之讀者資料庫，以便寄送新書或活動相關資訊。

我的基本資料

姓名：______

出生：______ 年 ______ 月 ______ 日　性別：☐男 ☐女

職業：☐學生 ☐軍公教 ☐工 ☐商 ☐服務業

☐家管 ☐自由業 ☐其他 ______

地址：☐☐☐☐☐ ______

電話：（家）______（公司）______

手機：______

e-mail：______

您所填寫之個人資料，依個人資料保護法之規定，本公司將對您的個人資料予以保密，並採取必要之安全措以免資料外洩。本公司將使用您的個人資料建立讀者資料庫，做為寄送新書或活動相關資訊，以及與讀者連繫之用。您對於您的個人資料可隨時查詢、補充、更正，並得要求將您的個人資料刪除或停止使用。

我對【大澤在昌作品集】系列的建議：

寄件人：

地址：□□□□□

北區郵政管理局登
記證北台字1648號
免 貼 郵 票
〔限國內讀者使用〕

10547
台北市敦化北路120巷50號
皇冠文化出版有限公司 收